U0133368

用文字照亮每个人的精神夜空

领读文化传媒
LINGDU Culture & Media

微信 | 微博 | 豆瓣　领读文化

漫说文化丛书·续编

国学浮沉

陈平原　袁一丹 编

湖南人民出版社 · 长沙 ·

● **如何收听《国学浮沉》全本有声书？**

① 微信扫描左边的二维码关注"领读文化"公众号。

② 后台回复【国学浮沉】，即可获取兑换券。

③ 扫描兑换券二维码，免费兑换全本有声书。

● **去哪里查看已购买的有声书？**

方法 ①

兑换成功后，收藏已购有声书专栏，

即可在微信收藏列表中找到已购有声书。

方法 ②

在"领读文化"公众号菜单栏点击"我的课程"，

即可找到已购有声书。

总序

陈平原

  三十年前钱理群、黄子平和我合编的"漫说文化"丛书前五种由人民文学出版社推出；两年后，后五种刊行时，我撰写了《漫说"漫说文化"》，提及作为分专题编散文集的先行者，我们最初只是希望有一套文章好读、装帧好看的小书，可以送朋友，也可搁在书架上。没想到书出版后反应很好，真可谓"无心插柳柳成荫"。十三年后，复旦大学出版社（2005）予以重印。又过了十三年，北京时代华文书局（2018）重新制作发行。

  一套小书，能一而再再而三地刊行，可见其生命力的旺盛。多年后回想，这生命力固然主要得益于那四百多篇精彩选文，也与吹响集结号的八十年代文化热、寻根文学思潮以及"二十世纪中国文学"的视野密切相关。时过境迁，这种小里有大、软中带硬、兼及思考与休闲的阅读趣味，依旧有某种特殊魅力。有感于此，出版社希望我续编"漫说文化"丛书。考虑到钱、黄二位的实际情况，我改变工作方式，带领十二位在京工作的老学生组成读书会，用两年半的时间，编选并导读改革开放以来四十多年的散文随笔。

当初发给合作者的编选原则很简单：第一，文化底蕴（不收纯抒情文字）；第二，阅读感受（文章好读最重要）；第三，篇幅短小（原则上不收六千字以上的长文）；第四，作者声誉（在文坛或学界）。依旧不是梁山泊英雄排座次的文学史，而是以文学为经、以文化为纬的专题散文集。也就是《漫说"漫说文化"》说的："选择一批有文化意味而又妙趣横生的散文分专题汇编成册，一方面是让读者体会到'文化'不仅凝聚在高文典册上，而且渗透在日常生活中，落实为你所熟悉的一种情感，一种心态，一种习俗，一种生活方式；另一方面则是希望借此改变世人对散文的偏见。让读者自己品味这些很少'写景'也不怎么'抒情'的'闲话'，远比给出一个我们自认为准确的'散文'定义更有价值。"

考虑到初编从1900年选起，一直选到20世纪80年代中期，续编从改革开放起，一直选到2020年，中间几年重叠略为规避即可。两个甲子的风起云涌，鸟语花香，借助千篇左右的短文得以呈现，说起来也是颇有气势与韵味的。参与其事的都是专业研究者，圈定范围后，选哪些作者，用什么本子，如何排列组合等，此类技术问题好解决，难处在入口处——哪些是你想要凸显的"文化"？根据以往的阅读经验，先大致确定话题、视野及方向，再根据选出来的文章，不断调整与琢磨，最终成了现在这个样子。

初编十册分别题为《男男女女》《父父子子》《读书读书》《闲情乐事》《世故人情》《乡风市声》《说东道西》《生生死死》《佛佛道道》《神神鬼鬼》，而续编十二册则是《城乡变奏》《国学浮沉》《域外杂记》《边地寻踪》《家庭内外》《学堂往事》《世间滋味》《俗世俗民》《爱书者说》《君子博物》《旧戏新文》《闻乐观风》，略为比勘不难发现二者的联系与差异。

既然是续编，自然必须与初编对话。明显看得出承继关系的，有《城乡变奏》之于《乡风市声》，《爱书者说》之于《读书读书》，不过前者第二辑"城市之美"从不同层面呈现了当代中国城市的多彩风姿，以及后者第三辑"书叶之美"谈封面、装帧、插图、毛边书、藏书票等，与初编的文风与趣味还是拉开了距离。《家庭内外》的第一、第三辑类似《父父子子》，而第二、第四辑则接近《男男女女》。《域外杂记》与《国学浮沉》隐约可见《说东道西》的影子，但又都属于说开去了。至于《世间滋味》仅从饮食入手，不再像《闲情乐事》那样衣食住行并举，也算别有幽怀。所有这些调整，不管是拓展还是收缩，都源于我们对四十年来中国文化思潮及文章趣味的体验与品味。不再延续《世故人情》《生生死死》《佛佛道道》《神神鬼鬼》的思路，并非缺乏此类好文章，而是觉得难以于法度之中出新意。

另起炉灶的六册包括《边地寻踪》《学堂往事》《俗世俗民》

《君子博物》《旧戏新文》《闻乐观风》，其实更能体现续编的立场与趣味。没有依傍初编，不必考虑增减，自我作古的好处是，操作起来更为自由，也更为酣畅。《边地寻踪》和《俗世俗民》两册，有些话题不太好把握与论述，最后腾挪趋避，处理得不错。最为别出心裁的，当数《旧戏新文》与《君子博物》——实际上，这两册的确定方向与编选过程最为曲折，编者下的功夫也最多。最终审稿时我居然有惊艳的感觉。

比较前后两编，最大的感叹是：前编多小品，后编多长文；前编多随意挥洒，后编多刻意经营；前编多单纯议论，后编多夹叙夹议；前编多社会人生，后编多学术文化；前编多悲愤忧伤，后编多平和恬淡——当然，所有这一切，与社会生活及文坛风气的变迁有直接关系。至于不选动辄万言的"大散文"，以及遗落异彩纷呈的台港澳文章，既是为了跟前编体例统一，也有版权等不得已的因素。

十二册小书，范围有宽有窄，题目有难有易，好在各位编者精诚合作，选文时互通有无，最后皆大欢喜——做不到出奇制胜的，也都能不负众望。作为一个集体项目，能走到这一步，已经很不容易了。

身为主编，除了丛书的整体设计，也参与了各册题目及选文的讨论。至于每册前面的"导读"文字，则全靠十二位合作者。选家大都喜欢标榜公平与公正，可只要认真阅读各册的"导读"，你就会明白，所有选本其实都带个人性情与偏见。十二篇随笔性质的"导读"，或醇厚，或幽深，或俏皮，或淡定，风格迥异，并非学位论文，不妨信马由缰，能引起阅读兴趣，就算完成任务——毕竟，珠玉在后。

2021年2月19日于京西圆明园花园

导读：面向未来的历史建构

袁一丹

　　国学与现代中国的文化认同，与现代中国人的身心安顿息息相关。这一概念包含多重时间维度，将一国之过去、现在、未来绾结在一起。研究国学绝不是"发思古之幽情"，而是要回答：我们是谁，从哪里来，到哪里去。不可忽略国学概念的未来向度，即其中包孕的期待视野。国学不只是"古久先生的陈年流水簿子"，更是有待兑现的文化愿景。陈平原强调国学必须活在当下，以防止其"博物馆化"。如何让中国文化重新"血脉贯通"，是每一位关心国学命运的读书人都应该思考的大问题。

　　对于集体记忆而言，四十年意味着一个世代的更迭。从社会学与心态史的角度观察改革开放以来的国学浮沉，除了学理上的孰是孰非，更值得关注的是"国学热"折射出的时代氛围、精神需求、民众心理。全书共分四辑：第一辑正面聚焦国学之争，兼及"国学热"引发的反思；第二辑讨论孔夫子及儒家传统在当代中国的命运；第三辑的关键词是"传统"，着重从时间意识切入古今中西之争；第四辑引入对"五四"的纪念与反思，与国学展开对话。

过去是常新的，因而国学也是常新的。过去的某些部分，时而沉入遗忘的深渊，时而再度浮出水面。正如伊塔洛·斯韦沃（Italo Svevo）所言，现在指挥着过去，就像指挥一支乐队。这个任性的指挥，时而需要这些声音，时而需要另一种声音，因此过去一会儿显得很长，一会儿显得很短，一会儿众声喧哗，一会儿陷入沉寂。随着过去的变调，国学亦成为记忆与遗忘竞逐的场所。

人们召唤国学，为了疗治，为了辩难，国学遂成为古今中西之争的战场。与其把围绕国学的论战视为单纯的学术问题或主义之争，不如把国学浮沉看作一种文化症候。诞生于危机时刻的国学，把昨天和今天勾连在一起，把"我"和"我们"捏合到一起。国学的沉浮取决于当下对意义的需要及其参照框架。

围绕国学的定义之争由来已久。国学与晚清以降流行的国粹、国故，既有家族相似性，又构成某种竞合关系。关于国学最有生命力的解释，我以为是王国维《国学丛刊序》（1911年）给出的。王国维从反面立论，把防御性的、封闭的国学概念转换为一个开放的命题，他宣称："学无新旧也，无中西也，无有用无用也。"这一断语把"国学"从"国"的桎梏中解放出来，坚持"学"超越于一时一地的独立性。

晚清国粹派所言之"国粹"本是东瀛名词，日本国粹主义思潮实乃对明治维新以来欧化主义的反动。《国粹学报》创办者黄节谓"国粹"非以国为界别："夫执一名一论一事一物一法一令而界别之，曰我国之粹，曰我国之粹，非国粹也；发现于国体，输入于国界，蕴藏于国民之原质，具一种独立之思想者，国粹也。"换言之，国粹不一定是本土固有之物，从异域移植之思想文化制度，只要适合本国的风土人情，未尝不可视同国粹。

国学的复苏有赖二十世纪二十年代胡适等人倡导的整理国故运动。国学在胡适看来，只是国故学的缩写。研究中国"一切"过去的文化历史，就是他所谓的国故学。胡适在《国学季刊》发刊宣言中，号召用"历史的眼光"扩大国学研究的范围，上自孔孟老庄之学，下至一个字、一支山歌，都是历史，都属于国学研究的范围。所谓"历史的眼光"，即取消价值高下之别的平等主义，无所谓经典，无所谓伟大的传统，一切过往都是历史。在无差别的历史眼光里，"两只黄蝴蝶"与"关关雎鸠"有同等的位置，白话小说与高文典册有同等的位置，施耐庵、吴敬梓与司马迁、韩愈有同等的位置。

胡适召唤的国学研究者，并非古典派的继承人，而是现代派的急先锋。可与《国学季刊》发刊宣言对读的是斯威夫特（Jonathan Swift）在寓言《书籍之战》中描绘的古今之争：国内知识人分裂为古典派和现代派，两派间发生了领土争端。现代派控诉古典派定居的山峰过高，遮蔽了他们的视野，提出两种解决方案：要么现代派让出自己较低的山头，古典派迁居于此，由现代派接管古典派原有的地盘；要么古典派同意现代派自带工具，把古典派的山峰削低到他们认为适宜的高度。胡适主张用"历史的眼光"扩充国学研究的范围，则是双管齐下，既要接管古典派的领地，又要以"科学方法"为利器，削平古典派所居的高地。

"历史的眼光"下的平等主义，再次出现在顾颉刚为《北京大学研究所国学门周刊》撰写的《一九二六年始刊词》中："凡是真实的学问，都是不受制于时代的古今，阶级的尊卑，价格的贵贱，应用的好坏的。"这篇《始刊词》引发朱自清思考国学与现代生活的关系，他主张国学研究非但要囊括一切过去的历史文化，还要将现代生活纳入其统辖范围（《现代生活的学术价值》），因中国人一直是"回顾"的民族，最鄙弃"现在"，极易忽略现代生活的学术价值。近代国学研究仍以经史之学为正途，少有人敢旁逸斜出，另辟蹊径。在尊经史为正统的国学观念笼罩下，现代生活的学术价值几近于零。朱自清希望以现代生活为出发点，打破正统国学的观念，改变厚古薄今的空气。

从胡适、顾颉刚到朱自清，国学的概念似乎无所不包，不仅摘掉了"经"字招牌，甚至要跨越古典世界与现代生活的边界。不断扩容的国学概念，能否解决现代派与古典派的领土争端，促进古今对话？至少不断追问国学与现代生活有何关系，可以防止这一概念的僵化。

二十世纪二十年代中后期国学复苏之势，或能与近四十年来的国学浮沉构成参照。在那一轮的"国学热"中，固然有"赛先生"之国学，同时起哄的还有"冬烘先生"之国学、"神怪先生"之国学。据曹聚仁描述二十世纪二十年代"国学热"中的种种怪象："略识'之无'，能连缀成篇，谓为精通'国学'；咿唔诗赋，以推敲词句自豪者，谓为保存'国粹'。他则大学设科，研究中国文学，乃以国学名其系；开馆教授四书五经，乃以国学名其院。人莫解国学之实质，而皆以国学鸣其高。"(《春雷初动中之国故学》) 这番话亦可挪用作世纪之交两波"国学热"的写照。

改革开放以来第一波"国学热"出现于1993年。1992年北京大学成立中国传统文化研究中心，次年5月《国学研究》创刊。1993年8月16日《人民日报》推出专题报道《国学，在燕园又悄然兴起》。编者按称，在商品经济大潮的拍击声中，"国学的再次兴起，是新时期文化繁荣的一个标志，并呼唤着新一代国学大师的产生"。8月18日《人民日报》头版又刊出时评《久违了，"国学"！》，肯定北大重新树起国学的旗帜。这一波"国学热"中影响最大的是季羡林"三十年河东、三十年河西"之说。季先生认为到二十一世纪，西方形而上学的分析已走到尽头，而东方寻求整体的综合必将取而代之。

2004年文化保守主义抬头，第二波"国学热"兴起，标志性事件如少儿读经之争、签署《甲申文化宣言》、《原道》十周年纪念等。关于读经问题的争论，发端于蒋庆编选《中华文化经典基础教育诵本》。在2004年文化高峰论坛闭幕会上，许嘉璐、季羡林、杨振宁、任继愈、王蒙等人发布《甲申文化宣言》，主张保存和发展传统文化，"自主选择接受、不完全接受或在某些具体领域完全不接受外来文化因素"。2004年适逢《原道》创刊十周年，杂志方举办座谈会，主题为"共同的传统：'新左派'、'自由派'与'保守派'视域中的儒学"。由于上述事件，2004年被命名为"文化保守主义年"。2005年人大成立国学院引发的争论，"科举百年祭"，山东曲阜等地举办祭孔活动，都是第二波"国学热"的表征。

徐友渔批评2004年以来兴起的"国学热"不是一场有深厚根基的文化运动，更多地表现为被媒体支撑和炒作的新闻风波。在"国学热"中推波助澜者，或热衷于发宣言、开会、搞对话录，或为种种开张、庆典、祭日办红白喜事，他们大肆鼓噪和炒作国学，实在有悖国学的本质。不同于种种高调的、表演性的国学复兴论，徐友渔把复兴国学理解为知识、教育方面的补课、还债和基本建设（《"国学热"的浅层与深层问题》）。可惜这种平实的主张，反不如政治儒学或沦为文化营销的国学吸引眼球。

百年前五四新文化运动的成功，并不意味着古今之争的终结。事实上，古今之争更像是一场时断时续、反反复复的拉锯战，新文化派曾一度在文教界、舆论界占据上风，然而更隐匿的古今之争，随时可能发生在讲坛上、报刊中、图书馆里、街头书摊上及青年必读书与爱读书的榜单中，新旧双方尚未分出绝对的胜负。

国学是否成立，是该复兴还是打倒，不只是知识界争执不休的问题。国学牵涉诸多切身议题，关系到普通人如何面对生老病死。吴飞《慎终追远：现代中国的一个童话》一文将国学论争从空对空的主义对峙，引渡到当代中国的日用人伦。作者从丧葬业的乱象谈起，提出我们每个人都躲不过去的问题："人们不知道怎样为死去的亲人寻找一个平静的安身之处，不知道该如何对待那些亡者的宛在音容，更不知道自己百年之后所葬何处。"在遭遇生老病死时，当代中国人，即便是受过高等教育的知识人，也基本处于无所适从的状态。回顾近代以来官方的丧礼改革，再稽考民间乡野的丧葬习俗，是为了重新确立当代中国人的礼制生活。在儒家传统中，丧礼的基本态度是事死如事生，祭神如神在。丧礼的安排，需要在仁与智、生与死之间寻得一个微妙的平衡。研究丧礼不是为了恢复旧衣冠，而是为了安顿现代人的精神生活，使其能从容面对死生大事。国学只有走出书斋，与吃饭穿衣、生老病死，与普通人的忧惧、希冀生出干系，才有生生不息的原动力，才能真正参与当代中国的信仰再造。

国学浮沉不是一个轻巧的话题，因而选编此书的心情并不轻松。在选文时，编者尽可能兼顾各方立场，力图呈现众声喧哗的思想现场。就文章趣味而言，作为编者的基本感受是：冠冕堂皇的正经文章太多，庄谐杂出的游戏笔墨太少；四平八稳的论文腔太重，掐臂见血的大白话太少；引经据典太多，贴近现实的深描及社会学剖析太少；论理太多，嬉笑怒骂、冷嘲热讽、皮里阳秋太少。较之二十世纪二十年代的国学论争，参战者的观点高下且不论，仅就言说姿态及论辩策略而言，不禁让人感叹小品文的衰微，尤其是杂文的衰微。

目 录

辑一　国学之争

辑二 儒家传统

辑三　古今中西

辑四　对话"五四"

辑一　国学之争

国学漫谈

季羡林

　　那是一个阴雨连绵的晚间，天气已颇有寒意。报告定在晚上七时，我毫无自信，事先劝同学们找一个不太大的教室，能容下一百人就行了。我是有私心的，害怕人少，讲者孑然坐在讲台上，面子不好看。然而他们坚持找电教大楼的报告大厅，能容下四百人。完全出我意料，不但座无虚席，而且还有不少人站在那里，或坐在台阶上，都在静静地谛听，整个大厅里鸦雀无声。我这个年届耄耋的世故老人，内心里十分激动，眼泪在眼睛里打转。据说，有人五点半就去占了座位。面对这样一群英姿勃发的青年，我心里一阵阵热浪翻滚，笔墨、语言都是形容不出来的。

　　海外不是有一些人纷纷扬扬，说北大学生不念书，很难对付吗？上面这现象又怎样解释呢？

　　人世间有果必有因。上面说的这种情况也必有其原因。我经过思考，想用两句话来回答：顺乎人心，应乎潮流。

我们中华民族拥有五千年的光辉灿烂的文化，对人类做出了卓越的贡献。很难想象，世界上如果缺少了中华文化会是一个什么样子。前几年，弘扬中华优秀文化的号召一经提出，立即受到了国内外炎黄子孙的热烈拥护。原因何在呢？这个号召说到了人们的心坎上。弘扬什么呢？怎样来弘扬呢？这就需要认真地研究。我们的文化五色杂陈，头绪万端。我们要像韩愈说的那样，"沉浸浓郁，含英咀华"，经过这样细细品味、认真分析的工作，把其中的精华寻找出来，然后结合具体情况，从而发扬光大之，期有利于中国人民和世界人民的前进与发展。"国学"就是专门做这件工作的一门学问。旧版《辞源》上说：国学，一国所固有之学术也。话虽简短朴实，然而却说到了点子上。七八十年以来，这个名词已为大家所接受。除了"脑袋里有一只鸟"的人（借用德国现成的话），大概不会再就这个名词吹毛求疵。如果有人有兴趣有工夫去探讨这一个词儿的来源，那是他自己的事，我无权反对。

国学决不是"发思古之幽情"。表面上它是研究过去的文化的，因此过去有一些学者使用"国故"这样一个词儿。但是，实际上，它既与过去有密切联系，又与现在甚至将来有密切联系。现在我们不是都谈建设中国特色社会主义吗？什么叫"特色"？特色表现在什么地方？我曾反复思考过这个问题。我觉得，科技对我们国家建设来说，对发展生产力来说，是非常重要的，万万不能缺少的。但是，科技却很难表现出什么特色。你就是在原子能、电脑、宇宙飞船等等尖端科技方面，有突出的成就，超过了世界先进国家，同其他国家比较起来，也只能是程度的差别，是水平的差别，谈不到什么特色。我姑且称这些东西为"硬件"。硬件的本质都是一样的，没有什么特色可言。

特色最容易表现在精神文化方面，我姑且称之为"软件"，哲学、宗教、文学、艺术、伦理、道德、经营、管理等等都属于这个范畴。这些东西也是能够交流的，所谓"固有"并不排除交流，这个道理属于常识范围。以上这些学问基本上都保留在我们所说的"国学"中。其中有不少的东西可以说是中华文化、中华智慧的结晶，直至今日，不但对中国人发挥影响，它的光辉也照到了国外去。最近听一位国家教委的领导说，他在新德里时亲耳听到印度总统引用中国《管子》关于"十年树木，百年树人"的话。在巴基斯坦他也听到巴基斯坦总理引用中国古书中的话，足征中华智慧已深入世界人民之心。这是我们中国人应该感到骄傲的。所有这一些中国智慧都明白无误地表露了中国的特色。它产生于中国的过去，却影响了中国和世界的今天，连将来也会受到影响。事实已经证明，连外国人都会承认这一点的。

国学的作用还不就到此为止，它还能激发我们整个中华民族的爱国热情。"爱国主义"是一个好词儿，没有听到有人反对过。但是，我总觉得，爱国主义有真伪之分。在历史上，被压迫被侵略的民族，为了自己的生存与尊严，不惜洒热血、抛头颅，奋抗顽敌，伸张正义。这是真爱国主义。反之，压迫别人侵略别人的民族，有时候也高呼爱国主义，然而却不惜灭绝别的民族。这样的"爱国主义"是欺骗自己人民的口号，是蒙蔽别国人民的幌子。它实际上是极端民族沙文主义的遮羞布。例子不用举太远的，近代的德、意、日法西斯主义就是这一类货色。这是伪爱国主义。

中国的爱国主义怎样呢？它在主体上是属于真爱国主义范畴的。有历史为证。不管我们在漫长的封建时期内，"天朝大国"的口号喊得多么响，事实上我国始终有外来的侵略者，主要来自北方，先后有匈奴、突厥、辽、金、蒙、满等等。今天，这些民族基本上都成了中华民族的组成部分，但在当时只能说是敌对者，我们不能否定历史的本来面目。在历史上，连一些雄才大略的开国君主也难以逃避耻辱。刘邦曾被困于平城，李渊曾称臣于突厥，这是最明显的例子。我们也不能说，中国过去没有主动地侵略别人过，这情况也是有过的，但不是主流，主流是中国始终受到外来的威胁。正是由于这个原因，我们中国人民敬仰、歌颂许多爱国者，岳飞、文天祥、史可法等等都是。一直到今天，爱国主义，真正的爱国主义，始终左右我们民族的心灵。我常说，北京大学的优良传统之一，就是爱国主义，我这说法得到了许多人的赞同。探讨和分析中国爱国主义的来龙去脉，弘扬爱国主义思想，激发爱国主义热情，是我们今天"国学"的重要任务。国学的任务可能还可以举出一些来，以上三大项，我认为，已充分说明其重要性了。

我上面说到"顺乎人心，应乎潮流"。我现在所谈的就是"人心"，就是"潮流"。我没有可能对所有的人都调查一番。我所说的"人心"，可能有点局限。但是，一滴水中可以见宇宙，从燕园来推测全国，不见得没有基础。我最近颇接触了一些青年学生。我发现，他们是很肯动脑筋的一代新人。有几个人告诉我，他们感到迷惘。这并不是坏事，这说明他们正在那里寻觅祛除迷惘的东西，正在那里动脑筋。他们成立了许多社团，有的名称极怪，什么"吠陀"，什么"禅学"，这一类名词都用上了。也许正在燕园悄然兴起的"国学"，正投了他们之所好，顺了他们的心。否则怎样来解释我在本文开头时说的那种情况呢？中国古话说"得道多助，失道寡助"，顺应人心和潮流的就是"道"。

但是，正如对人世间的万事万物一样，对国学也有不同的看法。提倡国学要有点勇气，这话是我说出来的。在我心中主要指的是以"十年浩劫"为代表的那一股极左思潮。我可万万没有想到，今天半路上竟杀出来了一个程咬金，在小报上写文章嘲讽国学研究，大扣帽子。不知国学究竟于他何害，我百思不得其解。无独有偶，北京师范大学古籍研究所编纂《全元文》，按说这工作有百利而无一弊，然而竟也有人想全面否定。我觉得，有这些不同意见也无妨。国学，弘扬中华优秀文化，既然是顺乎人心、应乎潮流的事业，必然会发展下去的。

（原载1994年2月16日《人民日报》）

我看"国学"

王小波

　　我现在四十多岁了，师长还健在，所以依然是晚生。当年读研究生时，老师对我说，你国学底子不行，我就发了一回愤，从"四书"到二程、朱子乱看了一通。我读书是从小说读起，然后读"四书"；做人是从知青做起，然后做学生。这样的次序想来是有问题。虽然如此，看古书时还是有一些古怪的感慨，值得敝帚自珍。读完了《论语》闭目细思，觉得孔子经常一本正经地说些大实话，是个挺可爱的老天真。自己那几个学生老挂在嘴上，说这个能干啥，那个能干啥，像老太太数落孙子一样，很亲切。老先生有时候也鬼头鬼脑，那就是"子见南子"那一回。出来以后就大呼小叫，一口咬定自己没"犯色"。总的来说，我喜欢他，要是生在春秋，一定上他那里念书，因为那儿有一种"匹克威克俱乐部"的气氛。至于他的见解，也就一般，没有什么特别让人佩服的地方。至于他特别强调的礼，我以为和"文化大革命"里搞的那些仪式差不多，什么"早请示晚汇报"，我都经历过，没什么大意思。对于幼稚的人也许必不可少，但对有文化的成年人就是一种负担。不过，我上孔老夫子的学，就是奔那种气氛而去，不想在那里长什么学问。

《孟子》我也看过了，觉得孟子甚偏执，表面上体面，其实心底有股邪火。比方说，他提到墨子、杨朱，"无君无父，是禽兽也"，如此立论，已然不是一个绅士的作为。至于他的思想，我一点都不赞成。有论家说他思维缜密，我的看法恰恰相反。他基本的方法是推己及人，有时候及不了人，就说人家是禽兽、小人。这般凶巴巴恶狠狠的劲头实在不讨人喜欢。至于说到修辞，我承认他是一把好手，别的方面就没什么。我一点都不喜欢他，如果生在春秋，见了面也不和他握手。我就这么读过了孔、孟，用我老师的话来说，就如"春风过驴耳"。我的这些感慨也只是招得老师生气，所以我是晚生。

假如有人说，我如此立论，是崇洋媚外，缺少民族感情，这是我不能承认的。但我承认自己很佩服法拉第，因为给我两个线圈一根铁棍子，让我去发现电磁感应，我是发现不出来的。牛顿、莱布尼兹，特别是爱因斯坦，你都不能不佩服，因为人家想出的东西完全在你的能力之外。这些人有一种惊世骇俗的思索能力，为孔孟所无。按照现代的标准，孔孟所言的"仁义"啦，"中庸"啦，虽然是些好话，但似乎都用不着特殊的思维能力就能想出来，琢磨得过了分，还有点肉麻。这方面有一个例子。记不清二程里哪一程，有一次盯着刚出壳的鸭雏使劲看。别人问他看什么，他说，看到毛绒绒的鸭雏，才体会到圣人所说"仁"的真意。这个想法里有让人感动的地方，不过仔细一体会，也没什么了不起的东西在内。毛绒绒的鸭子虽然好看，但再怎么看也是只鸭子。再说，圣人提出了"仁"，还得让后人看鸭子才能明白，起码是词不达意。我虽然这样想，但不缺少民族感情。因为我虽然不佩服孔孟，但佩服古代中国的劳动人民。劳动人民发明了做豆腐，这是我想象不出来的。

　　我还看过朱熹的书，因为本科是学理工的，对他"格物"的论述看得特别的仔细，朱子用阴阳五行就可以格尽天下万物，虽然阴阳五行包罗万象，是民族的宝贵遗产，我还是以为多少有点失之于简单。举例来说，朱子说，往井底下一看，就能看到一团森森的白气。他老人家解释道，阴中有阳，阳中有阴（此乃太极图之象），井底至阴之地，有一团阳气，也属正常。我相信，你往井里一看，不光能看到一团白气，还能看到一个人头，那就是你本人（我对这一点很有把握，认为不必做试验了）。不知为什么，这一点他没有提到。可能观察得不仔细，也可能是视而不见，对学者来说，这是不可原谅的。还有可能是井太深，但我不相信宋朝就没有浅一点的井。用阴阳学说来解释这个现象不大可能，也许一定要用到几何光学。虽然再要求朱子一下推出整个光学体系是不应该的，那东西太过复杂，往那个方向跨一步也好。但他根本就不肯跨。假如说，朱子是哲学家、伦理学家，不能用自然科学家的标准来要求，我倒是同意的。可怪的是，咱们国家几千年的文明史，就是出不了自然科学家。

现在可以说，孔孟程朱我都读过了。虽然没有很钻进去，但我也怕钻进去就爬不出来。如果说，这就是中华文化遗产的主要部分，那我就要说，这点东西太少了，拢共就是人际关系里那么一点事，再加上后来的阴阳五行。这么多读书人研究了两千年，实在太过分。我们知道，旧时的读书人都能把"四书""五经"背得烂熟，随便点出两个字就能知道它在书中什么地方。这种钻研精神虽然可佩，这种做法却十足是神经病。显然，会背诵爱因斯坦原著，成不了物理学家，因为真正的学问不在字名上，而在于思想。就算文科有点特殊性，需要背诵，也到不了这个程度。因为"文革"里我也背过毛主席语录，所以以为，这个调调我也懂——说是诵经念咒，并不过分。

二战期间，有一位美国将军深入敌后，不幸被敌人堵在了地窖里，敌人在头上翻箱倒柜，他的一位随行人员却咳嗽起来。将军给了随从一块口香糖让他嚼，以此来压制咳嗽。但是该随从嚼了一会儿，又伸手来要，理由是：这一块太没味道。将军说：没味道不奇怪，我给你之前已经嚼了两个钟头了！我举这个例子是要说明，"四书""五经"再好，也不能几千年地念，正如口香糖再好吃，也不能换着人地嚼。当然，我没有这样地念过"四书""五经"，不知道其中的好处。有人说，现代的科学、文化，林林总总，尽在儒家的典籍之中：只要你认真钻研。

这我倒是相信的，我还相信那块口香糖再嚼下去，还能嚼出牛肉干的味道，只要你不断地嚼。我个人认为，我们民族最重大的文化传统，不是孔孟程朱，而是这种钻研精神。过去钻研"四书""五经"，现在钻研《红楼梦》。我承认，我们晚生一辈在这方面差得很远，但也未尝不是一件好事。"四书"也好，《红楼梦》也罢，本来只是几本书，却硬要把整个大千世界都塞在其中。我相信世界不会因此得益，而是因此受害。

任何一门学问即便内容有限而且已经不值得钻研，但你把它钻得极深极透，就可以挟之以自重，换言之，让大家都佩服你。此后假如再有一人想挟这门学问以自重，就必须钻得更深更透。此种学问被无数的人这样钻过，会成个什么样子，实在难以想象。那些钻过去的人会成什么样子，更是难以想象。古宅闹鬼，树老成精，一门学问最后可能变成一种妖怪。就说国学罢，有个人说它无所不包，到今天还能拯救世界，虽然我很乐意相信，但还是将信将疑。

（原载1995年第2期《中国青年研究》）

智慧与国学

王小波

　　我有一位朋友在内蒙古插过队，他告诉我说，草原上绝不能有驴。假如有了的话，所有的马群都要"炸"掉。原因是这样的：那个来自内地的、长耳朵的善良动物来到草原上，看到了马群，以为见到了表亲，快乐地奔了过去；而草原上的马没见过这种东西，以为来了魔鬼，被吓得一哄而散。于是一方急于认表亲，一方急于躲鬼，都要跑到累死了才算。近代以来，确有一头长耳朵怪物，奔过了中国的原野，搅乱了这里的马群，它就是源于西方的智慧。假如这头驴可以撵走，倒也简单。问题在于撵不走。于是就有了种种针对驴的打算：把它杀掉、阉掉，让它和马配骡子。没有一种是成功的。现在我们希望驴和马能和睦相处，这大概也不可能。有驴子的地方，马就养不住。其实在这个问题上，马儿的意见最为正确：对马来说，驴子的确是可怕的怪物。

让我们来看看驴子的古怪之处。当年欧几里得讲几何学，有学生发问道，这学问能带来什么好处？欧几里得叫奴隶给他一块钱，还讽刺他道：这位先生要从学问里找好处啊！又过了很多年，法拉第发现了电磁感应，演示给别人看，有位贵妇人说：这有什么用？法拉第反问道：刚生出来的小孩子有什么用？按中国人的标准，这个学生和贵妇有理，欧几里得和法拉第没有理：学以致用嘛，没有用处的学问哪能叫作学问。西方的智者却站在老师一边，赞美法拉第和欧几里得，鄙薄学生和贵妇。时至今日，我们已经看出，很直露地寻求好处，恐怕不是上策。这样既不能发现欧氏几何，也不能发现电磁感应，最后还要吃很大的亏。怎样在科学面前掩饰我们要好处的暧昧心情，成了一个难题。

有学者指出，中国传统的思维方式有重实用的倾向，他们还以为，这一点并不坏。抱着这种态度，我们很能欣赏一台电动机。这东西有"器物之用"，它对我们的生活有些贡献。我们还可以像个迂夫子那样细列出它有"抽水之用""通风之用"，等等。如何得到"之用"，还是个问题，于是我们就想到了发明电动机的那个人——他叫作西门子或者爱迪生。他的工作对我们可以使用电机有所贡献，换言之，他的工作对器物之用又有点用，可以叫作"器物之用之用"。像这样林林总总，可以揪出一大群：法拉第、麦克斯韦，等等。分别具有"之用之用之用"或更多的"之用"。像我这样的驴子之友看来，这样来想问题，岂止是有点笨，简直是脑子里有块榆木疙瘩，嗓子里有一口痰。我认为在器物的背后是人的方法与技能，在方法与技能的背后是人对自然的了解，在人对自然了解的背后，是人类了解现在、过去与未来的万丈雄心。按老派人士的说法，它该叫作"之用之用之用之用"，是末节的末节。一个人假如这样看待人类最高尚的品行，何止是可耻，简直是可杀。而区区的物品，却可以叫"之用"，和人亲近了很多。总而言之，以自己为中心，只要好处。由此产生的狼心狗肺的说法，肯定可以把法拉第、爱迪生等人气得在坟墓里打滚。

在西方的智慧里，怎样发明电动机，是个已经解决了的问题，所以才会有电动机。罗素先生就说，他赞成不计成败利钝地追求客观真理，这话还是有点绕。我觉得西方的智者有一股不管三七二十一，总要把自己往聪明里弄的劲头儿。为了变得聪明，就需要种种知识。不管电磁感应有没有用，我们先知道了再说。换言之，追求智慧与利益无干，这是一种兴趣。现代文明的特快列车竟发轫于一种兴趣，说来叫人不能相信，但恐怕真是这样。

中国人还认为，求学是痛苦的，学海无涯苦做舟。学童不仅要背"四书""五经"，还要挨戒尺板子，仅仅是因为考虑到他们的承受力，才没有动用老虎凳。学习本身很痛苦，必须以更大的痛苦为推动力，和调教牲口没有本质的区别。当然，夫子曾说，学而时习之，不亦说乎？但他老人家是圣人，和我们不一样。再说，也没人敢打他的板子。从书上看，孟子曾从思辨中得到一些快乐。但春秋以后到近代，再没有中国人敢说学习是快乐的了。一切智力的活动都是如此，谁要说动脑子有乐趣，最轻的罪名也是"不严肃"——顺便说一句，我认为最严肃的东西是老虎凳，对坐在上面的人来说，更是如此。据我所知，有些外国人不是这样看问题。维特根斯坦在临终时，回顾自己一生的智力活动时说：告诉他们，我度过了美好的一生。还有一个物理学家说：我就要死了，带上两道难题去问上帝。在天堂里享受永生的快乐他还嫌不够，还要在那里讨论物理！总的来说，学习一事，在人家看来快乐无比，而在我们眼中则毫无乐趣，如同一个太监面对后宫佳丽。如此看来，东西方两种智慧的区别，不仅是驴和马的区别，而且是叫驴和骟马的区别。那东西怎么就没了，真是个大问题！

作为驴子之友，我对爱马的人也有一种敬意。通过刻苦的修炼来完善自己，成为一个敬祖宗畏鬼神、俯仰皆能无愧的好人，这种打算当然是好的。唯一使人不满意的是，这个好人很可能是个笨蛋。直愣愣地想什么东西有什么用处，这是任何猿猴都有的想法。只有一种特殊的裸猿（也就是人类），才会时时想到：我可能还不够聪明！所以，我不满意爱马的人对这个问题的解答。也许在这个问题上可以提出一个骡子式的折中方案：你只有变得更聪明，才能看到人间的至善。但我不喜欢这样的答案。我更喜欢驴子的想法：智慧本身就是好的。有一天我们都会死去，追求智慧的道路还会有人在走着。死掉以后的事我看不到。但在我活着的时候，想到这件事，心里就很高兴。

物理学家海森堡给上帝带去的那两道难题是相对论和湍流。他还以为后一道题太难，连上帝都不会。我也有一个问题，但我不想向上帝提出，那就是什么是智慧。假如这个问题有答案，也必定在我的理解范围之外。当然，不是上帝的人对此倒有些答案，但我总是不信。相比之下我倒更相信苏格拉底的话：我只知道自己一无所知。罗素先生说，虽然有科学上的种种成就，但我们所知甚少，尤其是面对无限广阔的未知，简直可以说是无知的。与罗素的注释相比，我更喜欢苏格拉底的那句原话，这句话说得更加彻底。他还有些妙论我更加喜欢：只有那些知道自己的智慧一文不值的人，才是最有智慧的人。这对某种偏向是种解毒剂。

如果说我们都一无所知，中国的读书人对此肯定持激烈的反对态度。孔夫子说自己知天命而且不逾矩，很显然，他不再需要知道什么了。后世的人则以为，天已经生了仲尼，万古不常如夜了。再后来的人则以为，精神原子弹已经炸过，世界上早没有了未解决的问题。总的来说，中国人总要以为自己有了一种超级的知识，博学得够够的、聪明得够够的，甚至巴不得要傻一些。直到现在，还有一些人以为，因为我们拥有世界上最博大精深的文化遗产，可以坐待世界上一切寻求智慧者的皈依——换言之，我们不仅足够聪明，还可以担任联合国救济署的角色，把聪明分给别人一些。我当然不会反对说：我们中国人是全世界，也是全宇宙最聪明的人。一种如此聪明的人，除了教育别人，简直就无事可干。

马克·吐温在世时，有一次遇到了一个人，自称能让每个死人的灵魂附上自己的体。他决定通过这个人来问候一下死了的表兄，就问道：你在哪里？死表哥通过活着的人答道：我在天堂里。当然，马克·吐温很为表哥高兴。但问下去就不高兴了——你现在喝什么酒？灵魂答道：在天堂里不喝酒。又问抽什么烟？回答是不抽烟。再问干什么？答案是什么都不干，只是谈论我们在人间的朋友，希望他们到这里和我们相会。这个处境和我们有点相像，我们这些人现在就无事可干，只能静待外国物质文明破产，来投靠我们的东方智慧。这话梁任公1920年就说过，现在还有人说。洋鬼子在物质堆里受苦，我们享受天人合一的大快乐，正如在天堂里的人闲着没事拿人间的朋友磕磕牙，我们也有了机会表示自己的善良了。说实在的，等人来这点事还是洋鬼子给我们找的。要不是达·伽马找到好望角绕了过来，我们还真闲着没事干。从汉代到近代，全中国那么多聪明人，可不都在闲着：人文学科弄完了，自然科学没得弄。马克·吐温的下一个问题，我国的一些人文学者就不一定爱听了：等你在人间的朋友们都死掉，来到了你那里，再谈点什么？是啊是啊，全世界的人都背弃了物质文明，投奔了我们，此后再干点什么？难道重操旧业，去弄八股文？除此之外，再搞点考据、训诂什么的？过去的读书人有这些就够了，而现在的年轻人未必受得了把拥有这种超级智慧比作上天堂。马克·吐温的最后一个问题深得我心：你是知道我的生活方式的，有什么方法能使我不上天堂而下地狱，我倒很想知道！言下之意是：忍受地狱毒火的煎熬，也比闲了没事要好。是啊是啊！我宁可做个苏格拉底那样的人，自以为一无所知，体会寻求知识的快乐，也不肯做个"智慧满盈"的儒士，忍受这种无所事事的煎熬！

我有位阿姨，生了个傻女儿，比我大几岁，不知从几岁开始学会了缝扣子。她大概还学过些别的，但没有学会。总而言之，这是她唯一的技能。我到她家去坐时，每隔三到五分钟，这傻丫头都要对我狂嚎一声：我会缝扣子！我知道她的意思：她想让我向她学缝扣子。但我就是不肯，理由有二：其一，我自己会缝扣子；其二，我怕她扎着我。她这样爱我，让人感动。但她身上的味也很难闻。

我在美国留学时，认得一位青年，叫作戴维。我看他人还不错，就给他讲解中华文化的真谛，什么忠孝、仁义之类。他听了居然不感动，还说：我们也爱国。我们也尊敬老年人。这有什么？我们都知道！我听了不由得动了邪火，真想扑上去咬他。之所以没有咬，是因为想起了傻大姐，自觉得该和她有点区别，所以悻悻然地走开，心里想道：你知道这些，还不是从我们这里知道的。礼义廉耻，洋人所知没有我们精深，但也没有儿奸母、子食父，满地拉屎。东方文化里所有的一切，那边都有，之所以没有投入全身心来讲究，主要是因为人家还有些别的事情。

假如我那位傻大姐学会了一点西洋学术，比方说，几何学，一定会跳起来大叫道：人所以异于禽兽者，几希！这东西就是几何学！这话不是没有道理，的确没有哪种禽兽会几何学。那时她肯定要逼我跟她学几何，如果我不肯跟她学，她定要说我是禽兽之类，并且责之以大义。至于我是不是已经会了一些，她就不管了。我的意思当然不是说她能学会这东西，而是说她只要会了任何一点东西，都会当作超级智慧，相比之下那东西是什么倒无所谓。由这件事我想到超级知识的本质。这种东西罗素和苏格拉底都学不会，我学起来也难。任何知识本身，即便繁难，也可以学会。难就难在让它变成"超级"，从中得到大欢喜、大欢乐，无限的自满、自足、手而舞之足而蹈之的那种品行。这种品行我的那位傻大姐身上最多，我身上较少。至于罗素、苏格拉底两位先生，他们身上一点都没有。

傻大姐是个知识的放大器，学点东西极苦，学成以后极乐。某些国人对待国学的态度与傻大姐相近。说实在的，他们把它放得够大了。拉封丹寓言里，有一则《大山临盆》，内容如下：大山临盆，天为之崩，地为之裂。日月星辰，为之无光。房倒屋坍，烟尘滚滚，天下生灵，死伤无数……最后生下了一只耗子。中国的人文学者弄点学问，就如大山临盆一样壮烈。当然，我说的不止现在，而且有过去，还有未来。

正如迂夫子不懂西方的智慧，也能对它品头论足一样，罗素没有手舞足蹈的品行，但也能品出其中的味道——大概把对自己所治之学的狂热感情视作学问本身乃是一种常见的毛病，不独中国人犯，外国人也要犯。罗素说：人可能认为自己有无穷的财源，而且这种想法可以让他得到一些（何止是一些！罗素真是不懂。——王注）满足。有人确实有这种想法，但银行经理和法院一般不会同意他们。银行里有账目，想骗也骗不成；至于在法院里，我认为最好别吹牛，搞不好要进去的。远离这两个危险的场所，躲在人文学科的领域之内，享受自满自足的大快乐，在目前还是可以的。不过要有人养。在自然科学里要这么做就不行：这世界上每年都有人发明永动机，但谁也不能因此发财。顺便说一句，我那位傻大姐，现在已经五十岁了，还靠我那位不幸的阿姨养活着。

（原载1995年第11期《读书》）

"后国学"虚脱症

何满子

近年来"国学"已被炒得很烫手，看模样好像是"里应外合"，由海内外"新儒家"们一起鼓噪起来的。学者们已经做出预言，说二十一世纪将是中国的世纪，多么令人陶醉！如果靠经济，靠国力，以及在此基础上形成的中国新文化使未来的世纪打上中国标记，那真是求之不得，人人该努力以赴。但说教者们所预言的中国世纪，所凭借的乃是儒家文化，也就是以它为主流并由它定性的"国学"。如果说这话的是外国人，他们嘴里夸说中国的"国学"如何美妙，就不免要让人疑心这里头有什么诡计，说穿了就是怂恿中国人在"骸骨的迷恋"中自我陶醉，晕晕乎乎，忘其所以。如果中国人如此矜夸"国学"，这就让人想起鲁迅所说的"死的说教者"，使人怀疑他们是在和科学和民主唱对台戏。不管如何巧言善辩，"国学"是绝对催生不出科学和民主的，历史已经证明。

但是，使"国学"发起烧来的，恐怕很大的原因是生意经。

中国数千年的传统文化深厚丰富，这不消说，里面也有不少好东西，否则，不是正如一位学者所说："《狂人日记》把中国历史归结为'吃人'两字，的确畅快淋漓，但事情不可能这么简单，如果'吃人'吃了五千年，文明早完蛋了。"是呀，人之不存，文明焉附？虽然，这种高论只能如鲁迅所说，"玩笑只当它是玩笑"，但五千年传下来了，文化里总有些值得夸示宣扬的东西，把这些东西印出来，可以让人认识历史，比照古今。从生意经上说，可以卖钱，换外汇。卖书要宣传，做广告，这就给"国学"热添火加油，或者反过来，"国学"热给卖书赚钱呐呼呐喊。

出版消息告诉我们，"国学"热浪中，大部头的古书成为热门，正在编纂的有《东方大典》《传世藏书》《四库全书存目丛书》《续修四库全书》等等，都是售价以万、以十万计的巨型丛书，令人恍觉重睹乾隆盛世。这些待印的大量古书里，许多是重复的，或内容雷同，或价值不大，或只宜供少数学者使用。笔者注意到的，只有邓广铭教授两次撰文稍表不同意见，认为近于浪费。但这点声音也被淹没在一片鼓吹声中，杯水不抵车薪，扑哧哧一杯冷水，反而更显得"国学"的烧得猛烈。

文化上的事情，比如编书印书也，诚然是文人学者捣鼓出来的，但实底子不是跟着政治转就是跟着经济转。老皇历是跟着政治转的多，市场经济时代则大抵是跟着经济转。"国学"热也者，市场诱惑甚于文化驱动。

兴修大部头的典籍，历史上的例子总是王朝要达到某种目的。汉唐太邈远，说起来费词，以宋初的修纂《太平御览》《太平广记》《文苑英华》这些大部头书，明初的修《永乐大典》而论，就是为了皇帝刚夺得了天下，要羁縻前朝旧臣，至少可以免得这班颇有能量的文人"群居终日，言不及义"，给点事让他们忙乎一下，可以彼此省心，化消极力量为积极力量，而且还可博偃武修文、倡导文治的美名。清朝康乾两朝的修《古今图书集成》之类，乃至不惜血本大修《四库全书》，既可夸示圣主"右文"，又可网罗汉族文化精英，显得满汉一家，团结安定，兼带着清除旧籍中不利于满人统治的"悖逆"之词和使圣心不悦的内容，而其终极目的，则是靠这些书来塑造国民的精神，达到其意识形态上的统治功能。凡此种种，都是文化跟着政治转的确据。

文化跟着经济转即生意经转，自然只有在商品经济成了气候的时代。三十年代国民党政府发动影印《四库全书》的"珍本"，就曾引起过一场争议。当时已是"五四"以后，虽然提倡尊孔读经之风也余脉不绝，但即使国民党当局，也知道要用古书来执行塑造国民灵魂的任务是不大办得到了，从政治上说，印《四库》至多不过是显示一下它的正统和道统。当时的学术界，以有重望的蔡元培为首，反对按库本影印，主张用未经清朝窜改过的旧刻本和旧抄本。争辩了一通的结果，国民党政府教育部和上海商务印书馆议定，仍然原封不动地照印《四库》本。原因为何？四十年代笔者一次偶然和傅斯年闲谈时提起此事，他说原因盖在张元济的坚持。我还记得傅的原话："张菊老打败了蔡校长，其实是商务印书馆打败了教育部。"张元济也是卓越的学者，岂有不知影印未经窜改过的本子为好之理？但道理很简单，他身为商务印书馆的代表，要给出版商打算盘。《四库》本现成，找古刻本、抄本要花费大量的人力物力，要增加成本，生意经上不划算。学术什么的，对不起，只好屈从生意经。文化跟着经济转。

眼前的"国学"热大抵也是跟着经济转的，市场诱惑大于文化追求，当然政治上也没有害处。文化正在和市场靠拢，几下里一凑，市面就闹猛起来。不久前读到一篇颇有机趣的"文坛感言"，把"国学"热和当前新潮才子津津乐道须臾不离口的"后现代"配对，名之曰"后国学"，并且诊断这种发烧是"一种虚脱的症候"。有点像，但不全像。

"后现代"在中国是没有根的，以新潮才子贩运所自的原产地的标准掂量，中国连"现代"的东西也不多，或不成气候。顶多有些"意识流""撒娇派""超低空飞行主义"和"做了梦玩"之类的抢手货和滞销品。"现代"尚摆不成阵势，何"后现代"之可言？一位自称"旁观者"的冷嘲家说："何谓'后现代'？就是用一些夹生的'话语'，来说常识以下的道理，把一切都'解构'掉以后就算自己大获全胜的玩意。"话虽说得刻薄一点，但有那么一点意思。"后现代"还不及皮尔·卡丹的时装，后者即使穿两年样式过了时，衣料总是上乘的。

但"后国学"却是有根基的，中国究竟有五千年文化，有大堆的古书，所谓汗牛而充栋。老祖宗手里，除了经史子集外，别无学问；佛经虽非国产，但早已归化成为"内典"。因此那时无须和域外文化区别而用不着"国学"的名称，是为"前国学"。以后西学来了，本可援"中学为体，西学为用"之例称之曰"中学"，有如无须把传统医学与尚未入口的西医区别而称为"中医"一样。可惜科举废止，办起了学堂，中等学堂简称"中学"进来打岔了。无可奈何，本世纪二十年代起就行出了一个不三不四的"国学"的名字（笔者曾有一篇《"国学"解》，专谈这名称之莫名其妙，刊于1994年第39期《瞭望》周刊）。但名虽不正，那么多书是摆着的，不是要嘴皮子的空无所有，所以"后国学"不谓无根。

怪就怪在此刻要炒起这东西来。"五四"以来，研究传统文化从来没有懈怠过，有些时候谁要是对老古董中的有些破烂货稍发异论，还可以祭起"民族虚无主义"这一法宝构成罪状。五十年代后叶康生大唱"厚今薄古"，七十年代"四人帮"大肆宣扬"批孔批儒"，不过是一点政治诡计，其实这些野心家所干的正是传统文化中最恶劣的专制残忍的部分，十足的"国粹"。"国学"既绵延不绝，正规的研究也进行得好好的，突然金鼓齐鸣地大喊大嚷起来，又不曾听说过从《老子》书里发现了高能量的芯片,《墨子》书里发现了信息高速公路,或《易经》发现了太空火箭,定要劳动书斋里的大师、准大师们来声嘶力竭地弘扬？此理实不可解。所以，识不透葫芦里究竟是什么药之前，我宁肯相信这阵"后国学"的发烧是"一种虚脱的症候"。

当然，这种热症不是青霉素之类的抗生素可以退烧的，它的病灶实在太老、太老了。

1995年6月

（原载1995年第5期《随笔》）

为什么要容忍异教徒？

盛 洪

　　《读书》1995年第11期刊登了《智慧与国学》一文。纵观该文，给人的感觉是：中华文化没有意义。尽管我认为作者的推论过程实在不堪一驳，但其中包含的逻辑却具有典型意义。这就是在智力水平上做文章。如果你能证明你的论敌或你想攻击的对象在智力上低人一等，你就彻底胜利了。不过这样做包含了更大的危险。迄今为止我所知道的用智力不平等来论证的社会制度，一是独裁统治，一是计划经济。但事实证明，这两种制度是失败的。王小波先生的不同之处在于，人们要通过证明一个人或一小部分人的智力高于其他人来证明独裁统治或计划经济的合理性，而他则要证明，一些人的智力低于另一些人。于是他在一个弱智人面前发现了自己在智力上的优越，然后把它作为"一些人的智力低于另一些人"的经验基础，用以支撑他的基本结论：一种文明不如另一种文明。具体地，就是中华文化没有存在的价值。如果它今天还存在，只是由于人们的怜悯，就像他的"可怜的傻大姐"一样。如果没有存在价值，人们用另一种方法对待这个弱智人，大家又会有什么异议呢？

尽管会有一些人同意王先生的结论，但我猜想，大多数知识分子不会赞同他的前提。因为如同中国有"人皆可以为尧舜"之说，西方人坚信"所有的人都是被上帝同等地创造出来的"（all men are created equally）。要相信不同种族、不同民族、不同文化的人具有同等的权利，首先要承认他们在智力上是同等的。这种观念已经融入近代以来逐渐形成的人权概念之中。如果为了证明某种结论而不惜借助于"智力不平等"的前提，就会导致极为荒谬的结论，证明社会的不平等，包括国际社会的不平等是合理的。这就如同一个数学系学生为了证明一个结论而不断地放宽假设，以至最后与基本前提相矛盾。当然，王先生的表达极端了一些。其实这种逻辑在近代以来曾经占据过统治地位。当科学技术获得了某些成功，西方文明相对于其他文明占据了明显的优势以后，人们往往过分夸大了所谓"智慧"或"理性"的作用，用科学的方法或理性分析去看待世界上已经存在的各种传统，包括西方世界的传统。这导致了理性万能主义。这种趋势用哈耶克的话来描述就是这样："人们不愿容忍或尊重无法视作理智设计产物的任何社会力量，相信在科学的时代只有人造的伦理制度、人造的语言，或甚至一个人造的社会才能算得上是合理的，越来越不情愿屈从于那些没有被理性地揭示其作用的道德规范，越来越不情愿和那些没有弄清其理性基础的惯例保持一致……"当人们把目光从工程转向社会，从西方转向东方，用已有的知识来看待未知的世界，很容易发现现实与理性之间的差异。人们不禁要问，那些无法用理性解释的事物有意义吗，那些甚至不能用文字明确描述的传统和习俗有存在价值吗？按照理性万能主义的逻辑，答案是否定的。然而，当二十世纪这个人类本该享受理性的恩泽的时代，实际上给人们带来了前所未有的灾难和恐惧时，人类这种狂妄自大的态度受到了警告。直到工业化引起了全球的生态问题，直到那个人造的经济制度——计划经济导致更低的生产率，大多数人才对自己的理性产生怀疑，才回过头来认真地读一读像哈耶克这样坚定的自由主义经济学家早就发出的告诫：有效率的经济制度往往不是人类设计的产物，而是自发演进的结果。各种传统是不同的人群在长期互动中形成的，通过不断的试错过程达到了人与人之间的均衡，因此是一特定人群中最佳的社会规范。如果不能理解传统，不是传统错了，而是观察传统的人信息不完全，理性有限。人类不应有了一点所谓的"智慧"就高傲自大，按照哈耶克的说法，这正是导致人类灭亡的"致命的自负"。知道人类理性的有限性，才是大智慧。当然，不是现在所有的人都接受这种看法。我们在看一些美国电影时，还经常可以看到以印第安人或阿拉伯人甚至中国人的传统仪式为背景的场面，用以烘托"理智的"西方人。我猜想导演的潜台词是：荒诞不经。

可惜哈耶克自己并没有把传统这一概念推广到不同的文明，他所谓的"扩展的秩序"主要是指西方文明，其他人也少有从他的理论中导出文化平等主义来。实际上，许多西方知识分子的努力仍然是要把其他文明"弱智化"，目的是要证明它们没有存在的意义，进而取代它们。尽管到今天，西方人已经对其文明所带来的问题做了大量的批评，尤其在生态环境方面，但是我们还没有看到有谁将"生态保护主义"推广到"文化保护主义"。到今天，西方的孩子们已经被教育得可以为一只死老鼠举行葬礼，却不会为玛雅文化或印加文化唱支挽歌；人们可以为南极的企鹅请愿，却不会为正在消逝的印第安文化游行。平心而论，不同的文化传统就像不同的物种，都是自然演进的结果。如果有区别，那就是人文传统要高于自然的物种。那么，为什么一些西方知识分子在提倡保护濒危物种的同时，又举起对其他文明征伐的大旗呢？一个可能的解释是，自然物种具有博物学价值，对人却不构成损害；不同的文化传统虽然也有博物学价值，但却有可能互相冲突。既然一个文化传统是一个特定人群经过长期互动而形成的最佳社会规范，它必然代表了这一人群的整体价值，文化冲突实际上就是利益冲突。当一个物种会威胁你的安全时，它的博物学价值就是微不足道的了；当一种文化传统与另一种发生冲突，从而导致利益冲突时，再讨论所谓博物学价值就不合时宜了。就像对于羊来说，狼的博物学价值远远抵偿不了它所带来的恐惧。随着人的暴力工具的改进（尽管主要不是为了对付其他动物），其他动物对人的威胁已经基本不存在了。所以尽管单个来说，老虎仍会吃人，但它已经被列入濒危物种了。但在具有不同文化传统的人群之间却不是这样。虽然在一些时候，某一人群的坚船利炮会使他们相对于其他人群占有优势，但这种优势不会永远保持下去。这或许是不少西方知识分子谨慎地区别"生态保护主义"和"文化保护主义"的原因吧！

倒是有不少东方人很想把非西方文化定义为只有博物学价值的东西。记得一位先生在肯定中国文化时就说，它在博物馆里有价值。不少人也在通过小说、电影和其他艺术形式，有意无意地向西方展示中华文化的博物学价值。就是在儒学的发源地、孔子的家乡曲阜，我们所看到的祭孔仪式，也不过是一种毫无儒学内涵、着意于形式表现的文化展览。尽管这种博物学的展示有着被对象化的自觉，却也不无善意，即表白这种非西方文化的实质内容已被抽空，对西方人已经无害，只剩下被观赏的价值了。反过来，一些西方人也在强调东方文化的博物学价值，哀叹多样化的异国情调和丰富怪异的习俗传统在所谓现代化的过程中逐渐消失。他们的主张有时甚至却为那些非西方文化的传人所不容。但是，这些强调非西方文化的博物学价值的努力是非常脆弱的。中国刚刚在经济发展上取得一些成绩，就不仅仅是张艺谋电影中的故事了，西方人很快就感到有"威胁"了。这不能用发源于西方的不同的意识形态来解释，而坦率的亨廷顿先生已经给出了答案。在他那篇《文明的冲突》中，儒学是基督教文明的邪恶的敌人，对于西方游客来说，它决不像曲阜的祭孔表演那样轻松。

所以，尽管我们可以宣布中华文化没有意义，尽管我们可以把它关进博物馆（动物园），西方人却不想上当。如果我们承认亨廷顿先生道出了事实，那么，较积极的做法是，如何解决文明间的冲突？换句话说，我们应选择一条什么样的全球化道路呢？一条道路是，用一种文明替代其他所有文明。这其实就是迄今为止基督教世界企图达到的目标。尽管耶稣教导人们要"爱你的敌人"，基督教对其他宗教（注意：不是对其他个人）的宽容精神却远逊于其他文明。在一次国际会议期间，我曾分别问过基督徒和穆斯林如何对待其他的宗教。穆斯林告诉我，在他的国家里，有多少基督徒当了议员，多少当了部长；而基督徒的回答却使我大吃一惊，他说，其他宗教都不是宗教。后来我想起来，在《圣经》中，以色列人的上帝是一个"忌妒的上帝"；汤因比也曾评论说，耶和华之所以成功，是因为它比别的神更排他。当我们回顾近代史的时候，我们不能忽略了，西方人是带着传教热情走向世界的。他们早期杀死印加神庙中的神职人员，烧毁其宗教经典，是不能用民主、人权与自由来解释的，却符合"上帝的旨意"。到了今天，这样残暴的行为已经很罕见了，但宗教热情却没有减，只不过是形式发生了变化。

一种形式，就是将其他文明"弱智化"，证明其"不科学"和"野蛮"。应该承认，用基督教文明统一其他文明，是一个可以讨论的文化全球化的途径。但人类会为此付出巨大的代价，如同计划经济所带来的灾难一样。首先我们知道，对一文化的贬抑或取消，会破坏这一文化所赖以形成的人类特定群体的社会规范，从而损害这一人群的利益。更不用说，在不同特定环境下生长起来的各种文化，各包含了人类在不同情境下的对策积累，是应该珍视的丰富的文化资源。较之单一文化，多种文化会使人类更能应付未来来自各个方向的挑战。最后，我实在想不出，除了借助于暴力，还有什么方法可以实现一文明对世界的统一。事实证明，即使基督教文明统一了世界，也不能消除暴力的对抗。想一想，本世纪世界性的两次"热战"、一次"冷战"，不都是主要发生在基督教国家之间吗？

如果我们不想用暴力解决"文明的冲突"，我们就应放弃一文明优于其他文明的想法，我们就应探索和建立文明间交往的公平规则。这一规则，首先要建立在对其他文明或宗教的宽容精神之上。简单地说，就是要容忍异教徒。如果我们声称我们尊重每一个人，那么同理可以推导出对其他文明的尊重，不管我们是否真正了解它们的内容，就像我们不见得知道其他人的禀赋一样。进一步，我们还应明白，尽管存在着文明间的冲突，它们之间还有互补的一面。阳刚与阴柔，侧重精神与侧重物质，向外进取和向内求索，注重他律的制度和注重自律的制度，等等。这些不同的文化资源就像不同的经济资源一样，通过人之间的交往与合作，会给人们带来更大的利益。只要在文明交往中排除暴力因素，只要在和平的条件下建立起公平的规则，像市场交换那样决定对不同文化资源的取舍，我们就可能最终达到一种文明间结构上的最佳状态，就可能获得不同文化资源给我们带来的最大好处。

最后，我们谈谈如何看待中西文化的冲突问题。近代以来，中国的知识分子似乎并没有解决这一问题。无论是扬西抑中，还是扬中抑西，无论是中体西用，还是西体中用，似乎都在强调一个逻辑：若要西学，就要否定国学；若要维护国粹，就要排斥西方文化。这种倾向，在西方人用武力强加于中国时不是没有一点道理。因为武力冲突不仅强化了文明间冲突的一面，增加它们彼此的反感，而且使西学中有利于改进武力水平的因素变成不可比的优势，其他文明不可不学。但是如果我们今天要追求和平条件下的文明交往规则，就要对上述态度有所反省。其实，一文明走向世界、加入全球化的趋势的前提，恰恰是肯定自己，强调自己的优势，而不是相反。这就如同一个农民想加入社会分工合作和市场体系一样。在最初，他可能以为，别人生产什么他也生产什么，就叫作加入社会分工。这时，他是在贬抑自己的独特禀赋，简单地模仿别人。到后来，他逐渐会明白，利用市场体系的最好办法，不是出售他自己与他人相同的资源，而是出售自己与别人不同的资源。他越是突出与他人的不同，就越能从与别人的交换中获得别人的优势资源的好处。同样地，别人其实也期望他能够提供与他们的产品不同的产品，他越是能够区别他的产品与别人的产品，别人就越幸福。一个猎人不希望渔夫也改行当猎人；同样，计算机软件工程师也不希望用计算机写作的文学家下海经商。文明间的关系也是如此。中国的知识分子越是对自己的文明加以肯定，就越能从其他文明中学到对自己有利的东西；越是赞赏其他文明中包含的优秀成分，就越是为自己的文明感到自豪。

自鸦片战争以来已经一百五十多年过去了，近十几年的经济高速增长已经使中国人开始思考该对世界做出什么样的贡献了，如果我们在文明的关系上还停留在"别人种什么我也种什么"的水平上，就应该感到羞愧。直到今天，我们仍能看到不少人为了证明自己的"现代化"，忙不迭地否认自己身上的中国痕迹，用不屑的口气谈论中华文化。这种态度，既不符合中国传统，也与基督教精神不相一致。在西方，孩子从小就被教育说"任何人都与众不同"，这不仅包含自然禀赋，也应包含文化传统。当一个孩子要加入社会，一个人声称要做世界公民时，他是以他对自己的肯定、他的与众不同的禀赋为前提的。当他说爱他人、爱社区、爱这个世界时，他是以对亲人的爱为基础的。爱作为一种感情，首先只能从对亲人的爱中体验出来。如果我们对养育我们的父母，对哺育我们成长的社区、滋润我们心灵的本民族文化没有感激之情，我们很难得出结论说，我们爱这个世界，我们爱全人类。这就是中国人常说的先"修身齐家"，后"治国平天下"的道理，也是现代经济学从个人主义推导出社会责任的逻辑。当然，这种爱有时表现为一种"恨铁不成钢"的情绪，如同鲁迅和其他五四先贤们所曾经做过的那样，但我们确实无法从王小波先生的刻毒比喻中看到与爱的这种联系。到了今天，我们其实应该能够区别，什么是自省，什么是自辱。这种自辱的态度既不能帮助中国走向世界，也不会赢得其他文明的尊重，如果一个人在市场中高叫"我一钱不值"，他的最好的命运就是给别人看摊。对于这样的情境，或许孟子的话并不是没有意义：

> 人必自侮，然后人侮之；
>
> 家必自毁，而后人毁之；
>
> 国必自伐，而后人伐之。

（原载1996年第7期《读书》）

"赛先生"与国学

罗厚立

　　"赛先生"是"五四"人标举的两大口号之一，与我们今日基本将"科""技"合起来讲迥然不同的是，当时人讲"科学"甚少往"技术"方向走，讲到西方的物质一面时也往往提高到"文明"层次。我们今日说到"科学"，首先联想到的大概是数理化一类学科，但"五四"人更注意的是科学的"精神"和"方法"，而且这些"精神"和"方法"其实多来自生物进化论（对多数人来说恐怕意味着严复版的《天演论》而已），又渐成为抽象的精神和广义的方法，其与"格致"一线之自然科学的关联反而是相对松散的。本来"科学"的概念在西方和近代中国都是一个发展中的变量，大体言之，可以说"五四"人意识中的"科学"与我们今日所说的"科学"有相当的距离。

　　而且，时人对"科学"角色的认知在中国与西方之间实有区别：科学在欧洲仍像早年传教士所引导的那样与"物质"相连而常常落实在"技术"之上，但在中国则更多体现为"精神"，在实践层面更首先落实在胡适提倡的"整理国故"以及史学的"方法"之上。造成这样一种异地两歧式认知的原因甚多，只能另文探讨，但理解时人这样的科学观则有助于我们认识"五四"后"赛先生"何以会走向国学和史学这一特殊现象。

"五四"人之所以特别注重"德先生"与"赛先生"，在思想上是前有渊源的。康有为于光绪三十年（约1904年）曾广游欧美诸国，他当时就注意到中国"文明之本皆具，自由平等之实久得，但于物质民权，二者少缺耳。但知所缺在物质民权，则急急补此二者可也，妄人昧昧，不察本末，乃妄引法国夙昔野蛮之俗，压制苛暴之政以自比，而亦用法国革命自由之方药以医之，安平无忧，而服酖自毒，强健无病，而引刀自割，在己则为丧心狂病，从人是庸医杀人"。康口中的"民权"即今所谓"民主"，而他那时所谓的"物质"，实际多指"物质学"，即后之所谓"科学"也。这应该是较早将此二者连在一起视为中国最缺少而急需补救者，可以说开新文化运动的先河。

康有为此说主要是针对当时开始流行的"自由"和"革命"的观念，他主张中国只需引进民主而不需自由。这个主张是否合乎当时中国的国情暂不论，西学有限的康有为能看出西方政治思想中民主与自由的大区别，说明他的观察力确实相当敏锐。唯彼时中国"野蛮"已成众口皆出的共论，所以在一般人看来，针对"野蛮"的自由观念正适合于中国，有此想法的又岂止"妄人"而已。但后来的新文化人却相对忽略了自由与民主的重大区别，新文化运动早期得到提倡的个性和人的解放很快就为群体倾向的民族主义和社会主义所冲淡。正因为前者其实与自由的关联更密切，而后者却在很大程度上可以为民主所包容，所以新文化人在具体主张上虽然与康有为大不相同，其标志性的口号实继承了康的思路。

说到物质和物质学，就牵涉到晚清思想言说中一个持续而重要的论题，即"力"与"学"之间的紧张及"学"与"术"孰轻孰重的问题。虽然有不少人说中国传统文化特别重实用，其实中国人轻术而重学有长期的传统（这与儒家所说的道、器关系也极有关联）。然而，近代中国在每一次中外冲突中的失败都或隐或显地增强了注重物质一边的言说的力量，本受今文经学影响的康有为一面要保"教"，一面又非常强调"力"或"物质"的作用，显然与时代语境的严重刺激相关。张之洞后来本梁启超的观念主张"自强生于力，力生于智，智生于学"，看似最重"学"，但时人的理解其实是中外之争的胜败之分在力，故虽以"学"为最初本源，最后却必须表现在"力"上面。这一学术史的演变相当曲折复杂，"五四"人正是在这样的学统之下思考和认识问题。

在这样的语境下，"五四"人专强调科学的精神和方法真是个异数，这与民国最初几年实行西式宪政不甚成功故进而欲学西方文化直接相关，同时也远承了古代重学轻术的传统。那时梁启超讲科学就注重其"精神"，且落实在方法之上。但他同时也在关注科学与艺术、文化的关系，到1923年1月，梁启超在东南大学讲《治国学的两条大路》，明确指出：西方人讲人生也用科学的方法，但这些方法只能"研究人生以外的各种问题；人，决不是这样机械易懂的"。梁同时也不认为西方的形而上学的方法适于研究人生，他主张"文献的学问"可以用"客观的科学方法去研究"，而"德性的学问"则应该用"内省的和躬行的方法去研究"。

将西学区别看待固然表明中国学人对西方学术和思想的了解已较前深入，但同时也是针对那时中国思想界关于"科学"的讨论。陈独秀在1920年春曾说："我们中国人向来不认识自然科学以外的学问，也有科学的威权；向来不认识自然科学以外的学问，也要受科学的洗礼；向来不认识西洋除自然科学外没（也？）有别种应该输入我们东洋的文化；向来不认识中国底学问有应受科学洗礼的必要。"他主张，"科学有广狭二义：狭义的是指自然科学而言，广义的是指社会科学而言。社会科学是拿研究自然科学的方法，用在一切社会人事的学问上，像社会学、伦理学、历史学、法律学、经济学等，凡用自然科学方法来研究、说明的都算是科学；这乃是科学最大的效用"。

从陈独秀的话看，自然科学的威权在中国早已树立，社会科学却不然，所以他那时说到"赛先生"，往往特别关注其所谓的"社会科学"。由于陈在新文化运动中的特殊地位，中国思想界（包括支持和反对者）的注意力也开始向此方向倾斜。当时另一个鼓吹科学而影响巨大的人物胡适正提倡整理国故，熊十力后来说：胡适那时"提倡科学方法"甚为成功，此后"青年皆知注重逻辑，视清末民初，文章之习显然大变。但提倡之效似仅及于考核之业"。结果是"六经四子几投厕所，或则当作考古资料而玩弄之"。这与前引梁启超将学问区分为"客观的"和"德性的"两种所关注的相同，即担心现代"学术"的专门化使"学"失去了原有的教化作用，学术即学术，也仅仅是学术，不再与做人有多少关联了。但熊一则曰"考核"，再则曰"考古资料"，实看到了当时"科学方法"的真正走向，即胡适所提倡的"科学方法"多落实在整理国故之上。

伍启元后来观察到，文学革命运动后，其领袖人物"不是努力于创作和翻译新文学，就是回头向所谓'国学'方面去努力"。胡适用实验主义整理国故，"同时梁启超氏等（如研究系的一班人）和许多国文教师和许多学者，都舍弃了其他的事业而钻到旧纸堆里"，于是"所谓整理国故运动就这样兴起来"。本来新文化运动是以反传统著称于世的，为什么会在短期内出现这样的转折呢？这里原因甚多，而其中一个即是体现在具体治学方法上的传统文化与外来文化的衔接问题。

王先谦在戊戌维新时已说："中国学人大病在一空字：理学兴则舍程朱而趋陆王，以程朱务实也；汉学兴则诋汉而尊宋，以汉学苦人也；新学兴又斥西而守中，以西学尤繁重也。"王氏能知西学比中学更"繁重"，显然是下了点功夫了解西学的。他看出那时旧派反新，部分也因西学繁重而思回避，尤有识见。在西学之内，又如严复稍后所说："今世学者，为西人之政论易，为西人之科学难。"西学比中学难，而理化等"科学"尤难，逐渐成为清季许多士人的共识。

那时留日学生观察到的西学东渐的过程是："其始也，西国之科学既稍稍输入；其继也，西国之文学更益益发见。"这样一种"今日之学由西而东"的趋势本来可能导致"支那文学科学之大革命"，但可惜中国士夫"其始以为天下之学尽在中国，而他国非其伦也；其继以为我得形上之学，彼得形下之学，而优劣非其比也；其后知己国既无文学更无科学，然既畏其科学之难，而欲就其文学之易，而不知文学科学固无所谓难易也"。且不论文学是否真的就更"易"，但可知"科学难"确是时人的共识。关键在于，"以今日之学言之，则欧美实世界之母也"。这里的"文学"是广义的，大体即今人所说的文科。既然西学已成"世界之学"，而科学又更难，最佳者莫过于口称科学而实际从事（西式的）"文学"，这正是后来新文化运动之师生两辈人中许多人的取径（虽然未必是有意识的）。

胡适标举的杜威实验主义的吸引人处也正在此，杜威曾说自由主义即把科学的思想习惯运用于社会事务之中，胡适恰最提倡此点。当科学由具体的数理化转化为相对抽象的"思想"甚至"方法"后，人们就可以不必实际从事那较难的"科学"，只须运用此"思想"或"方法"于其所熟悉之学问，即可同属至尊之"科学"。因此，当最早系统论述"整理国故"的北大新派学生毛子水提出"世界所有的学术，比国故更有用的有许多，比国故更要紧的亦有许多"时，胡适马上指出："学问是平等的。发明一个字的古义，与发现一颗恒星，都是一大功绩。"学者仍操故技，实不过转变态度（具体方法上当然也有变化），居然大家都"科学"且不甚难，又何乐而不为。可以说，理化等"科学"的难是科学走向原属"文学"的国学和史学的一个潜在原因。

尽管当时许多学人不承认国学是"学"，但真正说到具体治学时，学者们即发现比较有成就的还正是实际落实在史学之上的国学。顾颉刚就注意到"别的科学不发达而惟有国学发达"的现象，他认为这是因为国学方面的材料是极丰富的，"加以从前人的研究的范围又极窄隘，留下许多未发的富源，现在用了新的眼光去看，真不知道可以开辟出多少新天地来"。其实，别的科学不是更属未开发的"新天地"吗？国学之所以独有成绩，即因学术积累深厚，学者轻车熟路，才使"新眼光"有用武之地。缺乏积累和训练的别的科学，包括社会科学，便有再新的眼光也无大用。

然而，作为一门学问的"国学"在中国出现的时间并不太长，且始终具有"模糊不清"的特征。从根本言，"国学"其实并未能确立自身的学术典范，它在很大程度上不过是一个涵盖宽泛的虚悬名号而已。更使时人困惑的是，这样一种认同模糊的中国"国学"已不能不与外国发生关系。鲁迅在1922年注意到，"当假的国学家正在打牌喝酒，真的国学家正在稳坐高斋读古书的时候"，斯坦因已将西北的"汉晋简牍掘去了；不但掘去，而且做出书来了。所以真要研究国学，便不能不翻回来"。同时，若"真要研究元朝的历史，便不能不懂'屠介纳夫'的国文"。所以，"中国的国学不发达则已，万一发达起来，则敢请恕我直言，可是断不是洋场上的自命为国学家'所能厕足其间者也'的了"。后来吴宓为清华国学院写的"旨趣"也明确指出，该院"异于国内之研究国学者"即在于他们要"取材于欧美学者研究东方语言及中国文化之成绩"。既然国学已与西学挂钩，且还不能不依赖西方汉学（以及日本汉学），则其作为学术的存在价值也降低了。

更重要的是，中西新旧之分到底是民初思想言说中一个带根本性的区分，无论用什么标签和怎样科学化，国学总是隐隐露出在近代文化竞争中已失败的"中学"的意味，且与"富强"这一晚清开始推崇的国家目标不相适应（甚至被认为有所"妨碍"）。结果，反对国学的意见越来越占上风。北伐结束后不久，国学终于在一片反对声中不得不基本退出中国的思想言说。相比起来，史学虽然也不能对"富强"有多少直接的贡献，但在学科认同上毕竟比国学要超越得多（这在中西新旧对立的时代里有特别的作用）。本来整理国故时期的"国学"在具体内容或研究题目方面已逐渐向史学转移，国学的学术认同带来的问题进一步增强了这一趋势。而1926年《古史辨》的出版并风行更将许多学人的实际注意力由"国故"向"古史"转移，也是导致史学地位上升的一个重要因素。

但不论国学还是史学，中国学者真正得心应手的还是作为其基础方法的考据。整理国故能够一度风行与考据的"科学化"有直接的关系。民初中国学人的一个主要关怀就是要使中国学术预世界学术之流，而中国学术的"科学化"是预流的重要先决条件。梁启超在1922年自供说，由于"因果律是自然科学的命脉"，学者多欲证明自己所治学科也有因果可寻，以成为科学。"史学向来并没有被认为科学，于是治史学的人因为想令自己所爱的学问取得科学资格，便努力要发明史中因果。我就是这里头的一个人。"他承认其写《中国历史研究法》时就具有想为史学"取得科学资格"的心态。观许啸天1927年所辑的《国故学讨论集》，在在均可看到将中国旧学用西式学科名词或当时流行的新名词来表述的"整理"意识，这些文章的一个总精神便是将中国传统"科学化"，以进入"世界学术"之林。陈独秀说其"要在粪秽里寻找香水"，虽带有强烈的价值判断，却甚能概括这些人的心态。

而国学的衰落也影响到作为其基础方法的"考据"，使其逐渐陷入困境。结果，考据究竟是否科学？若考据未必科学，则什么是科学或要怎样研究才科学，在二十世纪三四十年代成为新的问题。从张东荪到程千帆这类未居主流的趋新派纷纷指出，考据是"前朝学术"，不应在民国仍受推崇。其实，考据之名正，以考据方法治学者便言顺，反之亦然。北伐后不仅国学衰落，以考据治史学者也多只能在学院派的研究群体中仍具地位，而与社会思想言说更接近的非学院派学术中，另一种重视理论的史学明显上升（社会史论战即是最典型的代表），且对学院派构成巨大的冲击。

可以说，北伐后两种史学的竞争是更早就开始的思想竞争的发展和继续，早年的"问题与主义"之争已开后来实验主义和唯物史观竞争的先河。这一竞争当然不仅是学术争端，而有着更广阔的关怀和社会、思想背景，非本文所能详论，但有一点是非常明确的，即双方都自称"科学"而且试图证明自己更科学。当时的社会认知也大致承认两者都是"科学"的重要组成部分，伍启元后来总结说，"科学方法最盛行的有实验主义"，而"辩证法的唯物论至少也有同样的重要"。虽然"实验主义者，对辩证法的唯物论者，常常施以攻击。这两派的学者，至今还常常互相争论"，这并不妨碍它们都是"科学"的分支，而且是当时最主要的分支。

张君劢在1934年认为陈独秀当年不过"借科学与玄学的讨论来提倡唯物史观"，如果确是如此，则陈独秀可谓相当成功。在"科学与人生观"论战时，还是中学生的唐君毅后来回忆说：北伐以后，"上海的思想界则为马克思唯物史观所征服"。史家陈志让也认为，那次的论战科学派虽然取得表面的胜利，却不久即"输给了马克思主义"。其实张君劢分析唯物史观何以"在中国能如此的流行"，恰因为"今日之中国，正是崇拜西洋科学，又是大家想望社会革命的时候"。这一分析极有见识，唯物史观根本就是论战时"科学派"的一个主要成分，而并非与"科学派"相异的另一势力，其能"征服"思想界所依据的正是对中国历史和中国社会"更科学"的解释。

总体言之，本来晚清中西学战的结果是中学已被认为"无用"，而国学明显地是"中学"的近义词。在一定程度上或可以说，"国粹""国故"等词汇的大量引入思想言说之中，恐怕本身就是因为"中学"已经失去吸引力和竞争力。当章太炎鼓吹"以国粹激动种姓"时，他（以及主张以历史激发爱国心的梁启超等）有意无意间不过是换一个标签而试图将在时人思想言说中已经边缘化的"中学"拉回到中心来，但正由于"国粹"与"中学"的接近，这一努力的成就有限，或可说基本是不成功的（那时许多人根本认为中国没有"国粹"，只有"国渣"）。相对比较中性的"国故"得到采用（尤其胡适明确指出选择这一词汇就因为其中性），部分即因为"国粹"不能得到比较广泛的认可。

对已经边缘化并被"证明"无用的"中学"来说，即使是一个中立的态度也已相当亲切。其实多数中国读书人的民族主义情绪一直动荡于胸中，"国粹"当初即曾较有吸引力，唯不持久。到"国故"这一中性名称得到标举，并且是由留学且比较西化的胡适来表述，整理国故运动立刻如日中天。也就是说，整理国故能在全国不胫而走，既有中国学人相对熟悉而能有所为这一技术层面的因素，也因国人隐显不一的民族主义情绪在起作用。胡适虽曾否认"中国学术与民族主义有密切的关系"，说他提倡的整理国故只是学术工夫，"从无发扬民族精神感情的作用"，但这未必是其全部的真意。

陈独秀确实看出了整理国故在这方面的实质，即"要在粪秽里寻找香水"。胡适曾辩称他们的立场是中立的，但那只是将整理者自己置于一个超越的地位，即与所整理的国故似乎没有什么内在关联的地位。科学的超越性在这里得到凸显，整理者如果是科学家而不是具体的中国人，则国故也不过是研究的对象而已，但"国故"这一名称本身终揭示了整理者与被整理者之间不仅仅是研究人员与研究对象的关系，问题也正在于此，后来的反对者实际反对所有以"国"字开头的名目。反对派的观念很清楚：国故本无多少整理的价值，至少在那时不是当务之急，而且会妨碍引进不论以什么名目表述的西学这一中国当下最需要完成的任务（这个观念渊源甚早，至迟也可追溯到甲午战后的严复）。

有意思的是，如果依照民初人开始遵循的西学分类，国学或国故学带有明显的跨学科性质，而科学对当时的中国人来说本具有"分科之学"和分科治学的意谓。但国学或整理国故如果不"科学化",其实难以成为中国学界注目的（哪怕是短暂的）主流。因此,"科学"落实到以史学为中心内容的"整理国故"之上这一过程同时也是国学"科学化"的进程。没有科学的支撑,国学便上不了台面（虽然最后还是因不够"科学"而以下台告终）;没有"国故"这一多数中国学者耳熟能详的具体治学对象,以方法为依归的"科学"便不能落在实处。新文化运动中的"赛先生"居然走向了"实验主义"和"辩证法的唯物论",而"科学"这两大分支又具体落实为整理国故、古史辨和社会史研究这样的后果,即因这种种因素所促成。此时反思梁启超所说西洋学问为中国所固有者唯史学,或能对传统文化和外来文化有意无意间怎样结合得一新知。

2000年3月

（原载2001年第2期《读书》）

国学之争在学理不在"意见"

赵汀阳

近年来出现所谓"国学热"。国人对国学有兴趣，本是理所当然的事，但居然演变成一种"轻浮"的文化争论，这就让人失望了。过于随便地进行批判，这样没有任何建设性。就像自然生态需要多样性，不能随便说哪个物种是"坏的"，更不能随便认为哪种文化不应该存在。何况国学存在数千年，自有其伟大力量和深刻道理。

关于国学到底"好不好"这样的问题几乎没有意义，重要的不是意见之争，而是学理或技术性争论。回避学问的技术性讨论，从而把学理之争变成意见之争，这个"轻浮"的争论模式，非常可能是上世纪八十年代后期到九十年代初期所谓"文化热"以及"人文精神讨论"的一个后遗症。当时把各种文化问题都简单化为二元对立的价值争论，比如"中 / 西""传统 / 现代""蓝色 / 黄色"以及"市场 / 理想""精神和物质"等。这个把事情简单化的模式是典型的群众运动模式，它把事情简化到人人可以随便理解和参与的程度，于是人人都能够积极抢答，这样就进一步毁掉了问题的严肃性，最后变成群众娱乐。

表面上看，这些争论似乎关心的是精神话题，但从来都没有进入学理问题，而其精神作秀的风格恰恰证明这种"轻浮"争论正是消费文化的一部分，因为精神作秀就是反精神。这样的文化争论没有精益求精的学术进展，没有知识积累的过程，更不会有问题和思想的创新。人人都能够抢答的"问题"以及人人都能够发表意见的"争论"，既不可能形成学术推进，也不可能提高公众思维水平，最多是陈旧意见的重复。在精神问题肤浅化的背后是现在流行的反智主义。就像同样流行的反英雄主义试图把人都变成小人，反智主义则试图把人都变成蠢人。

前不久，人民大学成立国学院，许多人争论国学是不是值得有个学院，却没有人讨论国学院的制度和学理问题。其实，国学的学科分科就是一个非常值得讨论的技术性问题。据说，目前的设想是采用西方的学科制度，可以相信，这样安排的好处是人们已经习惯了西方学科制度。但也有疑问。中国学问本来有着自己的分类方式，而学问的分类方式与产生问题的方式并非没有关系，以西方学科制度去规整中国学问，难免影响和改变许多问题的原本性质。百余年来，人们以西学格式去改写国学，有得有失。学问当然必须与时俱进，但也不能忘记，有些曾经被认为落后的学问方式，今天又重新变成前卫的。

中国思维"不分家"的做法，就曾经被批评为落后的。记得几年前一个会议上讨论到"学科制度"（disciplines）和知识分类的问题时，有个西方学者嘲笑中国的传统知识往往依赖一些没有科学规则的概念分类，忽而似乎按照科学分类，忽而又按照实用功能分类，甚至有本古代的"大词典"里把猫分成"家猫、野猫、不打破花瓶的好猫"（当时没有听明白他说的是中国的哪本词典）。那个西方学者讲到这里，自己忍不住嘎嘎直笑，嘎之不已（我女儿发明的"成语"）。如果真有这个分法，难免有些好笑，但背后的严肃问题是，中国的分类往往以"事物与人的关系"为依据，而不是以"事物之间的关系"为根据，这是两种完全不同而又同样深刻的方法论。这样去看，问题就不可能消失在"轻浮"的笑中了。

事实上，随着研究的问题规模变得越来越大而且越来越复杂，"不分家"的方法论在今天又显示出优越性来。甚至今天的西方前沿学术，也正在把原来被认为分别属于各个领域的事情重新联系在一起去思考，这远远不是所谓"多学科"或者"跨学科"，而是学术一体化，政治和经济、文化和历史、理论和策略都没有分界，都在其中讨论。这种做法竟与中国传统方法论暗合。中国的传统研究，无论诗书礼乐等等，都是综合性学术研究，同时是政治、伦理、哲学、历史等方面的混合理论，我喜欢称为"综合文本"。这种方法论的优势决不是分科制度所能够代替的。

（原载2005年7月30日《新京报》）

"国学"热，所热何来？

陈乐民

外孙女丫丫今年六岁了，暑假照例随妈妈从巴黎回北京度假。因为在家里太腻，所以还是把她送回幼儿园大班去。一天，晚上回来，口中念念有词，像念儿歌一样："人之初，性本善……"一直念到"苟不教，性乃迁"。只数说着而不知什么意思。忽然她问："狗为什么不叫了呢？"有一天，口中咕咕哝哝，问她背的什么，她说是："×××，自己心。"幼儿园卖给她一本书，那书的封面写着：《儿童国学读本·三字经·弟子规》。她背的该是《弟子规》的"首孝弟，次谨信"吧。当然小家伙很快就没兴致了，书扔在一边，还是看她的《三只小猪》去了。我由此想写这么一篇短文。

"国学"究竟是什么？似乎没谁说得清楚。从根子上说，所谓"国学"的提出，是同"西学"对立和抗衡的。这一点我从未动摇过。"国学"的一个"国"字已经说明了问题。自清末至如今，所谓"国学"，时兴时废，经过岁月和世事的淘洗，早已没有后劲了。这次"国学"发烧，有人鼓励，有人响应，媒体哄炒，从弘扬民族文化到祭孔尊孔，起孔子于地下，让他跟"国际接轨"，造成四方来朝的声势，于是中学办"读经班"，高等学府办"国学院"，大款、高官趋之若鹜，忙着给自己贴上"儒"家标签。然而，所谓"国学"者何？不过相当于现代版的张南皮"中学为体、西学为用"中的"中学"。张之洞以为这样就可以"双美并"了。殊不知那是"并"不起来的。那时的"西学"指的是"洋务派"所说的洋枪洋炮之类的物质文明。民国肇始以来，尤其是"五四"以后，"西学"的内容便意味着"科学与民主"了，而"中学"的内容却没有变，仍是那些老古董。"中学"改称为"国学"，同"国运民瘼"挂上了钩。于是经史子集，宋明理学，乾嘉朴学都囊括了进去。还有什么呢？这不是同"西学"相对的么？

我小时念过一些《论》《孟》，由于彼时的学校教育在总体上是"新式"的了，那些老一套在我脑子里只存零零碎碎的一些语录，在社会上和教育层面，则无论如何时兴不起来了。李大钊早就说过，孔儒碰上西方的工业文明已经败下阵来了。大约在中学时代，我十五六岁，读了些鲁迅、胡适之，幼年念过的《论》《孟》就更没有多大地盘了。到四十年代我还不太懂何为政治，但是隐隐约约地，脑子里的反封建礼教的意识愈来愈多了。这是我这个年龄的人在那时所共有的。鲁迅劝青年人少读或不读古书，说古书字里行间挤出了两个字："吃人"。鲁迅矫枉过正，但说到了骨子里。清代的戴东原说，宋明理学以"理"杀人，那是针对"存天理灭人欲"说的，不可能上升到制度上。鲁迅的"吃人"二字则戳到了旧制度的神经中枢。1949年以后，我略懂了些世事。一次看袁雪芬扮演的"祥林嫂"，她在台上凄切反复地喊："我的阿毛被狼吃了。"最后拿着斧头向土地祠走去，去砍那她捐的"门槛"，那日是除夕之夜，老爷家正鞭炮齐鸣，"祝福"来年。戏剧里的冲突直捣表面上温良敦厚的封建制度，印象至深。

"五四"后曾有整理国故一说。在新条件下看待国故有一层清理和清算它们的意义。闻一多整理笺注考据古籍，用功甚勤，但是他在给臧克家的信中说："……经过十余年故纸堆中的生活，我有了把握，看清了我们这民族、这文化的病症，我敢于开方了。"又说："我始终没有忘记除了我们的今天外，还有那二千年前的昨天，除了我们这角落外还有整个世界。"因此，"我比任何人还恨那故纸堆，正因为恨它，更不能不弄个明白"。闻一多开的什么"方"，当然就是把民主自由的理想努力变为现实。"旧学"或"国学"能完成这个任务么？如今改革开放了，反倒搬出逆时而退的"国学"来了。岂不怪哉！

说要让青年人读些文言文，念点古文，这我是赞成的，我对我的学生也是这样说的，因为那是一种关乎文化学养的问题，脑子里有些历史感了，也多些文史知识，若作文章，思维也可以更活络些，连用语也可能更生动些。我劝他们不妨先读读朱自清的《经典常谈》和《诗言志辨》。这两种书，是朱先生写给中学生看的，现在大学以上的人也可以看看。有这样的书垫底，在这基础上再根据自己的志趣，选读些《古文观止》之类，能读得多些更好，则什么"国学班""读经班"都可以免了。显然，这与让"国学"发起烧来，是两回事。

很有些人拿二十世纪二十年代清华有四大导师的"国学院"说事儿，似乎所谓"清华学派"由此奠基。陈寅恪先生自称"思想囿于咸丰同治之世，议论近乎（曾）湘乡（张）南皮之间"，虽早年留学域外，且曾说过古希腊文化优于我三代周秦，但揆其一生所致力的，全在于从经学起到与西方文明碰头之前几千年间的学问。不过陈先生从来不以"国学"称之。与短暂的"国学院"相比，之后的清华文学院所从事的教学和创获，在长得多的时期中比"国学院"要广得多，也新得多了。如今一提"清华学派"便抬出有四大导师的"国学院"，而很少提甚至几乎不提名师如云的文学院。这至少有失偏颇，不大公允。这话扯得有些远了。

其实，我确实用不着对今天的"国学热"饶舌，或杞忧，因为它太不合时宜，那热度注定是长不了的。久而久之，自会退烧。学问之事一旦与功利挂上钩，攀上亲，就早晚会产生与学问的目的相悖的"异化"或谬种。唉！"国学""国学"，多少笑话假汝之名以行！

（原载2008年1月《随笔》）

"国学热"的浅层与深层问题

徐友渔

　　最近四五年来兴起的"国学热"渐趋平静，见诸报端的新闻与争论开始减少。这是预示着"国学热"不过是昙花一现的文化事件呢，还是意味着阵热之后的冷静思考，蕴藏着长期发展的契机呢？我们当然希望是后者，不过要真正得出这个结论，就需要认真分析前一阵的表层上的热，提出和研究一些关于国学长远前途的深层次问题。

· "国学热"的表浅性

　　这几年兴起的"国学热"主要表现为一系列引人注目的宣言、口号、事件和争论，留在人们记忆中的，多半是媒体的炒作和一些极端主张的喧嚣声。对于"国学热"而言，2004年是非常重要的年份，它既是集中爆发的一年，也是作为新起点的一年。

2004年，在编撰出版《中华文化经典基础教育诵本》和举办全国儿童经典诵读经验交流会的基础上，有人提出"少儿读经"的口号，并引发极大的争论。同样在这一年，"2004文化高峰论坛"在人民大会堂盛大举行，闭幕式上发布了由著名学者发起、七十位论坛成员共同签署的《甲申文化宣言》。在这一年，被誉为"中国文化保守主义的一面旗帜"的《原道》创刊十周年，并举办座谈会，邀请各思想文化派别代表到场发表关于儒教文化前途的意见。这年夏季，提倡新儒家和保守主义的一些学者以"儒学的当代命运"为主题会讲于贵阳阳明精舍，会议被称为"文化保守主义者峰会"，亦称"龙场之会"。由于以上以及其他一些事件，这一年被命名为"文化保守主义年"。

接着，在2005年也发生了好多事情，比如，中国人民大学成立国学院，人大校长在发表有关讲话时抨击五四新文化运动，把传统文化的破坏和衰落归罪于"五四"，这种言论引起激烈争论。9月28日，中央电视台对山东曲阜、上海、浙江衢州、云南建水、甘肃武威等地孔庙举行的祭孔活动进行全世界现场直播。在此期间，还有人鼓吹应把祭孔活动办成有国家领导人出席的"国祭"，甚至有人主张要把孔教立为"国教"，这自然又引起激烈争论。

另外，北京大学哲学系举办国学"老板班"，某文化公司在北京举办中国国学俱乐部，这一类消息都引起了批评和争议：一是因为这种班收费奇高，二是有人对这种形式能否真正弘扬国学表示怀疑。此外，于丹、易中天、阎崇年等在央视百家讲坛讲孔子、庄子、古典名著和历史引起批评，而李零教授的《丧家狗——我读〈论语〉》一书也引发叫骂，等等，都是与"国学热"有或多或少关系的花絮。

以上历程似乎表明，"国学热"并不是一场有深厚根基的文化运动，它更多地表现为被媒体支撑和炒作的新闻风波，它吸引人们关注的，主要是一系列引起争吵的事件。孔夫子有云："君子欲讷于言，而敏于行。"但现在在"热"中推涛作浪的许多人，却只是长于言辞而躲避埋头苦干者，他们或者热衷于发宣言、开会、搞对话录或访谈录，或者为种种开张、庆典、祭日办红白喜事。他们的大肆鼓噪和炒作不是弘扬国学，而实在是有悖国学的本质的。

· 国学需要复兴，国学应该热

但是，以上描述的并不是事情的全部，更不是有关国学的"理当如此"。

中国是具有悠久历史、深厚传统和丰富思想文化遗产的国家，现今的中国人不应该、也不可能中断与过去的联系，我们用中文思考，用中文表达交流，中文所承载的文化传统是割不断、摆脱不了的。国学需要继承，是不需要证明的道理。

世界上大多数国家都不存在是否应该继承和发扬光大本民族文化传统的问题，因为那被看作是理所当然的事情。与"国学热"有关的争论之所以发生，是因为在近现代我们的文化传统曾经遭到破坏和中断，而且我们的传统受到现代化这个历史任务的挑战。所以，问题的产生不在于要不要国学，而在于对国学的衰落和曾经遭到破坏与中断的原因给出合理的解答，对国学发展的方向和目的有正确的认识，对国学的内涵做出恰当的厘清。

　　我认为，我们现在讲复兴传统文化，准确地说并不是如有些人所说的，是要让中国文化到世界上去起指导作用，挽救西方的危机，其实我们最真实、最直接、最紧迫的理由是，中国人对于自己文化的丢失和陌生，已经到了令人不能容忍的地步。叫人汗颜的一个例子是，内地最著名大学的校长在赠送文物礼品给中国台湾客人时，竟对上面的文句念不下去，在盛大的场合出洋相。名牌大学校长如此，其他人可想而知。

　　我亲身经历的一件事也很有趣并能说明问题。那是在上世纪八十年代初，我还是中国社会科学院研究生院的学生，同寝室一位年轻同学正在谈恋爱。他为了表示风雅，从《唐诗三百首》中抄录了一首送给姑娘，我读了之后，笑得直不起腰。他抄的是王昌龄的《闺怨》：

　　　　闺中少妇不知愁，春日凝妆上翠楼。

忽见陌头杨柳色，悔教夫婿觅封侯。

这位中国最高文科学府的研究生，只是朦朦胧胧感觉到这诗情意缠绵，却根本不懂其意，连诗中主人公的身份都一塌糊涂。他不知道把这首诗送给恋人是何等的不伦不类。

现在提倡学习传统文化，恢复国学的种种努力之所以正当，之所以必要，是因为人们的知识太欠缺，国学在教育中，在人们生活常识中所处的地位和它应有的地位相比存在较大的差距。总之一句话，我们对于自己的传统文化学术上欠债太多。就此而言，建立国学院，编写、出版教材、读本，提倡少儿读经，都是必要而有益的举措，这方面活动再多一些，声势再浩大一些，都是正常的、应当的。

所以，如果把"复兴国学"比较平实地理解为知识、教育方面的补课、还债和基本建设，那是没有问题的。相对于我们在文化上欠债之多而言，刚刚兴起不过几年的"国学热"并不算热，还没有达到应有的程度。

· 国学应该怎样热

与上面这种低调、平实的目标相反，许多倡言"复兴国学"的人宣扬一种高调的主张，认为中国传统文化是匡时救民、打造主流核心价值、解救时代危机的思想资源和精神武器。我们可以把前一种低调、平实的主张称为"文化儒学""知识儒学"或"日常人伦儒学"，而将后一种高调主张叫作"政治儒学"或"意识形态儒学"。我认为，第二种主张既不正确，也不现实，它误解了传统文化在当下的功能与意义，对于复兴传统文化不是有利而是有害的。

有人把复兴国学与中华崛起紧密联系在一起，认为国学有助于提升国家的核心竞争力和软实力，提升中国的国际影响和国际地位。这种说法不是毫无道理，一个不尊重自己的传统文化的国家或个人，是不配得到别人尊敬的。但这个主张也是有相当条件和限度的，历史的经验不能忘记，我们现在不论多么抬举国学，它的地位也绝对高不过它在晚清时的地位，而那时中国的实力和国际地位如何呢？那时的国势衰颓，难道和精英们普遍的"中华文化优越论"心态没有关系么？

有人把重振国学与促进"马克思主义的中国化"和形成"中国化的马克思主义"相联系，从抽象的层面上说，这样的可能性确实存在，但现实的经验告诉我们，这条路非常难。许多在"国学热"中活跃非凡的人大概不知道，现在的"国学热"其实只是第二波，第一波始于1993年。这年8月16日，《人民日报》用整整一版发表报道《国学，在燕园又悄然兴起》，提出"国学的再次兴起……将成为我国文化主旋律的重要基础"，两天以后又在头版登出《久违了，"国学"！》但这种迅猛势头很快遭到迎头痛击，某杂志发表文章《国粹·复古·文化——评一种值得注意的思想倾向》，其中说："来自西方的秋波，使窘于经济和政治落后的国粹论者找到了精神自慰的方法所在"，"而以马克思主义作为外来文化可以置之一边"，"不排除有人企图以'国学'这一可疑的概念，来达到摒社会主义新文化于中国文化之外的目的"。于是，复兴国学的运动戛然而止。

"政治儒学"或"意识形态儒学"还有另一种表现形式，有人主张中国应恢复儒家正统，甚至使儒教成为中国的国教。他们否认"人民授权"的现代政治原理，把"天道"、血统、贤人作为国家权力的来源。这种主张的不现实和荒谬一目了然，足以显示传统政治文化中的不良思想如果不抛弃则谈不上继承。

对传统文化和国学还有一种商业化的利用，就是认为可以把它用作经销策略、企业管理的理念、赚钱的招数。为企业家开办的"国学班"，就多半是在推销这种"文化赚钱术"。这种低俗的做法，既损害了国学的声誉，又误导了学员。谁都知道，儒学是与商业、经营、牟利格格不入的，儒家教导的是"正其谊不谋其利，明其道不计其功""君子喻于义，小人喻于利""君子谋道不谋食""君子忧道不忧贫"。诚然，我们可以在儒学中找到一些诸如"诚信"这样的关于个人为人和处理人际关系的教导，他们对包括企业家和商人在内的任何人都是有教益的，但一般的为人处世教导和具有中国传统特色的"经管宝典""赚钱秘诀"却是风马牛不相及的。

与那种大而无当、凌空蹈虚的倾向相反，也有很多人在复兴国学的活动中踏踏实实、埋头苦干，其中我最为欣赏和钦佩的，是一批年轻学生在"一耽学堂"名号下从事的传播传统文化的工作。他们决心改变"读经热""国学热"中只有"热"而没有"读"和"学"的状况，以义工的方式组织义塾、晨读点等等，在中小学、社区传播传统文化知识，他们自己也坚持晨读，提高自身的传统文化修养。他们不求名不求利，百折不挠、锲而不舍的精神，他们不事张扬、平实低调的作风，他们面向民间、面向未来的考虑，真正体现了中国传统文化中优秀的一面，他们的身体力行表明他们是中国优秀传统文化遗产的继承人。

· **必须研究和解决一些深层次的认识问题**

对于"国学热"的质疑、争论涉及的不仅是表浅层次的问题，因为人们对于复兴传统文化、弘扬国学本身持肯定性共识，但推动这种"热"的动力和目标有所不同，与这种"热"相关的一些预设、前提、论断涉及现代化与传统的关系、中西文化的关系、民族特性与人类文明共性的关系等等深层次的大问题。如果在这些问题上能够达成比较正确和一致的看法，将有助于"国学热"保持恒温，稳定扩散，否则，免不了会热一阵就降温，一场轰轰烈烈的运动到头来无疾而终。中国近现代历史上不乏大搞"尊孔读经"而最后以闹剧收场的前例，弄得不好，这次也可能重蹈覆辙，充其量增添一点商业化、市场化的调料而已。

深层次的问题很多，以下只是随便想到的几例。

（一）传统文化衰落，国学受到打压的原因。

许多人认为对中国传统文化的破坏产生于五四新文化运动中的启蒙知识分子，其实，他们对旧文化的批判，不论多么激烈，也只能算是知识分子在文化内部的争鸣。文化的发展需要争论、挑战、变革，五四新文化运动中的批判说到底也是思想文化发展的自身秩序的表现，对传统文化真正的摧残来自行政干预和政治权力发动的大批判运动。其实，五四精神也是对当今中国有巨大影响的传统，用老传统否定新传统恐怕行不通，如果"国学热"意味着对五四启蒙和新文化运动的反攻倒算，那它肯定没有前途。

（二）现代化与传统的关系。

如果传统是一成不变和僵死的东西，如果尊重传统就是对古人顶礼膜拜，那么中华文明只能是活化石。古人早就倡导"苟日新，日日新，又日新"，这是中国传统思想的精髓，也是我们今天对待传统应有的态度。我们不能指望只靠传统就实现现代化，实际上，传统文化只能在现代化的过程中转化和新生。五四新文化运动主将胡适的《中国哲学史大纲》就是典型例子，他的新视角、新方法使中国传统思想以新面貌存活于现代。

（三）民族特性与世界性、普遍性的关系。

任何一个民族的传统文化中，都是精华与糟粕并存。在中国的传统文化中，既有三纲五常、"君君，臣臣，父父，子子"、

"惟女子与小人为难养"这类过时的思想，也有"己所不欲，勿施于人""民为贵，社稷次之，君为轻""有教无类"这种散发永恒光芒的思想。我们应该重视和弘扬的，是传统中那些具有普遍价值的学说和命题，它们虽然在历史上带有时代的烙印，但基本意义是超越时代、民族、宗教、国度和文化的，其价值和生命力长久不衰，而且在当代具有指导意义。但如果认为最具特色的东西就是最有价值的，那么纳妾、裹小脚、抽大烟也就在继承弘扬之列了。

（四）思想文化多元是时代的特征。

复兴中国传统文化和提升国学地位，应该在思想文化多元化的框架中考虑和进行。多元化是我们这个时代的主旋律和特征，但不少人对于这种时代潮流并没有认识清楚，在"国学热"中，有两种声音是非常过时，并显示了陈腐思维特性的。一种是企图实现"罢黜百家、独尊儒术"，另一种是"警惕有人想用国学取代指导思想"。传统文化的前途并不在于有朝一日可以重登统治思想的地位，它的合法性或可接受性也不在于它可以为强化当前的主流意识形态服务，它有自身的价值和地位，在多元文化的格局中，把它定位为主角和配角都是不得要领的。

总之，传统文化在中国的复兴是有希望的，但实现这一点需要我们的努力、清醒与明智。

（原载2009年第11期《博览群书》）

国学如何"新视野"

陈平原

作为主要研究现代中国文学及文化的学者，我在国粹、国故与国学这三个词语中，最能接受的还是国学。但或许是偏见，我始终认为国学这个词，是被西学倒逼出来的，因此带有浓厚的防御色彩，缺乏主动性与生长空间。最近十年，情况发生了翻天覆地的变化，国学变得炙手可热，可说是到了"无人无处非国学"的地步。

随着"国学热"的勃兴，其边界及内涵不断拓展，连我这样的门外汉，也都有机会凑热闹，贡献几句大白话。以下五点——国学不是口号、国学并非学科、国学吸纳西学、国学兼及雅俗、国学活在当下——权当迟到的祝福与期许。

国学是好东西，但不该是震天响的口号。因为，一旦成为口号，犹如漫天翻卷的大旗，必定旗下鱼龙混杂，招来很多翻手为云、覆手为雨的江湖骗子。当下中国，"国学大师"的头衔似乎比物理学家、历史学家、考古学家等要好听得多。可我对于后者基本信任，对于前者则敬畏之余，不无几分疑虑——主要是搞不清楚其研究对象、工作方式及努力方向，因而不好评价其得失成败。

国学是大学问，但不该汲汲于晋升"一级学科"。几年前，若干出身经济学或自然科学的校长们联袂，振臂疾呼，希望国家将"国学"确定为一级学科，并授予专门学位。理由是，现有的文学、史学、哲学、数学、化学、物理学等分科方式，属于西方体制，无法容纳博大精深的中国文化。这里不想正面立论，单说这"一级学科"与"博士学位"，同样也属于西方体制。除非恢复"六艺""四部"的分类方式，或干脆回到秀才、举人、进士的科举考试，否则很难摆脱这种"影响的焦虑"。应某大报之邀，我正想参与讨论，一听说是反对设"国学博士"的，主事者当即表示，这文章可以不写了。

国学博大精深，但不该画地自牢。时至今日，我还是相信王国维的话："学无新旧也，无中西也，无有用无用也。凡立此名者，均不学之徒，即学焉而未尝知学者也。"硬要将国学与西学做彻底切割，不说理论上不够圆融，实际效果也不佳。五四新文化运动期间，如何看待新旧与中外，有过很激烈的争论。而日后对中国文化研究及建设做出更大贡献的，是《新潮》诸子，而不是《国故》诸君。

谈论国学，其视角有广狭之分，在"固守五经"与"兼及雅俗"之间，我倾向于后者。照理说，前者边界清晰，且渊源有自，容易做成"大学问"，只是因不接地气，很难茁壮成长。后者则"无往而不在"，兼及精神与物质、殿堂与市井、书斋与田野，更容易为广大民众接纳。说到底，热衷于谈国学的，更多动力来自政界、商界及大众媒体，而不是学院派。

最后一点很重要：国学必须活在当下。世人所理解的国学，大都是"中国固有的或传统的学术文化"。而晚清以降的中国文化，因其接受了西学的洗礼，很容易被剔除出去。这也是很多大学的国学院在确定研究对象时，将边界划到辛亥革命的缘故。这么一来，国学也就成了"博物馆文化"——很优雅，也很美丽，但已经退出了历史舞台。这是我最担心的。如何让中国文化重新"血脉贯通"，是每一个关心国学命运的读书人都必须认真考虑的。

在这个意义上，国学确实需要有"新视野"。

（原载2015年6月30日《文汇报》）

辑二

儒家传统

门外议儒家

金克木

甲：现在谈论传统文化，谈论新儒家，好像很热闹。你我都是知书识字，算不算儒？

乙：不算。

甲：怎么不算？给孔夫子磕过头，念过经书，没出家当道士，没当和尚，没信基督教或者别的教，那就是儒。你不承认，是不是怕秦始皇"坑儒"？

乙：不是。"坑儒"不是坑所有的读书人。秦朝伏胜还当"博士"，活到汉朝传授《书经》。你说的"儒"是"孔教会"的教徒。我说的是有确定含义具体人物思想行为的种种的儒。

甲：照你的说法，只有孔子、孟子、荀子和他们的门徒才算是儒，只存在于春秋战国时期，也就是说，先秦的是儒，以后的全不算？

乙：不然。秦以后还有儒。汉代有汉儒。西汉的董仲舒，东汉的郑玄，都讲孔子，又各有一套，彼此也大不相同。唐代的儒只有韩愈等几个人，又和汉儒不同，以反佛反老为主。北宋有程颢、程颐兄弟，南宋有朱熹、陆九渊，又各不相同。他们都没有成为官学。朱熹的学说还被朝廷宣布为邪说。这是宋儒。到了元代，蒙古人统治全中国以后才对朱子的理学大加宣扬，定为正统。他的书为考试做官所必读，一直延续到明清两代。平常说的儒家指的是他的门下。现在又说"新儒家"，指的是现代的几位讲学的大家，非汉，非宋，非先秦，不过有时也挂在宋以来的儒的头上。

甲：你要确切，那就不能不分别其异。但他们都称为儒，都尊孔，能不能求其同？

乙：他们的同，可从非儒的外国同样著书立说的人比出来。请比一比中国儒生和印度出家人以及欧洲教会中的学者在生活上有何不同？

甲：印度佛教和尚以及其他教的出家人靠"施主"的布施为生。欧洲的神父靠教会。在神学院变成大学以后，不管穿不穿道袍，仍是靠教会，也靠外来的布施。"施主"是或官或商或财主。中国的同类人从孔夫子起就是靠教书，靠做官，无论如何离不开朝廷。老子、庄子也是一样。秦始皇废私学，设"博士"，统一教育由官办，学法者"以吏为师"。从此以后，从汉到清一直没变。官学、私塾念的都是应付考试做官的书。所谓"隐士"也离不开官府。"翩然一只云间鹤，飞去飞来宰相衙。"

这是中外之异，也就是中国内部之同吧？对不对？

乙：依我看，由生活决定，中国的儒生首先必须具备使用价值，能直接间接为朝廷所用。可以不做官，或者做不成官，但必须有可用之道，可为统治者或准备当统治者的人认为有用。各国的和尚、神父可以关门研究抽象的"终极"问题，住在庙里或游行教化，讲自己的科学和哲学，可以计算天上星辰而不必编定实用历法。中国儒生就不行。中国读书人躲不开政治，并不是从孔夫子才开始。我们没有外国那种宗教和神话的书。从甲骨卜辞起，古书都与现实政治有关。老子逃政治必须"出关"。孔子要逃也只有"居九夷"，或者"乘桴浮于海"。

甲：科学技术不必论，直到宋代沈括、元代郭守敬都兼通历算。连唐朝和尚一行都讲密宗又通天文历法。明以后"畴人"也没断。问题是，不讲这些又没有技术的儒生，只会讲道理，有什么用？怎么能"应帝王"？

乙：中国儒生讲的道理的共同点是建立序列。"有序"是任何统治者所必需的。"无序"不过是破人家的"序"的手段，目的还是建自己的"序"。建"序"大概是从孔夫子到康有为以及后来儒生的共同点。因此尽管不同，也都可以称为儒。他们的"序"的内容，从汉儒起是建"礼"，从宋儒起又建"统"，终于建"理"，大加扩展以至于能横贯佛、老以至外国，达到"万事万物莫不有理"。完成这个建"序"大业的是南宋朱熹，所以蒙古人有横贯亚洲建立四大汗国的底子，就特别喜欢他的这一套。许衡等儒生的献策，如果没有适应统一大帝国的这个前提，是不会被蒙古统治者赏识的。至于什么是"礼""统""理"，还是请你说吧。

甲：《儒林外史》的马二先生最痛快。他说孔夫子也要做"举业"。"就日日讲究'言寡尤，行寡悔'，那个给你官做？"他说各时代有各种"举业"，一点不错。孔二先生，我们的祖师爷，周游列国所为何来？不论汉儒、宋儒，理学、心学，都出不了这个范围，都是要建"序"，所以才都尊孔夫子。他们都是做"举业"。千变万化，各种解说，无非是适应新需要，重复旧道理，都是为了这一连串等级的阶梯。我说的这些，你是不是同意？

乙：那何妨先请你说说"礼"。笼统说"序"不能定你我讲的是不是一回事。

甲："礼"首先是为朝廷制礼作乐。汉初有叔孙通定"朝仪"。蒙古皇帝也同样需要这一套。汉人儒生对蒙古皇帝的建议就是"治汉人当用汉法"。孔子传授的礼就是"礼别尊卑"。君臣，父子，一个高坐受礼，一个拜倒叩头，这样就不是同等的人了。各朝开国时都有这一套。契丹人耶律楚材曾劝蒙古皇兄拜新皇帝而达到安定。不过儒生单靠教这种礼只能时兴于开国一时，所以还得有另一套礼。这就是制定官僚机构及其运转方式，换句话说是如何提拔选用和排列官吏来实现这个礼并做有利运转。这不仅是最早的《周官》那套理想职官表和爵位排行榜。唐代实行考试，实际还靠推荐和名气，没有断绝汉代的旧习惯。宋代考试形式严密，但是文人做官是给皇帝当秘书，虽可以带兵，但不会打仗，只有空谈。文武双全的很少。元代儒生献出了考"经义"的条例。这时确定下一条：名为考文章，实是限思想。中不中靠运气。用不用在主人。给老百姓一条做官路，不让断绝希望。在考试中确定以朱熹的《四书集注》为题目及内容的不可动摇的标准，文体也定出死板的格式。王恂、许衡等人既定历法，立朝仪，又创出了经义八股文考试。这套考文官制度，后来英国人治印度时学去了。文官考试是一大发明，其中奥妙一时说不完。实际上做官之路多得很，不止考试一条，其中自有妙用。

乙：你去过祭孔子的文庙没有？那恐怕就是元代崇儒的第一个成果。汉武帝只在太学专业里尊儒。汉、唐、宋皇帝都是信道过于信孔的。孔子尊于元代。蒙古皇帝听从汉人的建议，封孔子为"大成至圣文宣王"。于是孔子戴上了平天冠，一位端然正坐的王者之像出现了。文庙中神的格式和佛庙一样，不过是以"木主"牌位代替塑像。佛的像全一样。要分别谁是阿弥陀佛，谁是释迦牟尼佛，只好看"一佛二菩萨"，由旁边侍者的形象不同来判断。从元代起，孔子也有了侍者，那便是由贤升圣的颜、曾、思、孟。然后有了"十八罗汉"，那便是以程、朱为首的陪祀的历代列位大儒。这都是从《四书集注》来的。此书出于宋，尊于元，效果见于明。清代发生许多问题由此而来。

甲：我来接着讲"统"。印度佛经中没有什么列祖列宗的说法，一到中国就有了。特别是禅宗，据说是"佛祖拈花，迦叶微笑""以心传心"，于是有了不用口传的一代一代祖师。然后是菩提达摩"一苇渡江，九年面壁"，成为"中土初祖"。以"衣钵"为符号传法，传到六祖，有了分歧。不说话的修行禅变成了专说话的语录禅。这一宗兴起于唐，而语录编于宋，庙规定于元。"禅"从此大大盛行，普及于教外。儒生同时同步也有了"道统"，起于唐朝韩愈的《原道》。他说这个"道"不同于老子和佛的"道"，是尧传舜，舜传禹，然后是汤、文王、武王、周公、孔子，"孔子传之孟轲，轲之死，不得其传焉"。这说法是反佛的，可是同禅宗的说法一样，不知谁影响谁，彼此都没有经典根据，都是"以心传心"。孔、孟不同时，当然也是这样传的，只是没有"衣钵"为依据，仿佛缺传国玉玺。宋代语录禅流行，《四书集注》应运而生。文庙排座位由此出现。同时政权也以南宋偏安为"正统"，与辽、金、元争"统"。元代是禅宗占领佛庙，理学或道学占领孔庙。中国的近古和近代思想形成而且有了形象表现是起于元代。我说的对不对？

乙：我觉得不错。若不然，怎么解说朱夫子特别提高孟子，而且要从汉朝人编定的《礼记》中选出《大学》《中庸》两篇文来配《论语》《孟子》？因为照程、朱说法，《大学》是曾子（参）所作，《中庸》的作者是曾子的门人子思（孔伋，孔子的孙子），孟子又算子思的门徒，加上《论语》中首席弟子颜回，这四位在孔子旁边"陪享"，当侍者，座位就排定了。孟轲升为"亚圣"，由元朝的文宗皇帝封为"亚圣邹国公"。孟子升格，从此理学、道学或儒学便成为"孔孟之道"了。佛教和儒家的这些变化正是中国人传统思想祖先崇拜的产物。传代是第一要紧的事。朱子在《四书集注》的最后，《〈孟子〉注》的末尾说得最清楚。"孟轲死，圣人之学不传。……千载无真儒。……（程颢）先生生乎千四百年之后，得不传之学于遗经，以兴起斯文为己任，辨异端，辟邪说，使圣人之道焕然复明于世，盖自孟子之后，一人而已。"从汉到唐的儒全被抹掉了。"道统"万岁！

甲：建"统"完成于元代大帝国，是汉族经过和契丹辽、女真金、蒙古元以及西夏、大理、吐蕃等多族接触而产生的。在这个意义上可说元代包括南宋是中国的"文艺复兴"时期，只是和欧洲的"文艺复兴"方向相反。他们走向春秋战国，我们到了秦朝。这且不说，除建"统"以外，"道""理"方面有什么可谈？别讲哲学。

乙：这可以从《大学》《中庸》的破格提升看出来。《大学》是经过朱熹改造的，是他的"整旧如新"创作。把"正心""修身"和"治国""平天下"连接起来，这就是所谓"内圣外王"之学。《中庸》不知是秦末汉初什么人的手笔，也不知为什么能在《礼记》中保存下来。这篇文或文章组合在汉传古代经典中是独一无二的。开头就提出了"命、性、道、教"等等"范畴"术语，又有一段把孔子"仲尼"上升为神，等同于天地、四时、日月。其中讲的"性"是"天命之谓性"。《论语》里明明说："夫子之言性与天道，不可得而闻也。"《中庸》讲"性"，是谁听孔子说的？"儒分为八。"这是哪一家？想不到这一组冷文章过了一千几百年热起来，派上了大用场。孟子和告子辩论的"性"是人性，又讲"浩然之气"，讲各种的"心"。《中庸》《孟子》合流，不但古时可以和异端佛教对抗，而且后世又可以和欧洲所谓哲学来对应，成为"形而上"的学。（"形而上者谓之道。"）"道"的作用越来越大。究竟是孔、是孟、是程、是朱，还是别的什么人，分不清了。儒"道"之妙，妙不可言。不懂这个，恐怕难懂中国人。

甲：真要讲孔子，恐怕得先分析《论语》。中国古籍多半是"杂俎"。不能笼统说。不限定材料，怎么研究？不分析怎么理解？

乙：我们这样谈论儒是尊还是贬？我们自己以为只是依据实际，考察现象，发现问题，寻求解说，无所谓褒贬。可是，照我看，只怕是像古老笑话说的，两个近视眼议论庙门口匾上的字，实际上匾还没挂出来。我们在儒门之外谈儒是不是两个近视眼？

甲：我相信匾终究是要挂出来的。我们是有点"超前"吧？

乙：那就不必读下去了，等二十一世纪再见吧？

（原载1995年第7期《读书》）

闲话孔夫子效益

邵燕祥

子不语怪力乱神，然而历史总是嘲弄人，被当作鬼打过以后，在一些自称要"弘扬民族文化传统"，又认为其中只有儒家传统值得"弘扬"的人那里，孔子再度被捧为神，不但是神圣之神——偶像，而且成了神通之神——法宝，除了经济效益，还有社会政治效益了，"神"得很。

学者对孔子的研究和权力者的尊孔是不同的。今之学者也有尊孔的，我相信是经过研究而后尊之，不是先尊为神再来研究或不研究的。权力者是不是真的在心里尊孔，别人很难说，像袁世凯祭天祭孔，行礼如仪，但他是没有工夫研究孔子和儒学的，大约只能让御用文人去研究，从里面找对他有用的论据。陈立夫看来是真的尊孔，有他写的《四书道贯》可证，他在"四书"上的确下过功夫。另外一些起劲呼喊尊孔的官员，其对民族文化传统和民族传统文化——缩小到对儒家儒学的了解，恐怕顶多是《三字经》水平，有的也许连《三字经》都还没读过，耳食而已。

不要小看《三字经》，它和《百家姓》《千字文》，直到《龙文鞭影》《名贤集》这些旧时启蒙课本，是影响广泛、深远的"通俗儒学"。

1980年4月7日上午十时，长途客车停在昆明以西84里程碑旁。忽见旅客们涌向一个地摊，不是买禄丰剪刀或鸡蛋、冷饮，有一位老奶奶卖书，白报纸油印，薄薄一本两毛钱，几十份霎时抢购一空。那时刚下发七号、九号文件，严令取缔非法组织和非法印刷品。车开，颠簸中一片读书气氛，夹杂着品评、赞许："有意思！""带劲！"我好奇一看，原来不是什么时髦的异端邪说，封面上仿宋体字"处世格言，古为今用"，双钩的书名：《增广贤文》。我当时写过几句诗，"在三家村冬烘先生的私塾里，它曾教导过我们的祖父和父亲；多么宝贵的言论自由啊它享受着，在八十年代中国大地上争春。"

到八十年代中后期，就有了"蒙学丛书"之类的出版，"通俗儒学"远在专家学者的视野之外，起着没有人认真调查过的可疑的作用。

近来有《新三字经》出，也许是"旧瓶装新酒"吧，没有研究，姑置不论。

在五四运动以前，特别是在清末废科举、兴学校以前，在中国人的思想意识中"实行专政"的，我以为并不是孔孟程朱的原著、经学大师的注疏，而是适于在识字不多、文化水平不高的平民中传播的"通俗儒学"。

孔分为八，墨离为三，除了学者，谁去管他？两千多年，才有几个皓首穷经的纯儒。圣经贤传，你以为是思想库，在权力者看来，不过是"王将军之武库"，十三经只是工具书，可以从中抽绎出为我所用的货色。子曰："大德不逾闲，小德出入可也。"到林彪那里就成了"小节无害论"。

现行宪法规定马克思列宁主义是中华人民共和国的指导思想，然而拿阶级斗争理论来说，一般群众以至干部有几个能说得清从马克思到列宁到斯大林再到毛泽东，这个学说是怎样发展下来的？还不都是笼统地包容在一个"体系"里吗？

从孔子肇始，经荀孟以至董仲舒，逐渐膨胀为宋明理学，到清代又一度大盛的今文经学，也是这样一个可称"博大"的儒学的"体系"，也是除了专家学者以外都把它当作一个整体来认知的。说"饿死事小，失节事大"语出程颐，与孔子无关，如此辩白只有考据上的意义。况且这是由"三从"派生出来的，"未嫁从父，既嫁从夫，夫死从子。"语出《仪礼》，不管是周公制作还是孔子订定的，总是公认的儒家经典，程颐之言算不上对儒学、对礼教的发展，不过是具体的阐释罢了。

孔子"爱人"，不欲杀人，但"以礼杀人"用的恰是儒学的名义。被礼教"吃"掉的众多男女老少，他们迫不得已或心悦诚服地做了牺牲时，也只知道是服膺了孔夫子的教诲不得不尔的。夫子重生，也会叹"我不杀伯仁，伯仁由我而死"吧？

以今例古，想想"文革"时期学"语录"，用"语录"，打"语录"仗，则所谓"半部《论语》治天下"，也不过是格言治天下。子曰诗云，无外一条条格言熟语。干什么学什么，权力者最关心"政治文化"，得势时相信"为政不难，不得罪于巨室"；失势时默念"潜龙在渊""小不忍则乱大谋"；对下呢，却永远要讲"君君，臣臣，父父，子子"的。

为了让平头百姓都懂规矩，知方圆，后来就有了"通俗儒学"。不用读《诗》《书》，不用读《论》《孟》，有了一条一条更通俗易懂的格言。"是非只为多开口，烦恼皆因强出头"，不是比"非礼勿言"更委婉体贴地"劝"人规规矩矩，不要乱说乱动吗，真就以文化的手段达到专政的目的了。

儒学，要研究。"通俗儒学"却不需研究，照办就行。

因为它是用来规范群众思想行为的。而在儒家看来，"行之而不著焉，习矣而不察焉，终身由之而不知其道者，众也"。儒家代表人物也是认为氓之蚩蚩，多属下愚，只能由"牧民"者来"牧"，那么，实行愚民政策就是顺理成章的了。

因此，"通俗儒学"是一种"实用儒学"，服务于牧民者的实用。所以其中有关"治国""平天下"的少，关于"正心""修身"的多，庶民一个个都正其心，修其身，各安其位了，自然至少是暂时的天下太平。

被"牧"之民，如果把"通俗儒学"全盘接受下来，当作自己安身立命的处世哲学，那就正中"上怀"了。

到二十世纪中期，刘少奇的《论共产党员的修养》一书，在解放区是作为马克思列宁主义政党党课教材的。其中用"人皆可以为尧舜"激励共产党学习马恩列斯进行个人修养，用"吾日三省吾身"作为修养方法，用"谁人背后无人说，哪个人前不说人""任凭风浪起，稳坐钓鱼船"作为对待党内斗争中不正确的批评和打击以至某些委屈和冤枉时应持的态度。由此不难窥见"实用儒学""通俗儒学"（体现为所谓处世哲学）的影响。

然而刘少奇本人的命运已经为他这一"修养"的理论和实践划了个大大的问号。

现在听说有人主张"用儒家的主体道德思想来培养'四有'新人"了。

"四有"者何？有道德，有理想，有文化，守纪律。

儒家的政治理想，"大道之行也，天下为公"的境界，是个遥远的憧憬，可望而不可即，不去说它。涉及"治国"的，君臣之义，治乱之道，除去不具可操作性的以外，主要都适用于宗法制的农业社会中调节王朝与诸侯国的关系，至于"道之以政，齐之以刑"，抑或"道之以德，齐之以礼"，只是如何进行统治更有效的不同路线之争，王道云云，则是从来只见于宣传，没有实施过的。这与建设"有中国特色的社会主义"何干呢？

而儒家的道德理想，在今天的社会生活中，有哪些是具有可操作性的？我说不清，留待提倡者去说。如果只是向各级干部"倡廉"，要他们"慎独"即"自律"不要贪污腐败，或是标举孝顺，把"孝心"列入少年儿童"五心"活动的内容，就算是体现了"儒家的主体道德思想"，以为能就此在青少年中培养出"社会主义的'四有'新人"来（那些正在"自律"着的干部想来早已是"'四有'新人"），我却总觉得是把一个严肃的问题庸俗化了。

可敬的孔夫子，在礼崩乐坏的当年，仆仆风尘，周游列国，兜售治国良方，可惜没人识货。老先生的方策，是有点"道德治国论"的味道。然而"道不行"也，奈何？他没有"乘桴浮于海"，而是留在故土了。

今天的中国，经济领域有经济领域的新情况新问题，政治领域有政治领域的新情况新问题，社会生活纷纭万状，于是有人惊呼国民的文化素质、道德素质降低了，"滑坡"了，继道德谴责之后，不知怎么想起乞灵于"儒家的主体道德思想"，或许是认为道德万能，可使各样矛盾"迎刃而解"。是不是有点"乱投医"呢？

　　不过，我不想给任何寻找药方的努力泼冷水。

　　我想有所建议。

　　我们办经济特区，是解放思想、大胆试验的创举，十几年来卓有成效，它所取得的经验已经辐射全国。

　　我们何妨办一个"用儒家的主体道德思想来培养'四有'新人"的特区，取得经验，向全国推广呢？在那里，我们可以"三年无改于父之道"，一切照既定格局办；我们"不患寡而患不均，不患贫而患不安"，安安定定地过"太平"日子；大家守住宅边地，"父母在，不远游"，安其贫而乐其道。不过，主持特区的官员的子女，在官员活着的时候，依"圣训"也不好出国了。

1995年4月

（原载1995年第6期《鲁迅研究月刊》）

请示孔夫子

王得后

有同志作《说孝》，依据《孝经》。《孝经》乃儒家十三经之一，当是宝典。诗圣有诗："射人先射马，擒贼先擒王。"据《孝经》说孝，可谓说其根本。若无断章取义，则证据确凿。倘不曲为之说，则正本清源，有来"商榷"者，当直陈《孝经》本义，原儒原道，再度辉煌。

有同志作《孝与不孝——与陈四益同志商榷》，却与此异趣。上溯"五四"，旁及时论，博大而不着边际，精深而语言含混，令人不敢"商榷"。比如，"'五四'时代'思想理论工作'的任务是批判，是打倒孔家店。当代思想理论工作的任务是建设，是继承或重新发掘儒家思想的不朽价值"，可他的这一篇大作用的却是"白话文"。这"白话文"的幸存而且还在发展，不正是"五四"不单有"打倒"，而且很有所建设的成果么？至于"当代思想理论工作的任务"云云，且不说于上于下都可能隔膜，且不说有违孔夫子"不在其位不谋其政"的教诲，恐怕退一万步，也只好说是当代儒家的任务吧？又比如"在现阶段，'忠'当然不是指对某个人、某个派别的愚忠，而是指对祖国、对人民的效忠"，如果是"对祖国、对人民""愚忠"行不行呢？只谈"派别"而不谈"党"，是急不择言呢，还是别有讲究？

这些都是不好"商榷"的。言归正传，再来说孝，或孝与不孝，咱们来请示孔夫子。

近几年来力倡重振孝行的大作连篇累牍，层出不穷。不知为什么，它们都挂一漏十，连一部《论语》十二处论孝的短短文字都不能顾及全篇。片面，而又并不深刻。起夫子于地下，不知有何感想，在下却只有摇头叹息哩。且看看孔夫子的全部训示吧：

　　子曰："弟子入则孝，出则弟，谨而信，泛爱众，而亲仁；行有余力，则以学文。"

　　子曰："父在观其志，父没观其行。三年无改于父之道，可谓孝矣。"

　　孟懿子问孝。子曰："无违。"樊迟御。子告之曰："孟孙问孝于我，我对曰无违。"樊迟曰："何谓也？"子曰："生，事之以礼，死，葬之以礼，祭之以礼。"

　　孟武伯问孝。子曰："父母唯其疾之忧。"

　　子游曰孝。子曰："今之孝者，是谓能养。至于犬马，皆能有养。不敬，何以别乎？"

子夏问孝。子曰："色难。有事，弟子服其劳。有酒食，先生馔。曾是以为孝乎？"

季康子问："使民敬、忠以劝，如之何？"子曰："临之以庄，则敬；孝慈，则忠；举善而教不能，则劝。"

或谓孔子曰："子奚不为政？"子曰："《书》云'孝乎惟孝，友于兄弟，施于有政'。是亦为政，奚其为为政？"

子曰："禹，吾无间然矣。菲饮食而致孝乎鬼神，恶衣服而致美乎黻冕，卑宫室而尽力乎沟洫。禹，吾无间然矣。"

子曰："孝哉，闵子骞！人不间于其父母昆弟之言。"

子贡问曰："何如斯可谓之士矣？"……曰："宗族称孝焉，乡党称弟焉。"

曾子曰："吾闻诸夫子，孟庄子之孝也，其他可能也，其不改父之臣与父之政，是难能也。"

此外，有一条复出，即"子曰：'三年无改于父之道，可谓孝矣。'"这，或是夫子三令五申，喋喋不休，或是孔子之徒以为意义重大，关系重大，故意重申。

全面地理解孔夫子的"孝"，大概是这样的吧：第一，孝不仅事人，而且要事鬼神。第二，孝不仅事父，是亲亲尊尊的家内道德，而且要事君，是亲亲尊尊的家外道德。第三，孝不仅仅属于道德范畴，而且属于政治范畴。第四，赡养父母不能称孝，孝的精髓在"敬"，在"无违"。"今之孝者，是谓能养"一条，痛斥"今之孝者"于两千多年之前，孔夫子毕竟是孔夫子，何其英明，何其伟大，何其有远见啊！

如果国粹和国渣不是不可分，"父母唯其疾之忧"这一条，大可告慰于世纪末的孝子的。不过，这还得"儒家思想的不朽价值"不至于"三十年河东，三十年河西"，风水团团转才行。

（录自《人海语丝》，中国文联出版社，2003年版）

请读一段经

王得后

· 一

我汉民族历史悠久，而且有经。"五经""九经""十三经"。
不似《圣经》，有如《圣经》。然而，我们的经，在我国思想和
学说鼎盛时期还没有这样吓人的头衔，把本来和诸子平起平坐
的某些著作抬高到神圣的"经"的地位是后来的事，而且愈来
愈多。幸而止于十三而已矣。——凡事总有一个尽头。

有经，就得遵奉。要遵奉，就得先要人读。读了而后，是
否遵奉，另当别论。

自汉武帝立"五经"以来，两千多年了。谁在读经？有多
少人在读经？姑无论和孔夫子的"民可使由之，不可使知之"
的教诲，以及和老子的"圣人之治，虚其心，实其腹，弱其志，
强其骨，常使民无知无欲；使夫智者不敢为也"的主张有没有

关系，有多大关系，总之，咱中国过去是一个文盲占人口绝大多数的国家，今天文盲依旧数以千万计。字还不识，何谈读经！而又有多少人号称识字，不过粗通文墨而已，距离读经，遥远得很。可见，历朝历代，在上者读经取士，在下者皓首穷经，不过占人口中的少数而又少数的"精英知识者"或希图成为"精英知识者"的书生罢了。如果"学而优则仕"有别解，那么，子曰"耕也，馁在其中矣；学也，禄在其中矣"，恐怕是难有歧义了吧？

· 二

有经可读，是一个民族的骄傲。创造经的人，在个人是伟大的，在民族是值得为他自豪的。

孔子就是一个伟大的人。我所谓的伟大，是他抓住了人类社会的四大根本问题，即血统，家庭家族宗族乃至部族内部的关系，家族外社会的人际关系，和男人女人的关系。人类社会的问题千头万绪，错综复杂，能够梳理出四大关键，四条大纲，非有过人的智慧和洞察力不可的。这就伟大。至于怎样处理这四大关系，怎样解决这四大根本问题，那是另外一个问题。孔夫子的设计，是"定于一尊"。在东南西北中独尊我"夏"，即我汉族；在家庭内部独尊"父"；在社会独尊"君""长"；在男女独尊"男"，即"父""兄""夫""子"。这是树立强者，强者通吃，强者为王，强者一统的规矩。提纲挈领，简捷明快。

然而，这种设计的致命的内伤，是不能"换位思考"。"非我族类，其心必异"么？"夷狄之有君，不如诸夏之亡也"么？"吾闻用夏变夷者，未闻变于夷者也"么？人同此心，心同此理，设身处地想想，谁命该臣服谁？"王侯将相，宁有种乎？""公有公理，婆有婆理"，这是势所必至，理有固然的。不是不知不觉，而是时候未到。时候一到，抗争随之。这"时候"，包括历史的条件，自我认定有力，以及忍无可忍。而"抗争"的手段是多种多样的。不但人类有文字记载的历史上，就是在我们内心和我们周围，这种事例还少吗？古今中外，其概一也。

"天不变，道亦不变"么？事实是天在变，道也在变。"载道""传道"的经，据今日考古发现的竹简、帛书，就和通行了两千多年的我们"读经"的版本不尽相同，而经的注、疏，更是人言言殊，而且各种分歧乃至对立的注疏，在笃信教义的经师内部就莫衷一是，遑论其他。

当全社会的人不能"依旧惯"活下去的时候，历史的根本转型时期到了。生活比"经"强。旧的生活崩溃，旧的"经"也随之被淡化、冷落，乃至被束之高阁。读还是有人读的，只是将其作为学业而专攻罢了。人不为"经"而生存，"经"却是为人而存在的。

在历史转型的漫长过程中，生活的变与不变，变多变少，变来变去，怎么变，是反反复复，曲曲折折的。经的读与不读，什么人读，读多读少，怎么读，也反反复复，曲曲折折。历史所显示的是这样，我们所经历的也是这样。秦始皇一统了天下，但焚书坑儒，并没有如愿以偿，一统了"经"，一统了思想。思想的根基在生活，思想的变与不变动因在生活，思想本身的角力不过是生活中不同利益的人之取舍的角力罢了。但思想只有由思想来转换，来克服。

废除读经是和废除读经取士同步的。清廷和帝制的崩溃，读经告了一个段落。人间世就是这样，"江山易改，本性难移"。由读经培育、陶冶、濡染出来的"人心"，没有也不可能随即移易。"礼失而求诸野"，就是"人心"比制度稳固的实证。何况在位者的推行，学者的固守呢？

中华民国的教育部就在推翻清廷的第十五年，即民国十四年决定：小学自初小四年级开始读经，至高小毕业为止。那理由是读经可以救国。人总不肯反思：读经读得最起劲的朝代，不是一个一个败亡了吗？国——其实一个朝廷，一届政府而已——何以救？与"国"又何干！

慨自新世纪行将到来的时候，有预言说：中国文化将是二十一世纪的文化。而中国文化的"要义，尽在三纲六义"。是的。传统如是说，这也就是传统。于是"国学悄然在燕园兴起"。这回距离清廷的被推翻已经快一个世纪了。这回是由大学而中学，由中学而小学，而学前的"国学班"了。当那长袍马褂戴瓜皮帽的小大人在孔庙向孔夫子打躬作揖行礼如仪的照片在报纸上展示的时候，我想：我们中国的二十一世纪真的要像孔夫子所说的"周监于二代，郁郁乎文哉！吾从周"了？这回的理由是读经可以挽救人心。"人心不古，世风日下"啊。

· 四

我想请倡导读经和正在读经的男士——如今"男女平等"已经背离了孔夫子的"经"了，此所以以"读经"为旗帜的学校，女士也能做校长——因之还要加上女士，读一段经。这段经出于《周礼正义》，经文如下：

圣人南面而治天下，必自人道始矣。立权度量，考文章，改正朔，易服色，殊徽号，异器械，别衣服，此其所得与民变革者也。其不可得变革者则有矣，亲亲也，尊尊也，长长也，男女有别，此其不可得与民变革者也。(《礼记·大传第十六》见中华书局影印《十三经注疏》下册第二百七十八页)

不记得什么时候，偶然翻书，看到这段经文，顿时真是不胜惊异之至，有如醍醐灌顶也。从前老师教我的，不是说儒家是保守的、复古的、反对改革的么？这段经文分明指示儒家是主张可以变革的。变革的内容列举的就有七项，都是与日常生活息息相关的，都是属于文化的范畴的。此其一。二，又不但是文化，还深入到承认政权的交替，也即改朝换代。据郑玄注："文章，礼法也。服色，车马也。徽号，旌旗之名也。器械，礼乐之器，及兵甲也。衣服，吉凶之制也。"孔颖达疏："周子，殷丑，夏寅，是改正也；周夜半，殷鸡鸣，夏平旦，是易朔也。……徽号，旌旗也。周大赤，殷大白，夏大麾，各有别也。"三，但是，它有坚持，有固守，有"其不可得变革者"。这就是"亲亲也，尊尊也，长长也，男女有别"。总计四项。这里的"男女有别"，不是指天生的"性别"，而是指社会地位。这在《礼记正义·郊特牲》有明确的定义："男女有别……男帅女，女从男。夫妇之义由此始也。妇人从人者也：幼从父兄，嫁从夫，夫死从子。"这里有两点是值得深思的。第一，儒家并不把文化看作铁板一块，看作统一的不可分割的整体。它从可变革与不可变革的视角分析为两大类别。这对思考所谓"全面反传统"和"彻底反传统"不是颇有启发作用的吗？第二，儒家认为自己学说的命根子是"亲亲也，尊尊也，长长也，男女有别"，是不可变革，必须坚持，必须固守的。可以改朝换代，但新朝新代不可以变革这四项根本原则。这对思考一种学说、一种主义、一种文化、一种传统，不是也颇有启发作用的吗？所谓"原教旨"不是任何教义不可变革，而是作为命根子的根本教义不可变革。如果说今天还要"儒化"，那么理当进一步强化"不可得与民变革者"的"亲亲也，尊尊也，长长也，男女有别"；如果说"二十一世纪是中国文化的世纪"，自然是普天之下风行咱四条命根子；如果要"创造性转化"，那得指示这"不可得与民变革者"怎样"创造性转化"，转化成一个怎样的状况来？而当历史发生根本性转型的时候，它所产生的和它相适应的那种学说、那种主义、那种文化，正是把前此的作为命根子的学说、主义、文化的教条变革了的。焦点大概是在这里吧？那些"可得与民变革者"，虽然也别别扭扭，说变革也就变革了。试看今日我中华，谁还主张恢复"市斤""市尺""市升"的呢？谁还主张废除公元纪年而恢复"共和"多少年和"王正月"呢？西服也即洋服是穿了又脱，脱了又穿，今天台面上的人物，除了作秀而穿"唐装"，谁个不是"西服革履"的呢？经历漫长的历史阶段中的完善和巩固，新的传统于是形成，于是成熟。

· 五

近年来在我们中国又一次倡导的读经，以及今年国家的祭孔，固然是有人针对社会的现实感应，但也还是对于自1916年开始批孔批儒建设新文化以来的是非功过利弊的重新审视和反拨。现在的读经，一面是传统的读儒家之经，重编读本，颁行学校，乃至成立专门的学校。一面也有主张读儒家之经的同时，读《道德经》、《南华经》、佛经，并且是作为"文化"来读，似乎与"三教同源"有了更多一点儿的区别。这样的话，我国回族是大族，读《古兰经》更是题中之义。那么，又似乎还得读《圣经》。在我国北方，至少有的省份，信奉基督教的人不少，报载近年来在青年中还颇有发展之势，似乎不可忽略不计。什么经都读，也就无所谓"读经"了吧？

其实，读经，读经，实在还是读儒家之经，做孔门传人。因之，敬谨不避简陋，奉抄一段经文，略作说明，如上。

（原载2005年第3期《博览群书》）

孔子为何寄望"狂狷"

——《中国文化的狂者精神》韩文版序

刘梦溪

　　本书作为中心题旨展开的对"狂者精神"的书写，是我研究中国思想文化史精神轨迹的一部分。中国自纪元前的汉代中期开始，直到清朝末年，前后两千年的时间，儒家思想始终占据社会的主流位置。儒家学说的创始人孔子，在人的性向品格的取向方面，主张以中道为期许，以中庸为常行，以中立为强矫，以中行为至道。但他的这一思想在他所生活的春秋时期并不行于时。即如中庸之说，孔子在力倡此说的同时，已经感到了施行的困难。相传为孔子的孙子子思所作的《中庸》一书，是专门阐述中庸义理的典要之作，宋代思想家朱熹将其与《论语》《孟子》《大学》合编为"四书"，成为和《诗》《书》《礼》《易》《春秋》这"五经"并列的儒家经典。

　　《中庸》频引孔子原话，一则曰："中庸其至矣乎！民鲜能久矣。"意即中庸是很高的思想境界，一般的人很难做到，即使做到，也难于持久。二则曰："人皆曰'予知'，择乎中庸，而不能期月守也。"此论似更为悲观，翻译成现代语言无疑是说，很多人都认为自己聪明，可是如果选择中庸作为自己的人生信条，大约连一个月也坚持不了。所以孔子非常失望地承认："道之不行也，我知之矣。"至于此道何以行不通？孔子想到的理由是："知者过之，愚者不及也。……贤者过之，不肖者不及也。"聪明的人、智慧高的人，往往超过中道而走在前面；不够聪明的人、智慧不那样高的人，则落在了守中的后面。同样，品格优秀的人也会超过中道，而操行不端的人则达不到中道的要求。可惜很多人不懂得这其中所包含的奥妙，孔子不免为之惋叹，他称此种情况就如同"人莫不饮食"，却"鲜能知味"一样。看来真的是"道其不行矣夫"了。可是孔子仍然不愿放弃中庸理念所包含的人生理想，认为"依乎中庸"是君子必须具备的品格，即使"遁世不见知"也不应该后悔。

然则什么样的人有可能达至中庸的品格呢？孔子说："唯圣者能之。"这样一来，无形中提高了能够躬行中庸之道的人群的层级，不仅社会的普通人，甚至道德修为可圈可点的"君子"，也难于达到此种境界。孔子失望之余的一线期许是，看来只有圣人才能真正做到"依乎中庸"。问题是，揆诸春秋时期各国的实况和"士"阶层的状况，能看到几个可以称得上"圣人"的人呢！连孔子自己不是也不敢以"圣"自居吗？他说："若圣与仁，则吾岂敢。"（《论语·述而》）而且有一次感慨至深地说："圣人，吾不得而见之矣！得见君子者，斯可矣。"（同前）这等于说，在孔子的眼里，现实中其实并没有"圣人"，能够见到"君子"已经很不错了。结果如此美妙的中庸之道，在人间世竟是没有人能够践履的品格。我们的孔子终于明白了这个矛盾重重的问题。为何不能最终显现出解套的光亮？他不得已只好愤愤地说："天下国家，可均也；爵禄，可辞也；白刃，可蹈也；中庸不可能也。"（《中庸》）孔子的意思，是说治理国家是非常困难的事情，但实现"治平"并非没有可能；高官厚禄的诱惑很大，但也可以做到坚辞不就；刀刃虽然锋利，必要时也还有人敢于在上面踏行；只有守持中庸，却无论如何没有做到的可能。

正是在此种情况下，孔子提出了打破原来宗旨的新的人格性向建构方案："不得中行而与之，必也狂狷乎。狂者进取，狷者有所不为也。"（《论语·子路》）中庸不能实现，中行不得而遇，只好寄望于"狂狷"了。"狂者"的特点是敢想、敢说、敢做，行为比一般人超前；"狷者"的特点，是不赶热闹，不随大流，踽踽独行，自有主张。"狂者"和"狷者"的共同特征，是特立独行，富于创造精神。如果对"狂者"和"狷者"试作现代的分疏，则"狂者"体现的更多是意志的自由，"狷者"代表的更多是意志的独立。尽管求之学理，独立是自由的根基，自由是独立的延伸，两者无法截然分开。

置于诸位面前的这本规模不大的书，就是从疏解孔子的

"狂狷"思想开始的。我在本书中提出，孔子的"狂狷"思想在中国思想文化史上具有革新的甚至革命的意义。特别是"士"阶层以及秦汉以后社会的知识人和文化人的"狂者精神"，事实上已经成为艺术与人文学术创造力自我发抒的源泉。我通过对"狂者精神"的历史考察发现，凡是"狂者精神"得以张扬发抒的历史时刻，大都是中国历史上创造力喷涌、人才辈出、艺术与人文的精神成果集中、结晶的时代。而一旦"狂者"敛声，"狷者"避席，社会将陷于沉闷，士失其精彩，知识人和文化人的创造力因受到束缚而不得发挥。这也许就是西方思想家要把疯癫和天才联系在一起的缘故。希腊的圣哲柏拉图说过："没有某种一定的疯癫，就成不了诗人。"亚里士多德也说过："没有一个伟大的天才不是带有几分疯癫的。"德国哲学家叔本华更是对这种现象做了专门研究，详析古往今来各种天才与疯癫的案例，最后得出的结论是："天才"无一例外都具有某种精神上的优越性，"而这种优越性同时就带有些轻微的疯狂性"。他援引薄朴（蒲柏）的话："大智与疯癫，诚如亲与邻；隔墙如纸薄，莫将畛域分。"并且补充说："这样看起来，好象是人的智力每一超出通常的限度，作为一种反常现象就已有疯癫的倾向了。"①是的，天才的思维特点恰恰在于与众不同，在于"反常"。"反

---

① 《作为意志和表象的世界》中译本，商务印书馆，1982年，第266页。

常"和反"中庸"可以做语义互释，因为复按各家义疏，大都认同"庸者，常也"的诠解。

不过孔子的寄望"狂狷"，实带有不得已的性质。孟子对此看得最清楚，当一次面对弟子万章的提问："孔子在陈，何思鲁之狂士？"他回答说："孔子岂不欲中道哉？不可必得，故思其次也。"（《孟子·尽心下》）可见"狂狷"在孔子心目中是退而求其次的选项，也可以说是被困境"逼"出来的思想。然而人类在学理上的发明，大多数情况下都是因"逼"而获得突破。孔子思想的核心价值是忠恕仁爱，即仁者爱人，泛爱众而亲仁，己所不欲勿施于人。教育思想则为"有教无类"，也是要赋予每一个人以受教育的权利。孔子学说的伟大之处，是在"礼崩乐坏"的、由周而秦的社会转型期，重新发现了人和人的价值。作为自然本体的"人"的特性，孔子固然没有忽视，所以提出"饮食男女，人之大欲存焉"（《礼记·礼运》）的绝大命题。但孔子最为关注的，还是"人"的性体如何在社会关系中得以展现。"仁者，人也"（《中庸》引孔子语）的全称归结，即为孔子"人"学思想的全提。因为它的反命题"人者，仁也"，同样成立。在孔子看来，人只有在"二人"以上的和与他人的关系中，才能彰显出"人"的本质特征。所以人需要知"礼"，需要明了处身于文明秩序中的自我的身份。必不可少的途径是诉诸教育。通过教育的手段，每个"人"都成为有教养的文明人。孔子设定的具体目标，是使人成为文质彬彬、坦荡无欺的"君子"。他给出了"君子"应具有的种种品格特征，诸如严谨好学、不忧不惧、不拉帮结派、不以人废言，即使发达富贵也不骄矜，而是以义为旨归、行不违仁，以及能够知命、成人之美，等等。跟"君子"相对应的是"小人"。小人的特点是不知命、不知义、斤斤计较、唯利是从，整个身心言动都是反忠恕仁爱之道而行之。归根结底，小人无非私也，君子无非公也。

孔子把人的性体品相分为中行、狂、狷、乡愿四个级次。他最不能容忍的是"乡愿"，称之为"德之贼"，即正义与德行的败坏者和虐害者。孟子解释为："贼仁者谓之贼，贼义者谓之残。"（《孟子·梁惠王下》）可谓得义。"乡愿"的特征，是"同乎流俗，合乎污世，居之似忠信，行之似廉洁"，总之是"阉然媚于世也者"（《孟子·尽心下》）。摸之世相，"乡愿"是小人的性体属性，君子则反"乡愿"。孔子所以深恶"乡愿"，在于"乡愿"具有"似而非者"的诡貌。正如孟子引孔子的话所说："恶似而非者。恶莠，恐其乱苗也；恶佞，恐其乱义也；恶利口，恐其乱信也；恶郑声，恐其乱乐也；恶紫，恐其乱朱也；恶乡原，恐其乱德也。"（《孟子·尽心下》）可知"乡愿"之立义，其乔装伪似、阉然"乱德"之罪也大矣。难怪孔子不仅蔑称乡原为"德之贼"，而且取譬为说云："譬诸小人，其犹穿窬之盗也与。"（《论语·阳货》）将"乡愿"与偷偷摸摸穿墙越货的盗贼为比，可见圣人之恶"乡愿"已经到了何等无以复加的地步。

然则"乡愿"所"似"者为何耶？没想到竟是孔子最为期

许却又无法做到的"中行"。本书之写作，在我个人可为一大收获者，是发现"乡愿"和"中行"极有可能发生"不正常"的关系。此无他，盖由于乡愿的品相性体"貌似中行"。而"乡愿"和"中行"在对待"狂""狷"的态度上，不可避免地会结成联盟。此正如《文史通义》的作者章学诚所说："乡愿者流，貌似中行而讥狂狷。"（《文史通义·质性》）于是人的性体的"四品取向"，如果以价值理念的进（狂）、立（狷）、守（中）、反（乡愿）为宗趣，则排序应变为"狂、狷、中行、乡愿"，而不是原来理解的"中行、狂、狷、乡愿"。"狂者"和"狷者"对思想革新和社会进步所起的作用，犹如大地之于翱翔天空的雄鹰，大海之于涛头的弄潮儿，绝非其他选项所能比拟。人类文化人格的精彩，其要义亦在于不"媚于世"。中国现代史学大师陈寅恪所说的："士之读书治学，盖将以脱心志于俗谛之桎梏，真理因得以发扬。"亦即斯义。所谓"媚于世"，就是通常所说的"曲学阿世"，乃是学问人生之大桎梏也。

历史的哲学命题原来是这样：一个社会如果无狂了，也就是人的主体意志的自由失去了，那么这个社会也就停滞了。但狂有正、邪。狂之正者，有益于世道人心；狂之邪者，亦可为妖。所以需要"裁之"。正是在此一意义层面，中庸、中道、中行可以成为节制"狂狷"的垂范圣道。它可以发出天籁之音，警示在陷阱边冥行的人们，左右都有悬崖，前行莫陷渠沟。太史公岂不云乎："虽不能至，然心向往之。"其实宇宙人生的至道，都是可参可悟而不可行的绝对。

本书对此一意义层面亦不无辨正。孔子"狂狷"思想的提出，使中国的圣人和古希腊的圣者站在了同一个水平线上。东西方共生的所谓思想文化的"轴心时代"，也许本书叙论的案例可以为之提供一个具体而微的证据，说明虽然文化背景悬隔，思维的心理是相通的，正所谓东圣西圣，"其揆一也"。

我不了解韩国的情况，不敢期待贵国的文化人士会对本书产生共鸣。但有机会得到不同文化背景的读者的阅读和指正，是令人想往的。这要感谢本书的韩文译者韩惠京教授和李国熙教授，通过他们既忠实于原著又能化入化出的译笔，我的这本小书得以"投胎转世"（the transmigration of souls），并有机会与读此书的陌生朋友一结"文字因缘"，自是乐莫大焉。

（原载2015年3月30日《光明日报》）

如何对待从孔子到鲁迅的传统
——在李零《丧家狗——我读〈论语〉》出版座谈会上的讲话

钱理群

我在2002年8月退休以后，基本不参加这样的会议，但这个会我却是积极、主动出席的，我是奔李零来的，他的书引起我非常强烈的共鸣。

· 为什么要读经典，怎样读经典

我首先注意到，这本书实际上是在北京大学讲课的一个讲稿。据李零介绍，他这些年一直在北大开"经典阅读课"，引导中文系本科学生、研究生读他所说的"四大经典"：《论语》《孙子兵法》《周易》经传和《老子》。像《孙子兵法》，他已经讲了二十年。这使我想起，我在北大也讲了二十多年的鲁迅，而且在退休以后，也还在讲鲁迅，在全国各地讲，还到中学去开"鲁迅作品选读"的选修课，这也算是开"经典阅读课"吧。

为什么要如此热衷于"经典阅读"？这除了是中文系专业教育、训练的需要外，还有向青少年、社会提倡"经典阅读"的意思。经典是时代、民族文化的结晶。人类文明的成果，就是通过经典的阅读而代代相传的。这几年我还提出过一个概念——"作为民族精神源泉的经典"，当这个民族在现实生活中遇到问题的时候常常可以到这样的经典那里吸取精神的养料，然后面对自己所要面对的问题。每个国家都有这样几部经典，可以说家喻户晓，渗透到一个民族每一个人的心灵深处。就文学经典而言，英国的莎士比亚，俄国的普希金、托尔斯泰，德国的歌德，等等，都是进入国民基础教育，扎根在青少年心上，成为他们民族年轻一代的精神的"底子"的。具体到我们中国，我曾提出这样的设想，要在中学（或者大学）开设四门基本经典的选修课：《论语》《庄子》选读，唐诗选读，《红楼梦》选读，鲁迅作品选读。——当然，究竟哪些是我们民族"精神源泉的经典"，该在中学（大学）开设什么基本经典选读课，这都是可以讨论的，但这样的经典阅读，实在是民族精神建设的一件大事，是应该认真对待的。

而且在当下在青少年中提倡经典阅读，还有某种迫切性。青少年时期，读不读书，读什么书，都不是小问题。我们现在在这两方面都出了问题。首先是不读书。一方面是在应试教育的压力下，除了课本和应考复习资料以外，没有时间、精力，也无兴趣读其他任何"与考试无关"的书，老师、家长也不允许读；另一方面，如果有一点课余时间，也耗在影视和网络阅读上。——我并不反对影视和网络阅读，并且认为影视和网络确实提供了阅读的新的可能性，扩大了人们的视野，而且其明显的愉悦性对青少年具有巨大的诱惑力，这都是应该充分肯定的，但其局限也是明显的：有可能削减，以至取消了深度阅读和个性化阅读，因此如果以影视、网络阅读代替经典文本阅读，就会有很大的问题。这里还有一个读什么书的问题。像鲁迅所说，胡乱追逐时髦，"随手拈来，大口大口地吞下"的阅读——这颇有些类似今天的"快餐式阅读"，吃下的"不是滋养品，是新袋子里的酸酒，红纸包里的烂肉"。当下中国图书市场上这样的"新袋子""红纸"包装，实在是太多了，没有经验的青少年特别容易上当，但吃下去的却是"烂肉""酸酒"，仰赖这样的"快餐"长大，是可能成为畸形人的。鲁迅因此大声疾呼"我们要有批评家"，给青少年的阅读以正确的引导。"经典阅读"正是这样的导向：要用人类、民族文明中最美好的精神食粮来滋养我们的下一代，使他们成为一个个健康、健全发展的人。

近年来，我在和中学生和大学生的交谈中，还经常讨论到一个或许是更为根本的问题，就是"价值理想重建，信仰重建"的问题。很多青少年都为自己信仰的缺失，生活失去目标，人生动力不足而感到困惑。我总是引用鲁迅的话作回答：不要去找什么"导师"，要自己"联合起来"，寻找自己的路。但我也总是给他们提出两条建议。一是信仰、价值理想，都不是凭空建立起来，而是要有丰厚的文化基础。这就要趁年轻，在校学习时间充分，精神集中，大量读书，特别是古今中外的经典，以吸取最广泛的精神资源，吸收得愈多愈广，精神底气愈足，就愈能在独立的选择、消化、融会、创造中建立起自己的信念和理想。另一方面，信仰、理想又不是在书斋里苦思冥想所能构建起来的，这就必须有社会实践。因此，我建议他们，在校期间，在以主要精力读书的同时，适当参加一些社会实践活动，特别是到中国社会底层，到农村去服务，以了解真实的中国，和脚下的这块土地，土地上的人民，土地上的文化，建立某种血肉联系，这就为自己确立基本的人生理想、目标，奠定一个坚实的基础。我的这两点建议，对我们这里讨论的经典阅读，也是有意义的。它强调：阅读经典，不仅是为了增长知识，更是要从中吸取精神资源；经典的选择与阅读，必须有开阔的视野，不仅要读古代经典，还要读现代经典，不仅要读中国经典，而且要读外国经典，不仅要读西方经典，还要读东方国家的经典，不仅要读文学经典，还要读社会科学、人文科学和自然科学的经典，等等，绝不能将任何一个经典绝对化，神圣化，吊死在一棵树上；而在阅读经典的同时，还要阅读生活这部"大书"，关心、参与现实生活的创造，在生活实践中加深对经典的理解。集中到一点，就是不要为读经典而读经典，目的是要促进自己的精神成长，我们是为了"立人"而阅读经典。

　　这就涉及"如何阅读经典"的问题。李零的书，正是在这一点上给我们以很大的启示。李零说："我读《论语》，是读原典。孔子的想法是什么，要看原书。我的一切结论，是用孔子本人的话来讲话。"这话说得很实在，却真是说到点子上了。讲经典，就是引导人们读原典，一字一句、一章一节、一篇一篇，老老实实地读。李零是学术界公认的古文字学和古典文献的根底深厚的专家，他充分发挥了自己的特长，将前人的研究成果，九十年代以来竹简的新发现，以及自己的研究心得结合起来，查考词语，考证疑难，梳理文义，引导学生进行文本细读。然后，又以《论语》中的人物为线索，打乱原书顺序，纵读《论语》。再以概念为线索，横读《论语》。这样，通读、细读，又横读、纵读，听他课的学生，读过来读过去，硬是要把《论语》过它三、四、五遍，这才叫读经典，真读，实读。说实在话，北大学生能听李零先生讲课，是非常幸运的。我真有点羡慕他们。我在读大学时就没有这么认真读过，留下了终身的遗憾。

　　因此，我今天来读李零这本书，就有补课的性质。刚才吴思先生说他读了李零的这本书，纠正了以前许多读不懂或者读错的地方。我也有同感。比如说，现在大家都在讲儒家的精髓是"和谐"，大谈孔子的"君子和而不同"，说得很玄乎，我越听越糊涂。这回读李零的这本书，才弄明白：这里"说的'和'是和谐，'同'是平等"，"孔子不讲平等，只讲和谐"，"所谓

111

和谐，是把事实上的不平等，纳入礼的秩序，防乱于未然。比如阔老和穷措大，怎么搁一块儿，相安无事"。在我看来，李零的这一梳理，是比较接近孔子的原意的。弄清楚了原意，我也明白了许多事情。这也说明了两点：一是弄懂原意的重要，道听途说会上当；二是对经典词语的解读，还是有接近或比较接近原意和曲解原意的区分，不是随便怎么讲都行。

这也就证实了读原典、原著的重要。我因此注意到李零这书其实有两本，一本是《我读〈论语〉》，是李零讲课的讲稿，另一本是《论语》原文，再加上"主题摘录"和《论语》人物表"，最后还有"人名索引"。这样的编排背后，是有一个理念的：作者、老师的讲解，只是一个引导，最终是要将读者、学生引向读原著。这也是我在讲鲁迅课，写有关鲁迅的著作时，反复强调的：我只是一个桥梁，我的任务是引起读者、学生对鲁迅的兴趣，唤起他们读鲁迅著作的欲望，一旦读者、学生读鲁迅原著，自己走进鲁迅，我的使命就完成了，而且希望读者、学生忘记我的讲解，把它丢掉，这叫作"过河拆桥"。读者、学生最终能够自己阅读原典，有自己的独立体会、认识，而不受我们的阐释约束、限制，这就达到了目的，就是我们所要追求的最好的教学、写作效果。

但我们现在的问题是，只听宣讲《论语》而不读原著。很多讲《论语》的书，发行量很大，上百万册，我关心的是，讲解《论语》的书在发行上百万册的同时，是不是也发行了上百万册的《论语》原文？或者打一个大折扣，有十万人读《论语》，也是很大成功。我们常说需要面对大众传播经典，但大众如果不读经典，只读别人的解释，会有什么后果？我就想起自己的教训。我在读大学的时候，也读鲁迅的书，很多地方都读不懂，很费劲，年轻人没有耐性，就希望找捷径。结果就找到了姚文元的一本解读鲁迅的小册子，当时觉得读起来很带劲，也很贴近现实，于是，就把鲁迅原著丢一边，只把姚文元书里摘引的鲁迅的文句抄下来，把姚文元解读里的警句也抄下来，挂在嘴边，到处炫耀，以为这就懂得鲁迅了。一直到大学毕业，到了贵州边远地区，精神苦闷又无书可读，手头有部《鲁迅全集》，就一卷一卷地读起来，一读，就发现上当了。鲁迅的原意和姚文元的讲解，是满拧着的。但我的脑子已经被姚文元的马践踏了，我要走近真实的鲁迅，先要把姚文元的"鲁迅"驱逐出去，这可费了大劲。正是因为有过这样的教训，我就有了这样的担心：如果今天我们口喊经典阅读，年轻一代或者大众，却都不读原著，只读别人的解释，这就会误事，会造成比我们想象的更加严重的后果，说不定比不读更坏。鲁迅曾说，"选本"和"摘句""所显示的，往往并非作者的特色，倒是选者的眼光"，而"可惜的是（选者）大抵眼光如豆，抹杀了作者真相的居多，这才是一个'文人浩劫'"。而我们现在是只读解释和解释者的"摘句"，那就更是"浩劫"了。

·　**怎样看孔子——"丧家狗"及其他**

　　李零这本书，除了对原典的细读之外，还有自己的阐释。李零在书名的副题上标明，是"我读《论语》"，大概就是要强调解读的个人性。同样读《论语》，不同的人会有不同的理解、看法，形成不同的"《论语》观""孔子观"。去年我在《鲁迅研究月刊》上发表过一篇文章，谈在上一世纪三十年代胡适、周作人、鲁迅三位不同的孔子观。胡适在《说儒》里认定孔子是"五百年应运而生"的"圣者"；周作人在《〈论语〉小记》里，说孔子"只是个哲人"，《论语》"所说多是做人处世的道理""可以供后人的取法，却不能定作天经地义的教条，更没有什么政治哲学的精义，可以治国平天下"；鲁迅在《在现代中国的孔夫子》里，则把孔子称作"摩登圣人"，说"孔夫子之在中国，是权势者们捧起来的，是那些权势者或者想做权势者们的圣人，和一般的民众并无什么关系"。大体上说，他们三人其实是两派："孔子是圣人"派和"孔子不是圣人"派。现在，李零到二十一世纪初来讲孔夫子，而且开章明义："在这本书中，我想告诉大家，孔子并不是圣人。"那么，他也是"非圣人"派。

　　李零如此看孔子，在我看来，和他看孔子的心态有关，方法有关。他说他"思考的是知识分子的命运，用一个知识分子的心，理解另一个知识分子的心，从儒林外史读儒林内史"。那么，李零是和孔子有心灵的相遇的。这正是我最为赞同的。我研究鲁迅也强调"与鲁迅相遇"，而且在我看来，学术研究的本质就是研究者和研究对象心灵的相遇，没有这样的相遇，无法达到真正的理解，而没有理解就谈不到研究。教学也是这样，所谓引导学生读经典，其实就是引导学生和经典作家进行心灵的对话。这样的对话能够进行，其前提就是彼此是平等的，既不是"仰视"，如许多尊孔派那样，也不是"俯视"，如许多批孔派那样，而是"平视"，把孔子看作和自己一样的普通人、普通知识分子，有追求，也有苦恼，有价值，也有缺陷。当然，孔子作为一个中国文化的源泉性的思想家，他的价值就很不一般，他的缺陷也就影响深远。但这都是可以理解的，可以说明的，可以总结经验教训的。——在我看来，李零这样的"以心契心"的研究心态与方法，这样的"平视"的眼光，是他读《论语》的一大特点，也算是他的一个贡献。读者、学生可以不同意他的具体分析和观点，却可以而且应该从他的这种心态、方法和眼光中，得到许多启示。

李零以心契心的结果，发现了"丧家狗"孔子。这大概是最具特色，也最容易引起争议的李零"孔子观"。我读这个词，感觉其中有一点调侃的意思，但更有一种执着、一种悲哀在里面。李零说，他感受到一种"孤独"。因此，他对"丧家狗"的孔子有这样的阐释："他是死在自己的家中——然而，他却没有家。不管他的想法对与错，在他身上，我看到了知识分子的宿命。"李零解释说，这里所用的知识分子概念，用的是萨义德的概念，主要特点是"背井离乡、疏离主流、边缘化，具有业余、外围的身份"。李零说："任何怀抱理想，在现实世界找不到精神家园的人，都是丧家狗。"也就是说，孔子是一个有理想的知识分子——他有"乌托邦"理想，西方还有"孔教乌托邦"之说，他的乌托邦就是"周公之治"，这也可以算是他的"精神家园"吧。问题是他在"现实世界"找不到他的精神家园，甚至找不到将他的精神家园现实化的任何可能性。这一方面唤起了他批判现实的激情，李零说他是一个"有道德学问，却无权无势，敢于批评当世权贵的人"，是"不满现实"的"持不同政见者"；另一方面，就注定了他在现实社会里，只能处于"疏离主流、边缘化"的地位，终生"背井离乡"，颠沛流离，"像条无家可归的流浪狗"。尽管如此，他仍不放弃自己的努力，还在现实世界不断寻找精神家园，找不到也要找，因此，李零一再说，孔子是中国的"堂·吉诃德"，既可爱可敬又可笑。在我看来，这是抓住了孔子本质的东西的，这也可能是一切真正的知识分子本质的东西。刚才有人说，李零是丧家狗，我一开头说我对李零的书有强烈的共鸣，原因就是我也是丧家狗。

但问题的复杂性，在于孔子还有另一面，这就会引发对"丧家狗"的不同理解。孔子尽管实际上处于"疏离主流"的"边缘"地位，但他却无时不刻不希望进入主流，因为他有一个"国师"情结，他自认有一套安邦治国的良策，而且认定只有为统治者所接受，才能得以实现，因此，如李零所说，他一方面"批评当世的权贵"，一方面又"四处游说，替统治者操心，拼命劝他们改邪归正"。但这只是他的一厢情愿，任何统治者都不会愿意有一个"国师"高居于自己之上，天天指手划脚，偶尔听听意见，也不过是利用而已。统治者要的是甘心充当帮忙和帮闲的知识分子，但孔夫子不愿意——在我看来，这正是孔子可贵之处，他尽管对统治者有幻想，但却始终坚持了自己的理想和独立性，也正因为如此，他就必然不为统治者所用，而成为"丧家狗"。但也幸亏他成了"丧家狗"，而没有成为"被收容、豢养的狗"，他才具有了为后人与今人敬仰的地位和价值，这也就是李零说的"因祸得福"。但无论如何，"丧家狗"在孔子这里，意义是复杂的，至少有两个层面：一方面，是他对"乌托邦"理想的坚守，因而决定了他的思想原意上的"批判性"和原初形态的"边缘性"；另一面，是他的"国师情结"，决定了他"替统治者操心"而又不被所用的现实命运，同时也使他的思想具有某种被意识形态化的可能性。李零说："乌托邦的功能是否定现存秩序，意识形态的功能是维护现存秩序。从乌托邦到意识形态，是知识分子的宿命。"李零所认同的，显然是"乌托邦"意义上的，不懈地追求精神家园的"丧家狗"孔子，而对"国师"意义上的"丧家狗"孔子有所保留。在这个意义上，李零（或许还有我这样的知识分子）和"丧家狗"孔子的关系也是复杂的，这是因为我们对孔夫子的观照是一种当代知识分子的观照。

还可以追问下去的是：孔子试图将乌托邦理想现实化的努

力本身，是否有问题？记得在上一世纪的九十年代我曾经写过一本《丰富的痛苦："堂吉诃德"与"哈姆雷特"的东移》，讨论的就是"堂·吉诃德"（现在我从李零的书中知道孔子也是"堂·吉诃德"）的"把乌托邦的彼岸理想此岸化"的问题，我的研究结论是：乌托邦理想此岸化，必然带来灾难，即所谓"地上天堂必是地狱"。我还谈到"理想主义很容易导致专制主义"的问题。这都是可以用二十世纪中国与世界的许多历史事实来证明的。因此，我非常认同李零的以下论述："知识分子，最有智慧，最有道德，最有理想。让他们管国家，谁都觉得踏实、放心。其实，这是危险的托付。""真理难容谬误。知识分子心明眼亮，比谁都专制。如果手中有刀，首先丧命的，就是他的同类。"还有李零对"知识分子理想国"的批判：无论是西方的柏拉图，还是东方的孔子的"理想国"，都是"一切靠道德和智慧"的"知识分子专政"。而具有讽刺意味的是："柏拉图的理想国，名曰哲人专政，实为军人专政"，"它的灵感来自斯巴达：军事共产主义加奴隶制"。最后，柏拉图自己在多次"无功而返"以后，也叹气说："我理想的头等国家，只合天上才有，地上的国家，还是交法律去管吧。"——在我看来，这都是李零对包括孔子在内的许多东西方知识分子的历史经验教训的一个极其重要的总结，是他读《论语》的极具启发性的心得。

这其中还有一个重要问题："从乌托邦到意识形态"是不是知识分子必定的"宿命"？我是怀疑的，因此，提出过一个

"思想的实现，即思想和思想者的毁灭"的命题，并提出要"还思想予思想者"。李零说："我读《论语》，主要是拿它当思想史。"这是李零读《论语》的一个最重要的特点，也可以说是他的追求，就是要去意识形态的孔子，还一个思想史上的孔子，将孔子还原为一个"思想者"，或者再加上一个以传播思想为己任的"教师"。在李零看来，为社会提供思想——价值理想和批判性资源，这才是"知识分子"（李零理解和认同的萨义德定义的"知识分子"）的本职，也是孔子的真正价值所在。

（以上三段，是原来发言中所没有的，后来王得后先生在发言中对我的分析提出了不同意见，提醒我更全面地来考虑"丧家狗"孔子的复杂意义，李零、我和"丧家狗"孔子的复杂关系，以及孔子的真正价值，因此，做了补写，特向王得后先生表示谢意。）

· 怎样看待当下"孔子热""读经热"中的一些现象

李零并不讳言，他之所以要读《论语》，是受到当下"孔子热""读经热"的刺激，也就是说，他在二十一世纪初的中国，重新强调"孔子不是圣人"，大谈孔子是"丧家狗"，是有针对性的。坦白地说，我之所以产生强烈共鸣，也是对他的针对性有兴趣。或者说"孔子热""读经热"中的一些现象，引发了我的思考与警惕。

首先我注意到的是，"孔子热""读经热"有一个重要的背景，即国家意识形态的推动。而国家推动的动力有二，一是想用《论语》凝聚人心，二是要把孔子推向全世界，显示中国的软实力。这背后又有一个"大国崛起"的问题。我对所谓"大国崛起"，始终持怀疑态度。首先是否真的"崛起"就是一个问题，会不会是盲目乐观，掩盖许多真实存在的严重问题。其次，"大国"心态的背后，我总觉得有一个"中华中心主义"情结在作怪——这几乎是我们这个"老大中国"的一个痼疾，一有机会就要发作。李零说得好，我们这个民族的心理有问题，"忽而自大，忽而自卑"，但无论自大、自卑，都要"拿孔子说事"。现在，大概是因为经济有了发展，就自我膨胀，要拿孔子去"拯救全世界"了。本来，作为正常的国际文化交流，向外国朋友介绍孔子思想，是没有问题的，但如果将孔子当作"软实力""救世良药"，向全球推广，就不但是一厢情愿，而且明摆着是在利用孔子。不但自我膨胀，也把孔子膨胀了。

在我看来，李零强调孔子是一个"在现实世界找不到精神家园"的"丧家狗"，就是要给这样的远离孔子真相、真价值的膨胀降降温："孔子不能救中国，也不能救世界。"李零说："把孔子的旗帜插遍全世界，我没有兴趣。"我也如此。

但还有些学者，宣称要用孔子来救中国。因此，他们不但重新独尊儒学，还要提倡儒教，主张政教合一，把孔子再度变成国师，其实也是"拿孔子说事"，真正想当国师的是他们自己。但和国家意识形态一样，他们不但要把孔子道德化，而且重点放在儒家"治国平天下"的功能，也把孔子意识形态化了，而且进一步宗教化了。历史仿佛又在重演，就像鲁迅在上世纪三十年代所说的那样，"权势者或者想做权势者们"又把孔子捧成"圣人"了。在这个时候，李零来大谈孔子"不是圣，只是人"，还是个边缘化的"丧家狗"，还一再论证"半部《论语》治不了天下"，这都是在扫兴。不过，我觉得这个"兴"扫得好，不然我们真要被"孔子热"给热得昏头昏脑，而就在这样的热昏状态中，孔子又成了一些人的"敲门砖"了。

还有商业炒作。李零说得好："现在的'孔子热'，热的不是孔子，孔子只是符号。"我要补充一句：在一些人那里，孔子只是一块"招牌"。这就是鲁迅说的"孔圣人"的"摩登化"。现在有打着"振兴国学"旗号的这"院"那"院"，我衡量是真的要"振兴"，还是只是打"招牌"、吃"招牌"，有一个简单的标准：你是引导大家读原著，以"板凳要坐十年冷"的精神沉潜下来研究传统文化，还是只在那里吆喝，或者用手机来贩卖孔子语录？对前者，那些潜心研究的学者，认真读原典的读者，我们应该表示最大的敬意。而对后者，则要保持警惕。问题是，据我冷眼旁观，在当下的"读经热"中，真读、真研究者寥寥，而吆喝者、买空卖空者多多。如李零所言，这也是中国人的积习——"从骂祖宗到卖祖宗"，现在最时行的是"卖祖宗"。

还要说到我们的老百姓。有一件事，我百思不解：《论语》

字数并不多，文字也不是太难懂，为什么大家都不去读，只是一个劲儿地追逐讲《论语》的明星？这大概是因为读《论语》原著，总是要费点劲，哪像听明星讲，就像吃冰淇凌一样舒服。还有的人是把听讲《论语》当作一种时尚，做出"欣赏状"就足够了，当然无需读原著——那是别人看不见的。这里透露出来的整个社会的浮躁心态，将一切都功利化、实利化、游戏化、表演化的风气，实在令人担忧。

我因此赞同李零的态度："不跟知识分子起哄，也不给人民群众拍马屁。"我还加一句：不跟着国家意识形态走。在当下"孔子热""读经热"中，保持冷静、低调、独立，充当一副清醒剂。

这样降温降调，是否会贬低孔子的意义和价值？当然不会。李零说，"读《论语》，要心平气和——去政治化，去道德化，去宗教化"，这才会有"真实的孔子"。我也想加一句："去商业化。"被政治化、道德化、宗教化、商业化的孔子，膨胀得神圣无比、高大无比，却是虚的，更是一种遮蔽。降温降调，其实就是"去蔽"，去掉人为的遮蔽，真价值就出来了。以平常心，心平气和地去读《论语》，我们就看到了一个真实的孔子，一个具有原创性的思想家、教育家，同时又是一个在痛苦中不懈追求、探索的真正的知识分子。这样的孔子，为我们民族提供了具有源头性的思想与精神传统，在当今这个"礼坏乐崩的世界"，我们是可以，或者说特别需要和他进行精神的对话，他不会给我们指路，却会引发我们思考，给我们自己的探索以启示，这就足够了。李零说，学《论语》，有两条最难学，一是"三军可夺帅，匹夫不可夺志"，二是"不义而富且贵，于我如浮云"。现在，哭着闹着学《论语》的，不妨先学这两条，试试看！在我看来，单这两条，就够我们受用的了。而且这两条也真是鉴别"真懂"还是"假懂"，"真学"还是"假学"的试金石。

· 如何看待孔子和鲁迅的关系

最后，还想讲一点。刘苏里先生说，我们来参加这个研讨会，是为孔子，李零，和我们自己而来。我还加一个，为鲁迅而来。在鲁迅博物馆讨论孔子，是意味深长的。因为很长时间以来，人们总是把孔子和鲁迅绝对对立起来。捧鲁迅的时候，像"文革"时期，就用鲁迅打孔子；现在，孔子地位高得不得了，就用孔子打鲁迅。我一讲鲁迅，就会有人质问我：当年就是鲁迅把孔子赶跑了，现在正要把孔子请回来，你还讲鲁迅，居心何在？看来，现在是鲁迅倒霉、孔子走运的时候。

但这种状况恰恰是应该质疑的：孔子和鲁迅真是决然对立，水火不容，有孔无鲁，有鲁无孔吗？他们的关系究竟是什么样的？这是我们必须给予科学的回答的问题。

毫无疑问，鲁迅和五四那一代人对孔子有很多批判。在我看来，这样的批判是有两个层面的。首先，他们批判的锋芒，是指向将以儒学为中心的传统文化神圣化、宗教化的"中华中心主义"的。在当时的中国，正是这样的中华中心主义妨碍着中国人对世界文化的吸取，而在五四先驱者看来，打开思想的闸门，向世界开放，正是当务之急，因此，在思想文化界就需要破除将传统文化绝对化的文化神话。他们的批判锋芒又同时指向独尊儒学的文化专制主义，其实，在晚清以来，儒学的垄断地位已经发生动摇，已经有越来越多的学者对诸子百家有更多的关注，五四时期只不过是把这样的打破垄断、独尊的努力，推向自觉。因此，我们可以说，五四新文化运动包括鲁迅在内的先驱所做的，其实也是"去政治化，去道德化，去宗教化"的工作，他们所批的正是李零说的被意识形态化、道德化、宗教化的"人造孔子"，"大家把孔子从圣人的地位请下来，让他与诸子百家平起平坐，有什么不好？无形中，这等于恢复了孔子的本来面目"。

当然，鲁迅和孔子之间是有分歧的，甚至是重大分歧，原则分歧，从这一层面，鲁迅也批孔子。如李零所说，孔子是一个"替统治者操心，拼命劝他们改邪归正的人"，因此，他想当"国师"。而鲁迅，连"导师"都不想当（他的理由是：我自己都找不到路，如何为年轻人指路？），更不用说当"国师"。更重要的是，鲁迅对统治者没有幻想，他曾经说过，统治者遇到危机，车子要倒了，你别去扶，让它自己倒。孔子却拼命要扶，不让扶也要扶。他们对于统治者的态度是不一样的。不一样，就有批评，说批判也行，这其实是很正常的。就是现在，有不同选择的知识分子之间也经常有争论，相互批判。但并不妨碍彼此在别的方面有相同之处。如李零说，孔子也是"无权无势，敢于批评当世权贵的人"，当然，他是力图在体制内批判，鲁迅则是自觉地进行体制外的批判，这确有不同，但在批判权贵这一点上，也自有相同，所谓"同中之不同，不同中之同"。我们不必掩饰分歧，也不必夸大分歧，更不要用阶级斗争的眼光去看，把由分歧引起的相互争论、批判，变成"你死我活，非此即彼，一个打倒一个，一个吃掉一个"的关系。

在我看来，鲁迅和孔子，既有分歧，也有一些精神上的相通。鲁迅和孔子都是中国一代一代的，不断寻找自己的精神家园，即使找不到还得继续找的知识分子的代表，尽管道路的选择有不同，但那样的不屈不挠地追求、探索，以及在追求、探索过程中表现出来的勇气、浩然正气、韧性精神、理性实践精神，都体现了中国知识分子最可贵的精神。前面说到李零说，《论语》中最难做到的两条——"匹夫不可夺志"，视富贵"如浮云"，都是孔子精神的精髓，而在现代知识分子中，最能体现这样的精神的，就是鲁迅。还有"知其不可为而为之"，李零说："可以有两种理解：一种是明知不可行，硬干，这是直道；一种是既然不可行，不妨拐着弯儿干，这是曲道。孔子属于后一种。"我们一般都认为鲁迅奉行的是"直道"，他也确实力赞中国历史上"拼命硬干"的人，但鲁迅同时提倡打"壕堑战"，反对赤膊上阵，他也走"曲道"。

我们可以说，从孔子到鲁迅，实际上是构成了一个传统的。我们民族，好不容易有了一个孔子，有了一个鲁迅，这都是民族文化的精华、宝贵遗产，理应是我们民族的骄傲，但我们从一种变态的文化心理出发，总把他们对立起来，做非此即彼的选择，让他们一个损害一个，这不仅是愚蠢，更是犯罪。从这一角度看，我们今天在鲁迅博物馆里讨论《论语》，就是一个很好的开端，它对我们重新思考"如何对待中国文化传统，从孔子到鲁迅的传统"，是大有启示意义的。

（原载2007年第9期《鲁迅研究月刊》）

孔子与当代中国

陈　来

　　在过去的一个世纪里，像中国人那样对自己的文化传统给以全面、深入的批判，在世界历史上是令人瞩目的，也许正因为如此，晚近出现的传统文化复兴的诸多现象，也引起了相当普遍的关注。这似乎表明，近代以来的中国变迁，始终与"传统"的问题结下了不解之缘。

　　不管人们喜欢或不喜欢孔子和儒家，事实是，在中国过去两千多年的历史上，儒家在中国社会和文化中占据了突出的地位，在中国文化的形成上起了主要的作用，以至于人们有时把儒家传统作为中国文化的代表，以孔子作为文化认同的象征。另一个事实是，二十世纪的革命运动和现代化变革，给孔子和儒学的命运带来了根本的变化；在二十世纪的文化运动中，对孔子和儒家思想的反省、批判可以说占了主导的地位。而跨入新的世纪以来，随着中国经济的快速增长和中国在政治、经济上世界地位的提高，要求对孔子和儒家思想文化重新认识的呼声也不断出现。在这样一个呼唤"文化自觉"的时代，我们期待把孔子和儒家的问题放进古老文明现代发展的纵深视野，置诸全球化的现实处境，以理论思考和实践关怀相结合的态度，把对这一问题的思考推进到一个更深入的水平。

让我们先举出与"孔子与当代中国"问题有关的三种思想史的解释方式，然后尝试描述与"孔子与当代中国"问题相关的现实处境。

孔子与当代中国，这个题目很容易使人联想起约瑟夫·列文森四十年前的名作《儒教中国及其现代命运》。尤其是，这部书中正好就有"孔子在共产主义中国的地位"一章。在这一章的结尾，列文森说："二十世纪的第一次革命浪潮真正打倒了孔子。珍贵的历史连续性、历史认同感似乎也随之被割断和湮没。许多学派试图重新将孔子与历史的延续、认同统一起来。共产主义者在寻找逝去的时光中发挥了作用，并有自己明智的策略和方法：恢复历史的本来面目，还孔子的真相，置孔子于历史。"[①]那么，什么是"置孔子于历史"？列文森的这部书中有一部分，名为"走入历史"，这意味着，在他看来，儒家思

_____

① 《儒教中国及其现代命运》，中国社会科学出版社，2000年，第343页。

想文化在二十世纪五十至六十年代的中国，已经丧失了任何现实的存在和作用，成为"过去"，而走进了历史。正如他评论当时中国的文化政策时所说："共产主义者可以使孔子民族化，使他脱离与现行社会的联系，脱离今后的历史，将他回归于过去，只把他当作一个过去的人物对待。"①与后来的"文革"不同，在六十年代初期的一个间隙，对孔子的比较平心静气的学术讨论曾一度短暂地浮现。

孔子当然是一个过去的人物，但是，这里所谓使孔子回归过去，是要使孔子仅仅成为"一个逝去的古人"，其真正意味是使孔子的思想成为过去，使孔子思想在今天没有任何影响，使孔子及其思想成为博物馆中保存的历史遗物，在现代社会没有任何作用。这样，所谓置孔子于历史，就是"把孔子妥善地锁藏在博物馆的橱窗里"。应当承认，六十年代的列文森在评论六十年代的中国文化政策时，他的评论没有任何受冷战意识形态影响的迹象，他甚至对中国当时采取的文化政策与方法有某种同情的了解，显示出历史学者平实、冷静的态度和风范。

由此也可见，列文森有名的"博物馆收藏"的比喻，其实并不是他自己的文化主张，而首先是他对五十至六十年代中国的文化政策的一种旁观的概括，其次在这种概括下也包含了他

---

① 《儒教中国及其现代命运》，中国社会科学出版社，2000年，第336页。

对中国社会现实的认知和判断，即儒家已经"走入历史"。而一个走入历史的孔子，应当既不受崇拜，也不受贬斥，已经不再是一个需要反击的目标。

列文森死于1969年，他虽然未及看到七十年代前期的批孔运动，但"文化大革命"高扬破除传统思想文化的口号，显然给"博物馆收藏"说带来了冲击和困惑。难道，对已经走入历史的博物馆收藏物还需要大动干戈地"继续革命"吗？

然而，这样的困惑对李泽厚并不存在。1980年李泽厚发表了他在七十年代末写的《孔子再评价》，他的思想特色，是把孔子和儒家思想把握为"一个对中国民族影响很大的文化—心理结构"，以此作为解释孔子的一条途径。在这个解释下，孔子根本没有"走入历史"，而是始终作用于历史和现实之中。他指出："由孔子创立的这一套文化思想……已无孔不入地渗透在广大人们的观念、行为、习俗、信仰、思维方式、情感状态……之中，自觉或不自觉地成为人们处理各种事务、关系和生活的指导原则和基本方针，亦即构成了这个民族的某种共同的心理状态和性格特征。值得重视的是，它的思想理论已积淀和转化为一种文化——心理结构。不管你喜欢或不喜欢，这已经是一种历史的和现实的存在。"[1]

---

[1] 《中国古代思想史论》，人民出版社，1985年，第34页。

在李泽厚看来，这种心理结构化为民族智慧，"它是这个民族得以生存发展所积累下来的内在的存在和文明，具有相当强固的承续力量、持久功能和相对独立的性质，直接间接地、自觉不自觉地影响、支配甚至主宰着今天的人们，从内容到形式，从道德标准、真理观念到思维模式、审美情趣等等"[①]。文化心理和民族智慧虽然并不是超时空超历史的先验存在物，但在二十世纪它显然不是走入历史的死的木乃伊，也不是无所附着的幽灵，而仍然是一种持久的、延续的、活的、深层的存在。

根据李泽厚的看法，儒学在历史上所依托的传统教育制度、政治制度、家族制度等在二十世纪已全面解体，走入历史，但儒学并没有因此完全走入历史，因为它已化为民族的性格。在这个意义上，孔子和儒家思想当然不是博物馆的收藏品，而是在当代现实生活中，在大众、知识分子、政治家内心存活着的、作用着的东西。即使在今天，也没有人能否认李泽厚的这一看法。因此必须承认，儒家对中国人的行为和心理的影响是中国的现实，是所有研究当代中国的社会科学学者必须面对和认真对待的基本国情。

同样明显的是，儒家思想既不能归结为走入历史的过去式遗存，它的超越历史的意义也不仅限于文化心理结构的存在，

[①] 《中国古代思想史论》，人民出版社，1985年，第297页。

它还具有更广泛的文化传统和文化资源的意义。本杰明·史华慈曾针对列文森的博物馆比喻，提出图书馆的比喻，认为思想史不是博物馆，而是图书馆，在一定意义上揭示了这一点。从思想史传统和资源的角度来看，这是很重要的。黑格尔早已说过："思想的活动，最初表现为历史的事实，过去的东西，并且好像是在我们的现实以外。但事实上，我们之所以是我们，乃是由于我们有历史，或者说得更确切些，正如在思想史的领域里，过去的东西只是一方面，所以构成我们现在的，那个有共同性和永久性的成分，与我们的历史性也是不可分离地结合着的。"[①] 也就是说，思想史上"过去"的东西，同时也在我们的"现实"之中。而在本体论上说，"过去"乃是规定着现在我们之所以为我们的东西。这个"我们"可以是个人、族群、国家。在这个意义上，图书馆的比喻就远不够了。就思想史而言，黑格尔认为，思想史的生命就是活动，"它的活动以一个现成的材料为前提，它针对着这材料而活动，并且它并不仅是增加一些琐碎的材料，而主要的是予以加工和改造"[②]。过去的传统把前代的创获传给我们，每一世代的文化成就都是人类精神对全部以往遗产的接受和转化，因此传统是每一时代精神活动的前提。列奥·施特劳斯同样强调，古代伟大的哲学家的学说，不仅具

---

① 《哲学史讲演录》第一卷，商务印书馆，2004年，第7页。

② 《哲学史讲演录》第一卷，商务印书馆，2004年，第9页。

有重要的历史意义，也有重要的现实意义，为了了解古今社会，我们不仅必须了解这些学说，也必须借鉴这些学说，因为他们所提出的问题在我们今天依然存在[①]。他甚至断言，古代思想家的智慧，要比现代智慧更为优越，这当然是见仁见智的了。儒家作为文化资源或思想史的意义，就是指儒家的道德思考、政治思考、人性思考等仍然可以参与当代的相关思考而有其意义。

论及文化传统，自然要提起爱德华·席尔斯的经典著作《论传统》。值得注意的是，其导论中曾专列一节，名曰"社会科学对于传统的无视"。他认为当代社会科学受启蒙运动的观念影响，接受了怀疑传统的态度和不能容纳传统的"社会"观念。他说："读一下当代社会科学家对特定情境中发生的事情所作的分析，我们就会发现，他会提及参与者的金钱'利益'、非理性的恐惧和权力欲；他们用非理性认同或利害关系来解释群体内部的团结；他们还会提及群体领导的策略；但是，他们很少提到传统与重大事情的密切关系。现实主义的社会科学家不提传统。"[②] 他以为，社会科学坚持"现实现地"的研究，而忽视时间的"历史向度"。因此，"行动的目的和准则、接受这些目的和准则的根据和动机，以及我们称之为'传统的'信念、

---

① 《政治哲学史》，第一版序。

② 《论传统》，上海人民出版社，1991年，第9页。

惯例和制度重复出现的倾向，往往都被认为是不成问题的问题。社会科学各分支在理论上越发达，就越不注意社会中的传统因素"[1]。据席尔斯分析，社会科学对传统的忽视有各式各样的原因，其中最根本的原因是社会科学家接受了进步主义的观点，于是厌恶传统，把传统视为落后甚至反动，他们认为现代社会正走在一条无传统的道路上，"利害关系"和"权力"将支配人的行为。他举出："最伟大的社会学家马克斯·韦伯当然不是热衷于进步的人，但他持有一种普遍观点，他认为归根结底有两种社会：一种是陷在传统的罗网之中的社会，而在另一种社会里，行为的选择标准是理性的计算，以达到最大限度的'利益'满足。……按照这个观点推论，现代社会正在走向无传统状态，在这种状态中，行动的主要根据是借助理性来追逐利益，而传统则是与这种现代社会的风格格格不入的残余之物。马克斯·韦伯在论述现代社会时，显然没有给传统多少位置。虽然，他在表达这一观点时表现出特有的悲剧式的雄辩。"[2]席尔斯对现代社会科学的批评也许过于严厉了，在中国社会科学领域，不少社会科学学者一直致力于与儒学传统相关的研究，如社会学、法学、心理学等，尤其是香港社会科学学者，在这方面可谓着了先鞭。但席尔斯的批评肯定是有的放矢的，直指经济学、

---

① 《论传统》，上海人民出版社，1991年，第10页。

② 《论传统》，上海人民出版社，1991年，第12页。

政治学的学科习惯和"理性经济人假设"等新的社会科学教条，也很能针对当代中国社会科学多数学者的心态。事实上，人文学者和社会科学学者都应关心、思考包括传统问题在内的社会、文化问题，以及其他公共领域的问题。

在另一方面，席尔斯也指出，二十世纪人们已经对现代文明加以反思，现代文明是科学的、理性的、个人主义的，也是"享乐主义"的。"人们对资产阶级社会的责难之一是，资产阶级社会使人类'脱离'了赋予存在以意义的秩序"，而传统正是这种意义秩序的组成部分，传统是此种秩序的保证、意义的来源，是文明质量的保证。现代社会在理性化和除魅的同时，也丧失了伟大宗教所提供的意义。由是他批评韦伯低估了传统的权威以及体现传统权威的模式和制度对现代社会这种发展的抗拒力量。在他看来，相对于现代社会的各种力量如科层化而言，对实质性传统的崇敬、对既存事物的尊重、宗教信仰、克里斯玛常规化的制度、累积的实践经验智慧、世系与血亲感、对地方和民族的归属感，在现代社会仍有力量。他指出，实质性传统已不像从前那样独占社会中心，"然而实质性传统还继续存在，这倒不是因为它们是仍未灭绝的习惯和迷信的外部表现，而是因为，大多数人天生就需要它们，缺少了它们便不能生存下去"[1]。在这个视野之下，儒学当然是属于他所说的"实质性

---

[1] 《论传统》，上海人民出版社，1991年，第406页。

传统"。在市场经济的时代，在道德重建和社会正义的要求日益突出的时代，我们需要更严肃地考虑传统在现代社会的作用和意义。

　　跨入二十世纪以来，传统文化普及日益发展，民众对包括儒学在内的传统文化的热情持续增长。据国际儒联的一份报告，全国各地幼儿园、中小学开展的以诵读蒙学与"四书"为主要内容的普及活动方兴未艾，估计有一千万少年儿童参加，在这一千万人背后，至少还有两千万家长和老师。这些活动主要是民间的力量分散、自发地组织开展的。这些传统文化普及活动，以养成社会价值观和传统美德为中心，着眼于道德建设和人格成长，追求积极的人生，受到了社会的积极的关注。其中如北京的一耽学堂、天津的明德国学馆等普及儒学的民间团体，以"公益性"为宗旨，组织志愿者身体力行，颇受好评。这些具有草根性的儒学普及活动，在新一波的国学热中占了重要的地位。在教育文化界，素被认为以坚持意识形态优先而著称的人民大学，在2002年率先成立了孔子研究院，此后大学的儒学中心遍地开花，《论语》等儒家经典的今人解说，更是俯拾皆是。据估计，2007年将有上百种解读《论语》的新书问世，印刷量将创历史纪录。企业界精英学习了解传统文化的热情一直以来有增无减，大学举办的以企业管理人员为对象的国学班正在四处发展，与蓬勃发展的中国民营经济形成了配合的态势，同时也出现了由企业界人士出资创办的非营利性的以学习传统文化为主的学堂和书院。以儒学为主要内容的网站目前已有几十个，互联网博客的出现更成为民间传统文化爱好者研究者的嘉年华展场，进一步激发了民间性的文化力量[①]。所有这些，无疑都反映了二十世纪九十年代中期以来中国经济快速发展以及所谓"中国崛起"所带来的全民的民族自信与文化自信的增强。另一方面，民众对传统文化的热情所体现出的人们精神的迫切需求，根源于旧意识形态在人们心灵的隐退所造成的巨大虚空，这种空间要求得到弥补，特别是民族精神与伦理道德的重建，成为社会公众的强烈需求。

民间的草根性的对传统文化，特别是儒家文化的热情，成为这一波中国文化热的巨大推动力量，它的出现和规模，完全超出了知识精英的预期，其力量也远不是学院知识分子可以相比的。其中虽然有些盲目的成分，但无可怀疑地显示出，"文化场"不再是学者一统天下，从而，社会和民间的文化价值取向将成为知识精英必须重视的因素。民间大众最少洋教条、土教条的束缚，他们根据自己的社会文化经验，表达他们自己的文化偏好，在文化民主的时代，发出了自己的声音。应当看到，国民心理已经发生了变化，而这种变化，不会是短暂的，将是持久的，可惜我们还缺少对这一文化现象的有深

---

① 参见《国际儒联工作通报》2007年第6期。

度的社会学研究。

今天，"孔子学院"已经把孔子的符号带往世界各地。在某种意义上，孔子被恢复了他作为中国文化象征的地位。这标志着，在后"文革"时代以来对孔子及其思想的平反进程迈进了一个新的阶段。这看起来对于儒家是一个可喜的变化，然而，在我看来也更是一个挑战。我在这里指的还不是一些人出于不同的动机而利用这种变化，而是指，近几十年来为了反抗对它的不合理的批判，儒家学者往往把主要精力用于在文化上的自我辩护。而今天，当不再需要把主要力量置于文化的自我辩护的时候，儒家的社会实践，除了坚持其一贯在文化教育、道德建设和精神文明上的努力之外，如何面对当今世界、当今社会的现实处境（包括扩大民主、社会正义和公共福利等）而发出自己的声音，表达自己的态度，不能不成为新的考验。

就二十世纪后半期的中国（大陆）而言，可以大体分为两个阶段，前一阶段为革命的延续，后一阶段为改革的兴起。而在跨世纪的门槛上，中国的社会、经济、政治、文化，与二十世纪相比，发生了巨大的变化。从文化上看，正如中国的经济一样，我们今天已经处在一个与五四时期、与国内革命战争时期、与"文化大革命"时期，与改革开放启动时期都完全不同的时代。革命早已成为过去，经济改革已基本完成，这个时代的主题不再是"革命—斗争"，也不再是"改革—发展"，用传统的表达，是进入了一个治国安邦的时代。在文化上，从上个世纪的"批判与启蒙",走向了新世纪的"创造与振兴"。

儒学不是鼓吹革命的意识形态,儒学也不是启动改革的精神动源,因此儒学在二十世纪的被冷落,是理所必然的。与相对短时段的革命和改革而言,儒学正是探求"治国安邦""长治久安"的思想体系。时代的这种变化在领导党的观念上已经表达出来,"执政党"概念在近年的普遍使用,鲜明体现出领导党从"革命党"到"执政党"的自我意识的转变。这一点应当得到肯定。而执政党的任务就是要把注意力平实地集中在治国安邦的主题上。与此相伴,执政党的政治文化也有了明显的变化,从江泽民的哈佛演讲,到胡锦涛的耶鲁演讲,以及温家宝的哈佛演讲,无可怀疑地显示出执政党政治文化的"再中国化"倾向。二十一世纪中国领导人的演讲,以自强不息、以民为本、以和为贵、协和万邦为核心,无一不是从中国文明来宣示中国性,来解释中国政策的文化背景,来呈现中国的未来方向。以"和谐"为中心的执政党的国内政治理念和口号,也体现着类似的努力,即探求以中国文化为基础来构建共同价值观,巩固国家的凝聚力,建设社会的精神文明。大量、积极地运用中国文化资源,已经成为二十一世纪初执政党的特色。放眼未来,这种顺应时代的发展只会增强,不会减弱。这与九十年代以来台湾当局的"去中国化"努力正成对比。

所谓"再中国化",当然并不表示此前的、二十世纪后半期的中国政治、文化不具备中国性,而是指自觉地汲取中国文化的主流价值资源，正面宣示对中国文明的承继，更充分地中国化，以应对内外现实的复杂挑战。这种再中国化，也绝不表示对外部世界的各种"好东西"的拒绝，因为它只是当代中国政治文化的连接传统的一个方面，而不是全部。它重在表示与"和传统决裂"的不同态度，肯定了现代中国必须是根于中华文明原有根基的发展，表现出复兴中国文明、发展中国文明的文化意识。所有这些，都是我们今天讨论"孔子与当代中国"所不可忽视的背景。至于全球化浪潮下的文化多样性和自主性问题的突出，就不在这里叙说了。

毫无疑问，传统的复兴绝不是要回到过去，如果说新文化运动时期的"复古"批判具有当时政治的针对性，那么，今天任何对传统的关注，都是对现实的一种救治和补充，没有人要在政治、经济、文化上回复到古代。事实上，历史上的所谓复古也大都是变革的一种形式，人们从来都是"古为今用"的。无论如何，传统是不可或缺的，但传统不是完美的；传统是延续的，但传统不是固定不变的；传统既要经过接受，也要经过修改。发展、变化、转化充满了传统传延的过程。而且传统的传延更依赖于诠释，而诠释总是反映着时代的新的变化，包含着新的发展。我们所期待的是，人文学者和社会科学学者密切交流，以理性的态度、开放的心态，在学理上深入探讨有关儒学与当代中国的各种课题，以适应、促进当代中国社会文化的更好发展。

二十世纪对儒家思想文化从现代化的角度进行的批判可以说已经发挥得淋漓尽致，达到了最深入和全面的程度，同样，对这些批判的回应，在二十世纪也达到了深入和全面的呈现。因此，重要的不是简单重复二十世纪有关儒家文化讨论的已有论述和观点，更不是肤浅地追逐文化的热点，而是应当适应时代的变化，结合当代中国的社会现实，直面文化、价值、秩序的重建，发展出新的问题意识和寻求新的解答，在这一点上，我们期待着人文学者和社会科学学者的深入沟通与全面合作。

2007年7月26日

（原载2007年第11期《读书》）

春秋的老实人和天真汉

李敬泽

写了本小书《小春秋》,人家就说:这是讲经典、讲历史。我一听汗都下来了,小子安敢!把汗擦了,我又觉得,为何不敢?有句俗话,一瓶子不满,半瓶子晃荡。如果满了,还晃荡什么?国学大师是不会跑到电视上去讲的,讲也不好看,收视率肯定低,偏是村夫子野秀才才要晃荡,豆棚瓜架夜行船,网络电视畅销书,大家听个热闹而已。

村夫子讲经典、讲历史,大家爱听,那是因为"对景儿",古为今用,用古人的智慧教我们成功,教我们做一个聪明人。我们的老祖宗有那么多的生存技巧,那么多的权谋,那么多克敌制胜的法宝,我们要学,而且要用。一部历史,在村夫子野秀才们看来,就是强者生存弱者活该的自然史,这是历史观,也是人生观,用这样的眼睛看历史,那就是一个兵以诈立的大战场。对历史的看法其实都是从我们对自身生活的看法出发的,大家唯恐自己是那个弱的傻的，都希望自己聪明一点，再聪明一点，孜孜不倦地学习，向古人学，向历史学。

但是话又说回来了，我倒是觉得我们其实不必那么焦虑，在聪明的道路上，我们已经一骑绝尘，把古人远远地甩在了后边。今天这一屋子人，每一个都是聪明人，古人见到我们这么多聪明人也会吓得跑回古代去，所以，我担心的倒是另一件事，就是聪明过头了，怎么办？太聪明了，聪明反被聪明所误，怎么办？我们现在讲经典、讲历史，好像不大讲这件事。我亦村夫子，不过是个傻的村夫子，《小春秋》讲来讲去，讲的是向古人学天真、学老实。所以，听者寡应者寡，那也是活该。

什么叫聪明呢？庄子曾经讲过，说早先世上是一团混沌，就像一个面团一样在那儿放着，当然是不聪明。后来也不知是谁，在这儿凿了两个孔，有眼睛了，明了，再凿两个，有耳朵了，聪了。还不够，还要再继续凿，那么人就变得七窍玲珑，聪明无比了。

但问题是，如果我们觉得还不够，还要再凿，我们还要天天听百家讲坛，天天学权谋学诡道，我们浑身上下就全是窟窿了，固然很通风很凉快，但如果是一间屋子它就要塌，如果是个鸡蛋它就得散了黄儿。人呢？凿过了会怎么样？人的聪明还是要有自然的和社会的限度。人有两只眼，只能看到这样的世界，如果我们有苍蝇一样的复眼，那么我们都得得美尼尔综合症，如果有狗一样的鼻子，我们也受不了，这就是自然限度。社会限度呢？一群太聪明的人在一起生活，那是不是很痛苦很麻烦？

　　和聪明相对，有一个词叫"天真"，我们说"天真未凿"，就是没凿那么多的孔。后来我们长大了，天天凿孔，不天真了。什么叫老实呢？就是一团面疙瘩，实心的，那叫老实。现在我要说哪位朋友很天真，很老实，他心里一定很拧巴，寤寐思服，辗转反侧，我怎么就老实了？凭什么我就天真了？他会觉得很失败很有危机感，闻鸡起舞，去打眼儿凿窟窿，练聪明功。"天真"和"老实"，在我们的生活中不是被充分肯定的价值，老实人和天真汉成了"珍稀动物"。

　　老实人和天真汉到哪儿去找呢？在生活中，挂出招贤榜也未必有人揭，我们常说"人心不古"，说的也是现在的人太聪明，那么要找人心"古"的，也只好到古代去找。唐宋元明清，一路看下来，越往后聪明人越多，老实人也上不了史书了。再往前找，老实人、天真汉渐多，找到春秋，那就是遍地老实人了。虽然当时的孔夫子还是不满意，还是觉得世人聪明过头，他老人家一口气找到尧舜禹上去，但现在看，春秋已经是很老实了，当然也很天真很暴力。

　　谈起中国历史，秦汉、三国两晋南北朝、唐宋元明清，我们都有很清晰的概念，有很清晰的想象图景，"普天之下，莫非王土，率土之滨，莫非王臣""天下大势，分久必合，合久必分"，等等。但是对于春秋，这些概念和图景都不大用得上。我读《春秋左传》，先后买了两套。第一套买了，其中一本丢在飞机上了，只好再买一套，接着读。读了两遍，我还是觉得眼前一片云雾，很乱，人也多，国也多，那些人名也很怪。从西周到春秋，中国史的实际状况和教科书里讲的其实很不一样。一帮子人，其实也没多少，几万人吧，从陕西打过来，占领河南，然后哥们儿兄弟拿着张地图开始分，你分到苏州去，后来就是吴王，你分到临淄去，就是齐公……但是那个地其实还不是你的，怎么办呢？给你三千人带着就去了，反正那个时候华夏大地地广人稀，找片野地，圈起来建起一座城，这就叫作"国"。"国"什么意思？就是城的意思。城里面的人是外来户，叫国人，手里掌握着武器，既是先进文化的代表，也是先进生产力的代表。城外面有人没人呢？有人，都是当地的土著，叫野人，我估计大多是渔猎、游牧部落。在这片大地上，华夏文明撒出很多点去，然后由点到面，逐步扩展融合，这个局面和我们后来的历史格局不一样，所以后人觉得乱，不容易想象。在那样一个草莽初创的世界里，行动着的都是一些老实的人和天真的人。什么叫老实的和天真的人呢？就是没凿出那么多贼心眼，坦坦荡荡，强悍高大。春秋的时候，即使是坏人、不大靠谱的人和后来的坏人也是不一样的，坏也坏得老实天真。

比如《小春秋》里写到过，当时的郑国，有个大臣叫子公，此人有一个特异功能，便是后来常说的"食指大动"，他的手指比鼻子还灵，隔壁有好吃的，食指立时狂跳。那天他举着个自动狂舞的食指一路找过去，果不其然，他的国王郑灵公正炖着一锅王八汤。正常情况下，郑灵公给他尝一口罢了，偏偏郑灵公是个吃独食的，就让他那么站着。子公先生眼巴巴站了一会儿，又等了一会儿，实在受不了了，扑上去把食指伸到锅里，也不怕烫，蘸了一点汤，就往嘴里放！

子公知道惹了祸，叼着食指扭头就跑。郑灵公大怒，传令，抓回来，砍了！大概是国王的侍卫行动迟缓，那子公跑着跑着一想，与其被他砍了，倒不如先把他砍了。又赶紧扭头回来，一刀杀了郑灵公，坐在那儿把这一锅汤全喝了。

我想了想，唐宋元明清，大概都没有这样的事，何至于天真到这个程度呢？何至于就忍不住那一馋呢？这不是比领导夹菜你转桌更傻吗？但是这等傻事春秋的人干得出来。春秋的人就是这样的直接、暴烈，他们一点不压抑，很孩子气，他的欲望和性情马上就要宣泄出来。

春秋英雄头一个是伍子胥。这样的英雄，后来在中国再也没有。我们看一看他的一生，就知道这个人是多么的彻底和暴烈。楚平王杀了他的父亲，这要到了明代和清代，那些儒生们，皇上把你爹杀了，如果不杀你的话，你就只剩下感激涕零、叩头谢恩了。伍子胥不谢恩，拍马就跑，跑到昭关，一夜白了头，这是什么样的愤怒、什么样的仇恨！然后到了吴国，从吴国带着兵把楚国灭掉，把死了的楚平王从坟里拉出来，鞭尸。这时候有聪明人劝他了，兄弟啊，做事不要太绝，差不多就得了，得饶人处且饶人啊。伍子胥说，我就是不饶，我这个人做事就是要做到底。这样的人是注定倒霉的，所以后来被吴王杀了。临刑之前，伍子胥对刽子手说，你们把我的两个眼抠下来，挂到吴国都城的城门上。干什么呢？我要看着吴国灭亡。这样的气概，我们翻翻《二十四史》，后来很少。

所以我常常觉得，我们的春秋有点类似于希腊的荷马时代。那是我们的巨人和诸神的时代，你能感到大地上行走的都是一些巨人、庞然大物、猛兽。没有那么多的小聪明，没有那么多心机，他们强大、奔放、勇猛。这个世界上的猛兽，都是老实的和天真的。

这样一个春秋时代非常有魅力，用马克思的话说，那是永不复返的人类童年。但是话又说回来了，我也认为，这个世界上到处都是庞大的孩子这也很可怕，动不动就发脾气，为一点鸡毛蒜皮就打得天翻地覆，长此以往，这世界也不成一个世界。

所以，春秋的时候，就出了一个最大的老实人、最大的天真汉，就是我们的孔子，出来一个老师教育孩子们。孔子一生都是一个失败者，他一生都是一个不得志的人，很有意思的是，我们现在讲孔子讲《论语》，把《论语》讲成了一个成功学。学《论语》，学什么呢？就是学上进学成功。但在世俗、功利的意义上，孔老夫子本人可是一辈子不成功，他难道不知道在这世上应该怎么混才能混得好吗？他太知道，但是他说，这世上还有比混得好更重要的事，他说除了生存下去、混得好、活得畅快，我们还要讲"仁义礼智信"，我们还要追求一些无法用是否成功来衡量的价值。老夫子念叨了一辈子，没有人听，不成我就写《春秋》，我把你们那些鸡飞狗跳的烂事都记下来，发到"网上"去，我看你们羞不羞！孔子做《春秋》，乱臣贼子惧。看你们惧不惧！实际上我看人家也不惧。

这样一个天真的人老实的人，他给我们的民族和我们的文明留下了一些至关重要的遗产。《小春秋》里写到了孔子一生中，我觉得最令人感动值得我们中国人永远铭记的一幕，就是吴国去打陈国，楚国救陈国，两个大国在这儿打得一塌糊涂，陈蔡之间就困住了孔子，这叫陈蔡之厄，绝粮七日，七天没有饭吃，只能清水煮野菜。这样的时刻，连孔子最忠诚的学生，像子贡、子路，都动摇了，孔老夫子却饿着肚子在屋里弹琴，两个人发牢骚："杀夫子者无罪，藉夫子者无禁。弦歌鼓琴，未尝绝音，君子之无耻也若此乎？"话说得很难听了，现在人家杀你白杀，抢你白抢，你还在这儿弹琴唱歌，难道君子就这么没心没肺吗？

那个时刻，所有人的感觉都是"如此者，可谓穷矣"，混到了山穷水尽，但孔子凛然道："君子通于道之谓通，穷于道之谓穷。今丘抱仁义之道，以遭乱世之患，其何穷之为！故内省而不穷于道，临难而不失其德。天寒既至，霜雪既降，吾是以知松柏之茂也。……"

什么意思呢？世上除了成功，除了赚钱、发财、升官、娶小老婆，除了这些之外，还有一些事是重要的、更重要的。孔子认为坚持他的真理是重要的，即使是在最穷愁的时候、最弱的时候、最难的时候，他也认为有一些价值是值得坚守的，坦然坚守。

我把那一天孔子说这些话的时刻称为"中国精神的关键时刻"，在那之前，华夏大地上的人们是不这么看问题的，直到现在，我们是不是这么看问题，也很成疑问。但是孔子为我们确立了这么一个精神高度，用子贡的话说，就是"天之高、地之下"。孔子不是不知道世间的泥泞，不是不知道生活残酷，他的一生都在承受势利和庸俗的挤迫，但是，他依然绝对相信有一种正当的生活，他把它叫作"道"，这样一个人如果活在现在，活在我们身边，我们会怎么说他呢？我想，我们会说，他是个天真的人、老实的人。当然，这是夸赞还是嘲笑，就要看说话者的语气和表情了。

在春秋时代，既有像伍子胥那样的身体上和性情上的巨人，也有孔子这样的精神上的巨人，他们都是"庞然大物"。他们老实和天真，我们这些机巧机灵聪明的人们，也许应该回到春秋去看看，回到我们这个民族的童年去看看。

从公元前几百年到公元前后，雅斯贝尔斯称之为"轴心时代"。因为就在这几百年间，在世界各地，有了孔子、老子、庄子、孟子，有了苏格拉底，有了释迦牟尼，有了耶稣。现在我们也认为我们的时代是轴心，因为我们有了互联网，但没有互联网人类也已经存续了那么长时间。但如果没有这个伟大的"轴心时代"，没有现在看来如此天真和老实的这些伟大天才、人类的精神导师们，他们之后的这两千年我们是怎么混下来的，我觉得真是无法想象。

这些导师们教给人们的其实就是一个"弱"和一个"静"。经常有人以"力"的尺度衡量历史，他们会说，你看看，为什么北宋老是打败仗，为什么南宋晚明那么窝囊，可见有文化是没用的，还是要变成狼。可他们就不想想，那些强大的战场上成功的敌人，而今安在哉！伟大的持续成功的文明，一定是不仅有强的动的向度，还有弱的静的向度，一个人也同样如此，否则就会亢奋折腾把自己搞垮。所以我这个村夫子，提着胆子谈谈经典、历史，你要问我和人家有什么不同？在下是没出息的，我从经典和历史中是要努力看出弱和静来。道家说"以柔弱胜刚强"，这个话我觉得就不是"小聪明"，是"大智慧"。

但是"大智慧"也是知难行更难。我们都知道"以柔弱胜刚强"，但是在生活当中我们就是做不到，我们还得刚强，我们还得见怂的收不住火。前几天有个朋友跟我说，开着车被人刮了，"下去我就给了他俩嘴巴"，我说你真爷们，那位开一什么车？开三轮车。我说你这车上就你一个人啊？四个呢。我说好汉一条啊，你真是以刚强胜柔弱。道家的智慧涉及对世界本质、生活本质的认识，放在日常经验里人们常常觉得奢侈不合用。但即使就我们每一个人来说，我们弱的时候，我们静的时候，回头想一想，那真的可能是我们人生中最美好最丰富最值得我们记忆、回味和留恋的时候。

前几天有记者问，这个《小春秋》写的是什么啊？是不是写的历史？我说我写的是历史，但是别人可能比较喜欢谈论历史中的白天，白天的时候人们在闹腾，在行动，在上进，在勾心斗角，反正白天很忙。但是我想写一写历史中的夜晚，夜晚是什么时候？是一个人静下来，面对自己内心的时候，是静下来看月光如水的时候。这本书第一篇谈的是《关雎》，那是中华民族文学的第一篇，"关关雎鸠，在河之洲"，那晚上的事，夜里在遥远的河中之洲上，有两只鸟在叫，一只叫一声"关"，另一只又叫了一声"关"，关关雎鸠。如果是白天，鸟叫就听不见了，就是在这样的静夜里，声声入耳，于是发生了中国人有史以来的第一次失眠，我们的主人公睡不着了，想起了那位美好的女子……

我想这样细腻丰富的情感恐怕也只有在夜晚，只有在寂静中才能够被感受到。当然我们现在夜晚也不寂静了，夜晚来临大家也不闲了，也折腾，我们处心积虑地要把夜晚白天化，我们处心积虑地不要让自己静下来，因为人静下来，就会感到弱和柔软。一个男子辗转反侧睡不着，不管他在白天多么强大，但是在此刻是弱的，他也是个老实人、天真汉，他不掩饰自己的弱，他没觉得心虚不好意思，他对人性和自身的看法都是坦然和朴素的。所以，面对这个无名的古人，我们应该想一想，我们真的要把那静和弱全都取消掉吗？把这种静和弱都取消掉以后，这样的生活是不是还值得过？这样的生活是不是真的那么好？

（原载2010年第10期《黄河文学》）

社会疏离中的"孝道"问题

王学泰

随着社会转型的加剧、生活竞争的激烈、人与人之间疏离化程度的加深，"孝道"和对待父母亲属的态度成为社会关注的对象，顺应这种社会现象在香港召开全球华人孝亲敬老研讨会，给媒体添了许多新的话题。

当今许多人责备年轻人不孝顺，比起年长的一代要差多了。报道中的关锐煊教授的社会调查报告，给这种说法增添了实证。报告中写道"总的来说，女的比男的孝顺，年纪大的比年纪小的孝顺"。我认为关教授所认为的"孝道"的衰减不过是现代社会中人与人之间疏离化的一个表现罢了。

人与人之间的疏离化是多种原因造成的。我们传统文明的背景是小农社会（中华农业文明是世界所有农业文明中发展得最为成熟和完备的），这是个熟人社会，与个人发生关系的多是亲戚和熟人，人们之间的关系自然亲密。现在向工商社会转型，是陌生社会，人们之间的距离自然也就拉远了。其次是现在是市场经济，生活节奏的加快乃至居住条件的变化，这些都是造成人与人关系疏离的物质条件。"越早开放的城市孝道实践情况越差"，正说明了早开放的城市社会转型早，生活条件变化更大，所以人们的疏离化也来得更早和深入。

不能把"孝道"看成纯粹思想领域的问题。我们传统上侍奉父母的"孝道"也不是纯粹思想领域的问题。儒家那样热烈地宣传孝、鼓吹孝，把孝当作社会稳定的基石（《论语》中有子曰"其为人也孝弟，而好犯上者，鲜矣"），而且得到绝大多数人们的认同，并成为两千多年统治思想的核心，成为判断是非的最重要的标准之一，甚至上升为法权（"忤逆"即"不孝"是"十恶不赦"的重罪之一）。这不仅仅因为我们特别重视"孝顺父母"这份自然感情，而是它的背景是宗法制度和农业文明。农业社会是经验社会，越有经验越受到尊重，子女不仅要在父母那里继承财富，更重要的是学习生产和生活经验。宗法制度下，父亲是家中的绝对权威，父母对于子女有着绝对的权力。在这种情况下不孝者（特别是民间的不孝子孙）几乎是无法生活和生存的。现在社会条件有了根本的改变，再想推行古代社会的"孝道"也是不可能的了。即使有好古之士，不顾一切地去倡导推行，那也不过是多了几个现代的吉诃德罢了。

写到这里可能会有人责备我，难道你反对"孝道"吗？自"五四"以来许多反对旧道德、倡导新道德的人们都受过到这样的责难。宗法社会的"孝道"是应该摒弃的,现代儿女与父母应该建立一种新的关系,这是一种新型的天伦之爱,而不是片面法权。也可以用关瑞煊教授的调查报告所说的六条来概括这种天伦之爱在子女行为上的体现:照顾长者,经济上援助长者,尊敬长者,服从长者,关注长者,慰问长者("服从"一词似可斟酌,容易与旧时"孝道"中的"天下无不是的父母"混淆,而且带有法权意味)。这是我们常说的"孝心",它是发自内心的天伦之情,没有什么自私和功利。"孝心"的发扬不仅使得"老有所安",社会稳定,而且这种天伦之爱也足以启沃子女一代醇美心灵。一个爱父母、处处能够想到老人的儿女的心,如璞玉浑金,可以锻造出许许多多美丽的东西,可以净化自己身边的人们。前年我在浙江雁荡山观音阁看到一位老军人,头发已经花白,大约有六十多岁了,后面跟着警卫员。老军人正在背着其老母艰难地攀登观音阁,不要警卫员帮助。汗淌在这位军人脸上,我想,他本人未必相信观音菩萨,但是他的老母可能许下了什么愿,需要自己去还,所以才有这一幕。石梯两旁的游客为他让路,肃然而立。这令我想起《诗经》上所说的"孝子不匮,永锡尔类"(孝子的美好心灵是用不尽的,永远在影响着你周边的人们)。

看到社会变迁对于儿女与父母关系的影响,看到由于社会疏离现象的加剧而导致的"孝道"衰减,就不能光想到"教育",想到要"从娃娃抓起"(现在不管"抓"什么问题,要显示其重要时都要"从娃娃抓起")。当然教育很重要,孩子们耳濡目染的都是和谐,自然会在他幼小的心灵中播下爱的种子。然而物质条件的改善则更重要,为"孝心"创造物质条件。社会转型我们不能阻挡,但并非说农业文明一无是处。农业生产是第一产业,它与人生关系较为密切,因此在文明的转型中应该思考,我们的传统文明中有哪些不妨碍社会进步,又有利于贴近生活、贴近人生的,应该倡导保留,例如传统中对于过度竞争有着深入的思考,现实生活中的确有许多恶性竞争应该淘汰。又如小家庭化是造成社会疏离的原因之一,而小家庭化与当前的居住形式有关,我们可不可以在住宅建造中考虑如何在大家庭中保留小家庭的位置。因此我认为当社会学家忧虑"孝道"的衰微,在倡导"孝道"的时候,应多多考虑一些措施,使社会为儿女尽孝创造物质条件。"孝心"在很多时候是人们心灵中自然生长出来的,"堤上青芜河畔柳",春来翠色盎然,不待许多浇灌。

（录自《千古凭谁定是非：王学泰杂文自选集》,金城出版社,
2015年版）

慎终追远：现代中国的一个童话

吴　飞

· 当代丧礼的乱象

自从清明节被国家正式确定为法定假日之后，除了人群拥挤、交通阻塞以及清明节的民俗学含义充斥媒体之外，关于当下丧葬业的争论，每年这个时候总是显得引人注目。但在这段时间之后，除非自家不得不办丧事，人们又大多绝口不提此事。在当代中国人的生活方式中，丧葬已经成为一个极其敏感、忌讳，而又矛盾百出的话题。

但清明节的恢复毕竟为重新理解和讨论它提供了一个机会。虽然人们还远没有突破各种含混与神秘，但争论却足以使我们看到中国丧葬问题上的种种矛盾和乱象。在当代中国大城市中，人们已经很难在街上看到出殡的情形，但在农村乃至很多中小城市里，丧礼却顽强地坚持着传统形态。随着各种宗教的复兴，与丧葬相关的法事、道场也越来越热闹。一方面，丧葬业变成非常暴利的产业，人们总是哀叹死不起人；另一方面，丧葬却越来越成为一个极其边缘的行业，只要有机会找到正当职业者，往往不会去选择埋死人，而从业者常常腰缠万贯，却连对象都找不到。一方面，地方政府以打击封建迷信的名义平掉乡间原始的土坟；另一方面，拔地而起的城市墓园又让人们越来越忧虑未来的环保问题。人们不知道怎样为死去的亲人寻找一个平静的安身之处，不知道该如何对待那些亡者的宛在音容，更不知道自己百年之后所葬何处。只能在一年一度的争论声中，用越来越少的纸钱寄托一点可怜的思念之情。

在传统中国的礼制体系当中，冠礼、婚礼、祭礼、乡饮酒礼、射礼、朝聘之礼几乎已荡然无存。唯独丧礼，虽然现代政府三令五申、拼命改变，因它而起的冲突也此起彼伏，但时至今日，《朱子家礼》中描述的丧礼过程，仍然比较完备地在广大农村甚至一些小城市中上演着。虽然如丧服等已被加入很多现代元素，但传统丧礼的基本程式和架构，仍然抵抗着政治和商业的各种诱惑，在几乎得不到现代主流话语任何认同的不利情境下，竟然顽强地生存了下来。

这种与古典礼制几乎唯一的联系纽带意味着什么呢？现代知识分子大概很难讲出一个道理。因为在他们绝大部分人眼中，这些乡村社会的仪式，只不过是顽固不化、愚昧民众的封建残余，是毫无意义的铺张浪费，不是早该弃如敝屣的瞎折腾，就是各级官员借以敛财的借口。即使那些对传统丧礼持有一点正面评价的人，最多也只不过把它当作值得欣赏和保留的民俗遗产。可这种与主流意识形态对抗了几十年而依然坚守的传统，真的只是民族文化风俗的一种残存而已吗？

· 现代中国的丧礼改革

早在二十世纪初，中国就出现了一些新式追悼会，如邱震、吴长姬、陈天华、潘子寅、惠兴、李叔同之母的追悼会等。1912年8月，民国临时政府公布《礼制》，明确规定丧礼中以鞠躬礼代替跪拜礼。同年10月的《服制》中规定，以黑纱代替丧服。不少西化的知识分子呼吁改变传统丧俗，特别是革除迷信的内容。胡适更是在自己母亲去世之际大谈新式丧礼。不过，这些呼吁大多只停留在精英层面，并没有对民间的丧俗产生实质影响。

1928年，国民政府制定了《礼制案》，其中的《丧礼草案》虽然进一步废除旧丧礼中的迷信风俗，但将丧服恢复到了白衣白冠。1943年，戴季陶在重庆北碚主持制礼工作会，制定《中华民国礼制》，其中的凶礼部分，既考虑到多年来丧礼改革的成果，也照顾到传统礼制的基本精神。其中根据时代精神，对丧服有详细规定。如古代丧服中，妻为夫斩衰三年，而夫为妻齐衰期年，而此礼制将夫妻间的丧服均改为齐衰三年，以体现男女平等精神。儿女不论婚否，为父母均斩衰三年。夫为岳父母、妻为公婆，均为齐衰期年。

可这些细节都未能在民间形成真正的影响。民国时期最实在的丧礼变革只发生在国家顶层的"国丧"上，包括国葬、公葬、追悼会等。辛亥革命之后，传统的君臣关系被打破，但民国政府要以新式礼制塑造中华民国与国民之间的关系，其中一个重要方面，就是如何以"国丧"的方式来纪念民国的英雄与领袖。赵丙祥教授曾经一针见血地指出，正是这种"国丧"开始了对现代中国丧礼的塑造。

民国政府认为，领袖与每个公民之间有着密切的关系，在领袖去世的时候，公民们必须以某种恰当的方式来表达他们的怀念，同时也以此来表达对国家的认同与崇敬。1916年，袁世凯逝世，中华民国举行了第一次国葬。他的丧礼既是变相的帝王丧礼，又展示出未来民国国丧的很多重要因素。同年12月18日，中华民国国会通过了《国葬法》，此后黄兴、蔡锷、程璧光、李仲麟、林修梅、伍廷芳、廖仲恺等人都享受了国葬。1925年，孙中山在北京逝世，民国国会当即决定实行国葬，但直到南北统一之后的1929年，南京国民政府才举行了盛大的奉安大典，这是现代历史上划时代的一次葬礼。

孙中山的奉安大典，规模远远超过了袁世凯，而它又完全去除了袁氏丧礼中的帝王因素。南京国民政府派出了宣传列车，车头悬挂孙中山遗像、国民党党旗、民国国旗，从浦口北上，在经停的每一站向民众做宣传活动，直到北平。迎榇车再由北平开出，到浦口，再登军舰渡江，在南京举办大规模的公祭活动，最后奉安于紫金山之陵墓。一路对孙中山的宣传是："中国国民革命的导师，中华民国的创造者，世界弱小民族的救星。"

当时正值国民政府黄金十年的初期，各个方面欣欣向荣，以如此盛大的典礼纪念民国缔造者，宣扬民国政府的政治理念，其巨大意义远非当年袁氏丧礼所能比拟。这一典礼遂成为现代中国"国丧"的完美标准，对塑造民国礼制，界定现代国家及其领袖与人民的关系，有着决定性的影响。1930年、1948年，南京政府接连颁布了第二、第三部《国葬法》，基本内容都被包括在了北碚所定《中华民国礼制》凶礼篇的特典部分。

除去国葬之外，民国政府也分别对军队中的丧礼、公葬、公祭、追悼会等做出了规定。虽然民间大规模的丧礼改革并未真正完成，但各级政府人员的丧礼模式基本确立了，这就使得民国社会的丧礼结构发生了一个意想不到的变化：从国家领袖到公务人员，与一般民众之间的丧礼有了结构性的巨大差异，至于"事父以事君"的模式当然被彻底终结。大部分地区的丧礼虽然仍然保持着朱子以来的基本模式，但这种结构性的分野，使它和国家主流话语完全脱节，渐渐蜕化成地方风俗。

民国时期，中共方面一直没有制定过专门的丧礼规定，但从若干记载和回忆录来看，中共人物（如刘志丹、彭雪枫、张浩）的追悼会与国民政府规定的公葬和追悼会是基本一致的。

1944年9月5日，中央警备团战士张思德在安塞烧炭遇险牺牲，毛泽东在他的追悼会上说："今后我们的队伍里，不管死了谁，不管是炊事员，是战士……我们都要给他送葬，开追悼会。这要成为一个制度。这个方法也要介绍到老百姓那里去。村上的人死了，开个追悼会。用这样的方法，寄托我们的哀思，使整个人民团结起来。"这篇讲话后来经过修改，就是著名的《为人民服务》。

这篇文章在中国现代丧葬史上的意义在于，它要把追悼会制度介绍到普通民众当中。1956年4月27日，毛泽东写了《倡议实行火葬》的倡议书，说："实行火葬，不占用耕地，不需要棺木，可以节省装殓和埋葬的费用，也无碍于对死者的纪念。"至于火葬的推广方案，他指出："在人民中推行火葬的办法，必须是逐步的；必须完全按照自愿的原则，不要有任何的勉强。"其中，"在少数人中，首先是在国家机关的领导工作人员中，根据自己的意愿，在自己死了以后实行火葬"。至于那些传统上实行土葬的地区，"在人们还愿意继续实行土葬的时候，国家是不能加以干涉的；对于现存的坟墓，也是不能粗暴处理的。对于先烈的坟墓以及已经成为历史纪念物的古墓都应当注意保护。对于有主的普通坟墓，在需要迁移的时候，应当得到家属的同意"。这篇文献开启了以火葬为主题的当代丧葬改革史，其主要原因是节省土地和费用。但是，今天在中国大陆随处可见的强制火化，却是毛泽东坚决否定的，那些粗暴平坟迁坟的行为，他也已经预先批判了。

· 当代的丧礼改革

在很长一段时间里,《为人民服务》中提倡的追悼会和《倡议实行火葬》中建议的火葬,确实只限制在国家机关的领导与工作人员之中,直到1985年颁布的《国务院关于殡葬管理的暂行规定》才明确宣布了当代丧葬改革的两个基本目标：打击封建迷信和节省土地。1997年,国务院发布《殡葬管理条例》,进一步修正和细化了《暂行规定》中的相关条目。

从此以后,各地农村因为强行推行火葬而发生的冲突简直随处可见。许多人家为了避免火葬,连夜将去世的老人偷偷埋葬,不举行任何形式的丧礼或追悼会。而地方政府一旦发现,往往会强行挖开坟墓,现场"火化",引发了老百姓和政府机关的激烈冲突。有些地方干脆用"以罚代化"的方式解决问题,即让死者家属交出规定的罚款,然后任他们土葬。

推行火化变成了官民双方的拉锯战和捉迷藏,而最初推行火化的两个目的——打击迷信和节省土地,已经被彻底丢弃了。我们在现实中看到的情况是,人们在接受了火化之后,照样举行盛大的传统丧礼,而且最后还在隆重的出殡仪式之后,将装着骨灰的棺材葬进自家的祖坟之中,堆起一个大大的坟头。火化,只不过成为整个丧礼仪式中的一个环节而已。火化的改革除了增加官民冲突、导致恶性事件之外,可以说效果极为有限。这样的改革,究竟意义何在呢?

相对而言，在主要大中城市里，现代的丧葬模式得到了普遍接受，私营殡葬单位的介入虽使殡仪和墓葬业变得越来越市场化，但市场竞争也创造了更多的空间。但总体而言，目前中国城市中的丧葬制度仍然处于相当大的混乱之中。比如国营殡仪馆大多按照民国以来的追悼会模式设置，形成了所谓的"一三一模式"①，其粗糙与程式化已经饱受诟病。而在丧礼实践中，大多数人家不可能只满足于这样的模式。在城市规划比较宽松或接近农村的地区，人们尽可能在家中摆设灵堂，殡仪馆仅仅是"火葬场"，即火化尸体的地方。人们会在家中完成自己真正看重的装殓、守灵、吊唁、发引等仪节，最后时刻再到火葬场去处理尸体。那些在家中主持仪式者，都是亲友或单位中德高望重、知书达礼的前辈，但殡仪馆与公墓里主持追悼会、火化和下葬者，则被当作处理死人的陌生工人，虽然不得不向他们交钱，但人们不会尊重他们，不愿意把他们当作礼俗专家，更不愿意和他们有进一步的交往。这使得中国的殡葬业越来越成为尴尬而又充满暴利的行业。人们之所以慨叹"死不起人"，并不仅仅是因为丧葬业开价太高，更重要的是，他们无法在殡仪馆和墓园中感到温暖和尊重，不能通过他们的工作使死者安息、生者释怀。他们所面对的，并不是帮助他们慎终追远的社会礼仪事业，而是像处理垃圾一样处理尸体的人体垃圾站。而近些年甚嚣尘上的所谓"骨灰抛洒""循环使用墓穴"等葬法，

---

① 念一遍悼词，三鞠躬，转一圈。

打着埋葬尸体的幌子，实行处理尸体、清理垃圾之实。在中国的传统文化中，挫骨扬灰、死无葬身之地乃是针对十恶不赦者的极刑。现在，这种"极刑"竟然被堂而皇之地当作高价出售的埋葬产品。在这种情况下，墓园的绿化再漂亮，墓型设计再精巧，人们看到的也只是残忍、冷漠和恐怖。

新式葬法往往是以生态环保的面貌出现的。虽说在墓园当中，每个人都只能享有两平方米的公墓用地，但材料都是大理石，上千年也不会颓坏。比如，北京已有两千万人口，到一百年后，就要多出两千万个新墓地，占用四千万平方米的用地，届时北京城将彻底变成一个被坟墓包围的城市。这正是现代殡葬业造成的。中国几千年的历史，又如此重视丧祭之礼，但我们今天并没有看到铺天盖地的坟墓。土坟虽然有坟头，但随着时代的推移，出了五世之后，血缘关系愈来愈疏远，上坟之人会越来越少，百年左右，不需要人为地平坟毁墓，很多坟头就会自然风化，慢慢平掉的，即使留下一些坟头，土坟总比大理石的坟头要环保得多。但在现代墓园当中，大理石的坟墓使人们不得不面临伦理和文化上的困境：究竟是强行把坟墓凿掉，还是让坟墓包围城市？在中国文化中，开坟掘墓可是要断子绝孙的。而那些所谓的"树葬""草坪葬"，其环保意义和土坟相似，却丧失了本来的文化意义，这既让生者背上不孝子孙的骂名，又让死者遭受死无葬身之地的酷刑，怎么可能让人们心甘情愿地接受？

- 现代丧礼的原则

所有这些问题的症结所在，就是如何确立现代中国人的礼制生活。百年来，现代中国的丧葬改革大体有这样几个方面：一、建立适应现代自由平等观念的礼节；二、确立现代国家的神圣性及新式国民关系；三、革除各种迷信因素；四、确立节俭文明的丧葬习俗；五、节省土地和保护环境；六、通过丧礼告慰死者，安顿生者，表达哀思，尤其是子女对父母的孝敬之情。最后一点相当重要，是古代丧礼根本的礼意，也是民国政府丧礼改革和毛泽东两篇重要文献中都一再强调的，可惜在今天的丧葬管理条例中却越来越淡化。

而前五个方面，从民国初年大多就已经成为人们思考的因素了。民国以来的丧葬改革，在强调平等和建立现代国家意识两个方面是成功的，但以"反对迷信"的名义来改革丧礼，效果不佳不说，而且有过犹不及之嫌。首先，丧礼的基本态度是"事死如事生""祭神如神在"。孔子说："之死而致死之，不仁而不可为也；之死而致生之，不知而不可为也。"对于去世的亲人，如果真的忍心认为他已经彻底不存在了，是不仁，所以丧礼中的很多安排，都是假定他的灵魂仍然存在于某处，但如果真的相信他的灵魂还存在，那就是不智。丧礼的安排，就是要在仁智之间寻求一个微妙的平衡。以事死如事生的态度对待父母的灵魂、木主、画像，或别的什么替代符号，这是对他们在世时孝敬之情的一种延续，是对我们自己生命的负责。丧礼中的很多用具，包括僧道仪式，起到的正是这种作用。像现代丧礼和追悼会中不断使用的"永垂不朽""英灵不昧"等说法，这也并不意味着我们相信那些英灵真的会永远存在于某个地方，它们起到的作用，和传统丧礼中的那些"迷信"并不矛盾。其次，从现代的角度看，无论是民初的科学主义和反宗教风潮，还是新中国成立之后消灭迷信甚至"文革"时波及宗教的举措，结果都南辕北辙。特别是在宗教多元化的今天，只要它本身合法，相信其丧礼形式不会对我们的社会生活带来危害，我们更没有理由以打击迷信的名义来反对各个宗教传统中的丧礼。

又如"确立节俭文明的丧葬习俗"，其实就是传统经典中反复强调的内容。儒家虽然重视丧礼，但并不认为应该无原则地铺张浪费。明清之际，对于民间流行的大操大办，甚至娱尸的现象，儒家士大夫有过非常激烈的批评。孔子站在保持礼意的层面提倡"丧，与其易也，宁戚"，和他所谓"礼，与其奢也，宁俭"并不矛盾。称家之有无，以尽爱敬之情，原则上提倡节俭办丧事，但不能为节俭而节俭，甚至取消丧礼最核心的意义——那是墨家的态度了。节省土地和环保，应该认真对待，但不能因此而损害丧礼的本来意义。所有这些都必须服务于最根本的原则，即以丧礼来安顿人们的精神生活。如果我们总是纠缠于前五个方面，而不考虑丧礼的实质礼意，就会把这些礼意挤压掉，甚至最终变得一点不剩。结果，每到丧事之时，人们不再考虑如何告慰死者，如何节文人情，而是考虑怎样避免最不体面的办法，考虑怎样还可能留得一点葬身之地。而殡葬单位所考虑的，却又是怎样使人们尽可能火化，怎样使丧事不影响公共秩序和城市交通，怎样按照规定购买墓地继而将来销毁墓地，等等。存在关注点如此严重不同的鸿沟，怎么可能有益于社会、提升人们的精神生活？丧葬事业变成处理尸体的人体垃圾场，也就是必然的结果了。

"礼乐所由起，积德百年而后可兴也。"当年，民国政府在内外交困的情况下制礼作乐，而没有建立真正强大有力的国家，发展最基本的经济生活，显然不合时宜。而今，一个强大的现代国家早已在中国大地上矗立，而且三十多年的经济建设也解决了大部分人的吃饭穿衣问题，但人们的精神状况却处在极其混乱的状态，早就到了考虑精神生活和价值归属的时候了。在这样的时代，还忙于强迫火葬、推广追悼会，不仅不会像当初那样确立国家的神圣性，反而会侵蚀已经确立的神圣性。使每一个逝者安宁地躺在这块神圣的土地之下，使每一个生者最自然地在这块土地上表达他的喜怒哀乐，使中国文化最看重的人情自然得到丰厚的滋养，使每个家庭养生送死没有遗憾，人们能以最健康的心态爱敬他周围的每一个人、他所属的团体、他热爱的国家，"整个人民团结起来"，也许就能得到真正实现了。

（原载2014年第4期《读书》）

吾侪所学关天意

——读《吴宓与陈寅恪》

葛兆光

　　吴宓先生的女公子吴学昭用父亲的日记、书信，为吴宓与陈寅恪长达半个世纪的交往写了这本《吴宓与陈寅恪》，书不厚，只一百七十二页，列为"清华文丛之一"。近水楼台的缘故，我先读了校样。不知为什么，读第一遍时，觉得对吴、陈始终一生的友谊，学者的迂与痴，晚年的悲剧以及此书所披露的珍贵史料，都大有可说，但读第二遍时，感慨虽多却仿佛无话可说了，"飞扬颇恨人情薄，寥落终怜吾道孤"（《悲感》，载《吴宓诗集》卷九第16页），吴宓诗中这"吾道孤"三字，似乎便已说尽了吴宓、陈寅恪这两位学者的一生际遇，半生凄清。

　　当然，"吾道孤"的"道"应该进一步分疏。吴宓、陈寅恪虽然不是冲决一切的激烈先进，却也绝非抱残守阙的旧式鸿

169

儒。依吴宓的介绍，陈寅恪并不是时下想象的埋头书斋的考据家，而是洞察幽微知晓天下事的卧龙式人物，"不但学问渊博，且深悉中西政治、社会之内幕"（第3—4页），而据吴宓自述，吴宓不仅是一个热心各种社会事务的学者，而且是一个极有责任感的文人，"每念国家危亡荼苦情形，神魂俱碎"（第18页），何况他们在欧美留学多年，又亲历过二十世纪之初的风云变幻，所以他们心目中的"道"大约不会是旧式文人"致君尧舜上"的入世抱负或"怅然吟式微"的出世理想。

在我看来，这"道"仿佛现在所说安身立命的"终极意义"，换句话说，即人为什么生存、如何生存的"精神血脉"，正在这一点上，吴、陈等人与时不同，与人不同。时下讨论"终极意义"的文章很多，常常把这个 the ultimate meaning 当作一个抽象的本体概念，但在二十世纪上半叶的中国，"生存与否"却并非一个抽象玄妙的"玄谈"而是一个迫在眉睫的"问题"，探问人生终极意义并非书斋谈资而是拯世实需，因为价值系统解体所留下来的意义危机已经导致了当时人实实在在的困惑，文化人突然发现思想已经失去了对心灵的抚慰作用，于是，寻觅"道"之所在便是各式各样思潮的共同注目处，吴宓、陈寅恪也概莫能外。

在本书第8页至第13页上，吴宓所记陈寅恪1919年末"纵论中西印文化"的谈话应该注意，其中陈氏说道：

至若天理人事之学，精深博奥者，亘万古、横九亥，而不变。凡时凡地，均可用之。而救国经世，尤必以精神之学问（谓形而上之学）为根基。

显然这里所说的"精神之学问"便是吴宓、陈寅恪所谓的"道"，在他们看来，中国古代"士子群习八股，以得功名富贵"，现代"留学生，皆学工程实业，其希慕富贵，不肯用力学问之意则一"，都是一种希图速见成效的方法，用古代的话说是揠苗助长，用现代的话讲是急用先学，一旦"境遇学理，略有变迁，则其技不复能用。所谓最实用者，乃适成为最不实用"（第9页），即使是在危机四伏、亟待复兴的时代，也不可忽视"精神之学问"，因为"专谋以功利机械之事输入，而不图精神之救药，势必至人欲横流，道义沦丧。即求其输诚爱国，且不能得"。（第10页）于是，吴宓以其《学衡》，"欲植立中心，取得一贯之精神及信仰"（第62页），陈寅恪以其学术，昭示他们的别一种拯世觉世之"道"，一则为中国人重建终极意义的根基，一则为自己寻觅安身立命的归宿。

不能否认白璧德（Irving Babbitt）、穆尔（Paul Elmer More）的人文主义对他们的影响，吴宓是白璧德、穆尔的学生，始终认定人文主义理想"综合古今东西的文化传统，是超国界的"（第21页）。陈寅恪在哈佛期间也曾由吴宓介绍与白璧德多有交往，而白璧德也对张海、楼光来、汤用彤、陈寅恪及吴宓"期望至殷"（第22页），但是，更值得注意的是他们思想的根深蒂固处实际更多来自理学中不断追寻心性自觉与精神提升的一路，所谓"中体西用"的"体"似乎便是以此为核心精神，这便是陈寅恪称韩愈为"不世出人杰"，奠定"谈心说性，兼能济世安民"的新儒学基础（《论韩愈》，载《金明馆丛稿初编》第288页），称朱熹为中国的阿奎那（Saint Thomas Aquinas），赞扬他"其功至不可没"（第11页），并极力表彰天水一朝文化的原因所在。可以与此相对照的是胡适，胡适等人受杜威（John Dewey）影响固然是不争的事实，但杜威哲学中"保存和不抛弃人类所已取得的价值的真正的保守精神"却在他们的挪用中被轻轻淡忘了（《哲学的改造》中译本第10页），而"实用主义"一词在普天的实用思潮中又逐渐消失了哲学意味而成了工具主义或操作技巧，这背后似乎有着很浓重的、与理学判然殊途的"经世致用"实学传统背景，于是杜威关于"后果，而不是先在条件，提供了意义与真实性"的名言实际在二十年代的中国起了一个衔接古代实学传统与近代实用思潮的粘合剂作用。于是，同样留学美国，同样引进西潮，两大支流竟各执一端，南辕北辙。

后来情势的变迁不必多说了，二十世纪上半叶中国思潮大势，实在与吴宓、陈寅恪们太背"道"而驰，"实用"倚"师夷之长技"思想之传统，挟科学主义之威势，借西学诸子之阐扬，靠救亡背景之胁迫，迅速蔓延为"主义"为"思潮"，"天下熙熙皆为利来，天下攘攘皆为利往"，人们似乎都把注意力放在了具体、有效上，现实的有利无利成了价值的尺度，短视的好取恶舍成了行为的准则，对于永久的、超越的价值的信仰却以"不切世用"而无人问津。于是，吴宓也罢，陈寅恪也罢，只好独坐书斋，以学术研究继续寻觅他们理想中的"道"。昔日孔子所谓"郁郁乎文哉"的追怀早已是一枕幽梦，今时人文主义的理想之"道"也早已荒草丛生，在那杳无人迹的小路上彳亍而行者实在寥寥，吴宓诗云"世弃方知真理贵，情多独叹此生休"（《失眠》，载《吴宓诗集》卷十一第5页）陈寅恪诗云"世外文章归自媚，灯前啼笑已成尘"（《红楼梦新谈题词》第4页），似乎早就透出"吾道孤"的悲凉，此生也休，来生也休，真理固贵，但在鲜有人问时便成了暗途之珠，世外文章，世内人作，不能媚俗，便只能归于自媚自娱，在书斋孤灯下，在考论文章中，我们便只见到两个孤独的学者的背影。

在学术生涯、研究论著里寻觅人生的终极价值，恪守自己对"道"的追求，这也许并非吴宓、陈寅恪的初衷，因为在他们的心目中，"谈心说性"必须"兼能济世安民"，"精神之学问"本是"救国经世"根基，这虽然与"仓廪足而知礼节"的理路适成相反，但运思之中也未曾离开现世的人生。可是，在实用思潮已泛滥于人心，而这"体"与"用""道"与"术"已不能沟通时，他们只好把"精神之学问"当作"学问之精神"，在自己心灵中筑起一道抵抗大潮的堤坝，在堤坝中坚守人生的意义世界，吴宓于1919年9月8日日记中用了中国古典式的语言译《理想国》（Republic）。"自知生无裨于国，无济于友，而率尔一死，则又轻如鸿毛，人我两无所益。故惟淡泊宁静，以义命自安，孤行独往"，陈寅恪在谈话中称赞诸葛亮"负经济匡世之才，而其初隐居隆中，啸歌自适，决无用世之志"（第8页），大抵都是在"举世风靡，茫茫一慨"之中有感而发，一半儿是自勉自慰，一半儿却终成谶语，他们后半生寻觅终极价值、实现人生意义的唯一途径，竟是埋头书斋，潜心学术。

书斋的学术并不等于"精神之学问"，更不是人生的终极意义，而只是终极意义的"替代物"。终极意义是一种抽象的、神圣的、实有无形的信仰对象，只是"个人觉得一定要对之作严肃的、庄重的反应，而不咒诅或嘲弄的这么一种原始的实在"（威廉·詹姆士《宗教经验之种种》中译本第38页），可是，人们不能把它绝对化到虚无缥缈的地界束之高阁，于是，在现实世界中它又常常被各种各样事物所替代：虔诚于天主教者以"为上帝服务"（service of the highest）为自己的天职，但渴想自己生活的修女则把基督当成她想象中替更世俗恋爱对象的人物，两者均算自己的信仰；信奉道教的百姓认定宗教能驱邪避祸，招福祐人；热爱佛教的文人则相信自然的山水溪石间有生命与精神的依托。它们都能支起价值的大厦。所以，终极意义在人心中的有无，原不可一概而论，"道"未必一定是"天道"，也可能物化为人生的道路。因此，吴宓、陈寅恪把书斋的学术当作"精神之学问"，把学者的生涯当作实践"道"的途径，也不失为一种信仰，即对学术、对精神的真挚信仰。有了这种信仰就足以支撑人的灵魂，因为他们把自己孜孜不倦、旁人不屑一顾的学术研究已经当作了存亡继绝的神圣事业，就像吴宓译意大利 Michael Angelo《信仰》诗所说的那样，"愿获无上法，超尘绝俗累，贤士所托命，宇宙共长久"。也正因为如此，陈寅恪在著名的《王观堂先生挽词》中敢于下这一判断：

> 其所殉之道，与所成之仁，均为抽象理想之通性，而非具体之一人一事。

根本不必考究王国维之死是殉清，是被逼还是其他，只要他敢于以"死"去实现他生命的意义，他就有他的信仰，有他的理想，他就是殉"道"成"仁"。在本书第8页至第9页里陈寅恪还有一段怪论十分有意思：

> 我侪虽事学问，而决不可倚学问以谋生，道德尤不济饥寒。要当于学问道德以外，另求谋生之地。经商最妙。

切莫以为陈寅恪真的主张学者经商，实在是他不愿意看到他奉为终极价值或"道"的学问变成庸俗的实用手段。为什么？因为他觉得以学问教书或以学问当官，便不能不"随人敷衍"，前者"误己误人，问心不安"甚至"煽惑众志，教猱升木"，后者"弄权窃柄，敛财称兵"甚至"颠危宗社，贻害邦家"，等于有学问的"高等流氓"。与其如此，不如将谋生的"术"与追求的"道"分开，以经商维持生计，以学问维系精神。显而易见，他们对于学术生涯，对于学术生涯中体现的那种信仰是何等的珍重，在他们的心中，那书斋伏案、灯下疾书的生活似乎不仅是他们个人精神的寄托，仿佛也是人类灵魂延续的血脉。

吴宓在暗悼王国维的《落花诗》中写了"渺渺香魂安所止，拼将玉骨委黄沙"两句，读来香艳，实则悲凉，因为下面的自注"宗教信仰已失，无复精神生活。全世皆然，不仅中国"透露了全部底蕴。他们对举世不古的人心感到哀伤，对无力回天的现实几近绝望，唯一能安慰他们的，是他们自己心中那一脉尚存的"道"仍然不绝如缕。因此，他们在信仰消失的时代恪守对学术的虔诚信仰，在没有精神的时代追寻"精神之学问"，把终极价值与人生意义物化在自己一生的学术生涯中，于是感到了满足与平静。这种心境或许与世俗格格不入，但他们却以世俗利益为代价避免了学问的"媚俗"，陈寅恪一生坚持"不谈政治，不论时事，不臧否人物"，坚持"不从时俗为转移"（第143页），恐怕并非只是阮籍"远世避祸"的谋略，而是一种对学问的信仰所致。他把学术研究看成是最高价值，把书斋生活当成是最高理想，这不仅使他与旧世文人以入世修齐治平为务的思想判然两途，也使他在书斋的学问始终不因现实政治、风气、时尚的变动而发生"媚俗"的方向转移或"从众"的价值浮动。

话又说回来，书斋的学问只是终极意义的替代物，并不能成为人类的普遍信仰，因为那只是少数学者的选择，而且只是在无可奈何之下实现人生的一种选择，即使是陈寅恪与吴宓也未必觉得这是终极之"道"，它并不能维系整个人类精神于不坠。吴宓《岁暮感怀》诗云"治乱由心发，隆污系道存"（见第108页），这"心"这"道"究竟何在？西方世界中，这一精神的任务往往是由宗教承当的，那么，东方世界中，是否也需要一种宗教（或类似宗教的思想）来维系这已微的"人心"与已危的"道心"？

且不忙谈论这一问题，先看看陈寅恪对于中国文化的一个看法。据《吴宓日记》记载，陈寅恪曾一再批评中国文化中"实用"的弊病：

> 中国古人，素擅长政治及实践伦理学。与罗马人最相似。其言道德，惟重实用，不究虚理。其长处短处均在此。长处即修齐治平之旨；短处即实事之利害得失，观察过明，而乏精深远大之思。

专趋实用者，则乏远虑……今人误谓中国过重虚理，专谋以功利机械之事输入，而不图精神之救药。

而与此相对照，陈寅恪则对佛教似大有好感："佛教于性理之学 Metaphysics 独有深造。足救中国之缺失"（第10页），"佛教实有功于中国甚大。……而常人未之通晓，未之觉察……自得佛教之裨助，而中国之学问，立时增长元气，别开生面"。（第11页）

有趣的是，这种判断又与胡适等恰恰相反，胡适虽然下大功夫于禅宗史，但他并不喜欢佛教，在《胡适口述自传》第十二章里他承认"我对佛家的宗教和哲学两方面皆没有好感"，"我一直认为佛教……对中国的国民生活是有害无益，而且为害至深至巨"。这两种截然不同的见解背后，是否隐含了对"精神之学问"的价值评估？在病急乱投医的时代，人们常常会忽略这一点，即中国历来便少有真正的虔诚信仰：孔子的"祭神如神在"是对至上者敬仰的闲置，"敬鬼神而远之"的"远"字冲淡了"敬"字的心灵承负；民间的"论事不论心""论心不论事"，是对道德行为的宽容，时而论心时而论事把忏悔标准变得极其灵活于是并无制约力；文人在"山水中求道心"是对人生终极意义的艺术化处理，百姓持"善恶报应"说更是对宗教信仰的实用化理解，前者把个人与宇宙等同为一常常随心所欲的放旷自适，后者把崇奉神灵当作感情放贷，如无回应就怨天尤人。很少有宗教的敬畏之心，很少有信仰的炽热之情，而佛教末流取悦世俗的"权宜方便"和道教末流迎合大众的巫术仪规也消解了宗教信仰的神圣意味。于是，祭祀往往演成了戏剧，庄严等同于娱乐，礼拜往往徒有形式，神圣变成了滑稽，所以鲁迅在《运命》里才说："中国人自然有迷信，也有'信'，但好像很少'坚信'。"（《鲁迅全集》第六卷第130页）"'不相信'就是'愚民'的远害的堑壕，也是使他们成为散沙的毒素"，"既尊孔子，又拜活佛者，也就是恰如将他的钱试买各种股票，分存许多银行一样，其实是那一面都不相信的。"即使是形式上信仰某种主义、某种宗教，也不过是像荣格所描述的那样，已不再是发自内心的精神需求，他们只是把各种主义与宗教"都当作星期日的服装，一件一件地穿了又穿，然后又费力地一件一件脱掉，丢在一旁"。（荣格《现代人的心灵问题》）吴宓、陈寅恪身处那个价值趋于虚无、意义呈现危机的时代，对头痛医头脚痛医脚挖肉补疮临渴掘井的实用之风，以及对过分讲求人事功利以致忽略永恒精神的文化传统全都深表不满，对以"虚理"为归依、以"精神"为支柱的佛教及引佛入释的性理之学深有好感，大抵都是为了树立对终极意义的真挚信仰——虽然他们不一定要建立某种宗教，吴宓曾经说过："不必强立宗教，以为统一归纳之术，但当使凡人皆知为人之正道。"（《学衡》第3期《白璧德中西人文教育谈》识语）——而他们所说的"心""道"即在于此。

当然，吴宓、陈寅恪的理想最终归于幻灭。究其所以，除了外在情势，他们始终未能沟通"道"与"术"、"体"与"用"即终极意义与现实价值的转换通道，这也是他们未能成功的原因之一。"道"不能只是一个"不可道"的虚幻理念，它必须在每个人心中确立一种实实在在的"信仰"，而这"信仰"又必须在这世间生活中体现其意义与价值，正像陈寅恪自己所指出的，"夫纲纪本理想抽象之物，然不能不有所依托，以为具体表现之用"（《寒柳堂集·寅恪先生诗存》第6页）。单提出一"道"字来，很难令人信仰尊奉，昔人批评宋儒"终日谈心说性，不曾做得一事"，毕竟切中要害。宋儒也罢，佛禅也罢，吴宓陈寅恪也罢，当代新儒学也罢，在这一问题上始终未得到圆满的解答。超越性精神世界与世俗性人生世界隔着一道鸿沟，就会使这"道"处在"悬空"状态，总是被视为"不切实用""迂阔荒诞"。当然，因为他们毕竟不是"达"而"兼济天下"的政治家，而只是"不达"而"独善其身"的文化人，不是为现实设计运作秩序的思想家，而只是为人类寻求永久价值的学问家。他们没有能力沟通属于他的"道"和不属于他的"术"，同时，他们也没有可能向世人展示精神世界的永久性价值，因为毕竟"道不同，不相与谋"，在那个时代里，世俗世界实在太需要看得见摸得着的"实利"来抚慰慌乱的心灵了。

这就是悲剧所在，也是"吾道孤"的原因所在。吴宓与陈寅恪并非没有意识到这一点，但是他们终又无计逃避这一点。吴宓曾以"二马裂尸"为例与陈寅恪谈及他"入世积极活动，以图事功"与"怀抱理想，恬然退隐"的心理矛盾，陈寅恪则以"解救及预防疯狂"的五个策略为吴宓，也为自己的痛苦心灵寻找缓解冲突的镇静剂（第47、67页），因此，他们只有退一步，以"精神的学问"为学问的精神，在漫天狂潮中保持心灵一叶扁舟不至倾覆。他们以"书斋的生活"为实现"道"的途径，以"学者的执着"为捍卫"道"的堤坝。虽然，"道"并没有如他们所想的那样浸漫全人类心灵，但"道"也以其纯粹的色彩成就了他们自己。在他们个人学术生涯中，他们实践了对精神的追寻，实践了对信仰的执着，也实践了对学问的专一。

陈寅恪在《挽王静安先生》里有两句说：

吾侪所学关天意，并世相知妒道真。

前一句中颇有几分迂痴，几分自傲，后一句中更有几分孤独，几分悲凉，但我明白，这就是一种命运。"知识分子总是受到主导的社会价值的排斥。但他们每天都沉浸在感情与现实的环境中，他们往往最微妙地表达一些设想，而这些设想又总是受到威胁"（M.迪克斯坦《伊甸园之门》）正像吴宓《感怀》诗中所说："愁极竟无人可语，理深终使愿长违"（《吴宓诗集》

卷十一第4页），等待他们的只是孤独与寂寞。

深夜人静，再读《吴宓与陈寅恪》一书时，我便在这字里行间读到了三个沉重的大字——

殉道者。

1992年4月2日于京西寓所

（原载1992年第6期《读书》）

正视陈寅恪

刘浦江

　　中国人向来迷信，没文化的人笃信神祇，有文化的人敬畏权威。人们曾普遍陷溺于对政治权威的迷信，经历了二十世纪八十年代思想启蒙运动的中国知识界，迷信对象是学术权威。

　　一部《陈寅恪的最后二十年》，曾连续数月稳居北大风入松书店畅销书排行榜榜首，如今北大文科学生没有读过这部书的怕是不多。毫无疑问，在二十世纪九十年代的"国学热"中，得分最高的就要算是陈寅恪了。

　　陈寅恪崇高的学术地位无可否认。二十世纪有五位历史学家堪称第一流的史学大师，这就是王国维、陈寅恪、陈垣、钱穆、顾颉刚。陈寅恪何以会卓尔不群，出其类而拔其萃？周一良先生总结了四条：非凡的天资；深厚的学养；良好的训练；充分的投入。成功＝1％的天赋＋99％的汗水，这个公式对陈寅恪来说肯定是不适用的。人们普遍认为，天赋是成就陈寅恪的极重要的因素，单是他那惊人的记忆力，就让你不得不服。在他中年失明之后，仅仅靠着助手的帮助，就能够继续从事研究和著述，这里不只是一个毅力的问题，记忆力的顽强至关重要。

除了天赋超凡，陈寅恪学问的渊博尤其可观。当年吴世昌与唐兰纵论天下饱学之士，曾出大言云："当今学者称得上博极群书者，一个梁任公，一个陈寅恪，一个你，一个我。"1919年，吴宓在哈佛初识陈寅恪，就向朋友宣称："合中西新旧各种学问而统论之，吾必以寅恪为全中国最博学之人。"傅斯年也说过陈寅恪"在汉学上的素养不下钱晓徵（大昕）"的话。钱晓徵何许人也？有清一代三百年，学问家之渊博，当首推钱氏。而汉学之外，陈寅恪更有丰厚的西学素养。过去人们盛传陈寅恪懂十几种甚至二十几种中外文字，看来并非夸张之辞，从他留学德国期间留下的部分笔记本来看，就涉及藏文、蒙文、突厥文、回鹘文、吐火罗文、西夏文、满文、朝鲜文、佉卢文、梵文、巴利文、印地文、俄文、古波斯文、希伯来文、东土耳其文等十六种文字，难怪季羡林先生用了"泛滥无涯"四个字来形容他的治学范围。毋庸怀疑的是，陈寅恪的学问远比我们从他留下来的著作中所看到的东西多得多，吾辈其生也晚，无缘亲聆其教诲，自然难以窥其堂奥。陈寅恪的弟子们就不同了，他们的感受要深切得多。据周一良先生回忆说，三十年代，他在北大、清华、燕京三所大学听过好些名家的课，当时的想法是，别的先生学问固然很大，但自己将来或许也能达到他那种境界，而陈寅恪的学问则深不可测，高不可攀，简直让人不可企及。这种感受应该是很真实的。说到陈寅恪的学问之大，有一个故事素为人们津津乐道，这个故事出自毕业于清华国学研究院的蓝文徵之口。据说蓝氏1933年在东洋文库邂逅日本东洋学泰斗白鸟库吉，白鸟一听说他是陈寅恪的学生，马上趋前与他握手，原来白鸟研究中亚历史时遇到某个难题，写信请教奥地利、德国学者，都不得其解，后来托人请教陈寅恪，问题才总算得到解决。对于这个故事的真实性，日本学者大都表示怀疑，因为在《白鸟库吉全集》中从未提到过陈寅恪的名字，当时在东洋文库的石田干之助也说不知有此事。如此看来，关于陈寅恪的学问，恐怕也难免有一些神话的成分。

陈寅恪一生的数百万字论著，如今大都被奉为中国史学的经典著作。二十世纪前八十年总共出版了一万二千余种历史学著作，今天还有阅读价值的，连一书架都装不满，而陈寅恪的某些著作，可能会被人们读上几百年。前些年，北大历史系的一位班主任曾向学生许愿：谁要是把陈寅恪的《唐代政治史述论稿》抄上一遍，就把这本书送给他。结果真有几位学生那样做了，害得这个班主任跑遍了全市的书店。陈寅恪的论著对今天的历史研究影响之大是可想而知的，在他用力最多的隋唐史领域尤其如此。一位历史学家感慨说，作为一个隋唐史研究者，我没有办法不对陈先生又敬又畏，"研读陈先生著作时所抱的心情，虽然有如到西方取经求法的唐僧，但拿起笔来希望发挥点私见的时候，却往往发现自己变了孙悟空，不容易跳出陈先生论学的五指山"。他说他私下感到庆幸的是，我们只有一个而不是五个或十个陈寅恪。

陈寅恪的学术地位如此崇高，这就带来了一个问题。1988年在中山大学举行的纪念陈寅恪教授国际学术讨论会上，曾就陈寅恪是否可以超越的问题有过一番争论，与会的大多数学者认为陈寅恪是无法超越的。季羡林先生致闭幕词时就表达了类似的观点，他以为陈寅恪又可以超越，又不可以超越：在他研究过的某些具体问题上可以超越，但他的总体学术高度不可以超越；作为一个学术巨人，"在他的范围之内，无法超越，原因就是我们今后不可能再有他那样的条件"。陈寅恪果真是中国史学界一座无法逾越的顶峰么？陈门弟子不能把话说得这么绝。我们尽可以预言将来会发生什么，但怎么能断定将来不会发生什么呢？必须承认，陈寅恪是一位资质过人的天才，但肯定不是世上最后一个天才。天知道二十一世纪会发生什么事！

季羡林和邓广铭先生在为《纪念陈寅恪教授国际学术讨论会文集》一书题词时，都写的是"高山仰止，景行行止"之类的话，作为陈门弟子表达对先生的敬仰，固无不可，但如果要对陈寅恪的学术做一个公道的评判，那就应该取一个正确的视角，既不能斜视，也不能仰视。汪荣祖教授的《陈寅恪评传》一书，对陈寅恪的学术成就做了全面的评述，颇有意思的是，陈寅恪学术观点中的所有不妥帖之处，都让汪荣祖教授弥缝得毫无破绽。比如陈寅恪将牛李党争解释为科举与门第之争，即所谓"牛党重科举，李党重门第"，可是很多人并不赞成这种看法。根据日本学者砺波护的统计，牛李两党中出自科举和门荫的几乎都各占一半。汪荣祖教授对此的说法是，陈寅恪的观点被简单化和绝对化了，这是一个理解的问题。我觉得，这大概就是仰视的结果吧。

处于今日的陈寅恪迷信之中，王季思先生的评价难得的冷静和公允，他的评语有三条：考核精严，论证周密，而不免有些烦琐；识解超卓，迥异时流，而不免偏于保守；缅怀身世，感情深沉，而不免流于感伤。所谓"保守"，大概是指陈寅恪的遗民情调而言，也有人称陈寅恪为广义的文化遗民。不管怎么说，他一生以遗民自居，这一点是不能不承认的。早在清华国学研究院时，胡适就说他颇有"遗少"的气味，他之所以与王国维交谊极笃，情感上的共鸣恐怕是一个重要的原因。在《王观堂先生挽词》中，陈寅恪有"依稀廿载忆光宣，犹是开元全盛年"的诗句。晚清时代，人们一般称咸、同为中兴之世，至于光、宣的衰败，是连清人也不否认的，而陈寅恪居然把光、宣比作开元盛世。在他看来，辛亥革命以后的中国是在开历史倒车，故谓"五十年来，如车轮之逆转，似有合于所谓退化论之说者"。再者，陈寅恪对门第、家世的过分看重，也与他思想意识的保守倾向有关，这种早已不合时宜的社会观念，给他的历史观打上了深深的烙印。他的隋唐史研究，主要就是以门第、婚姻、地域集团作为坐标的。问题在于，唐代已经处在从贵族社会向平民社会的转变时期，身份制社会的逻辑是否可以顺理成章地说明一切问题？

　　烦琐考证是实证史学的一大痼疾。陈寅恪一生的著作大都是考证文章，烦琐也就在所难免。譬如韦庄《秦妇吟》"一斗黄金一升粟"句，有的版本作"一斗黄金一斗粟"，为了计较这一字的是非，陈寅恪在《韦庄〈秦妇吟〉校笺》中，一口气列举出十六条史料，以证明"斗粟""斗米"是唐人习称，而后又引宋人记载，说明"斗""升"二字隶书相似，因此很容易误"斗"为"升"，可末了却以巴黎图书馆馆藏敦煌卷子为据，肯定这句诗还是应该作"一升粟"才对，因为"一斗黄金一斗粟"是唐人习语，不足为奇，韦庄用"升"字，乃是"故甚其词，特意形容之笔"。看了这段考证，你不觉得他绕的弯子太大了么？果真有必要浪费那么多笔墨吗？

　　1958年，中山大学的学生给陈寅恪贴过这样一份大字报，说他在讲授"元白诗证史"一课时，考证内容非常无聊，他曾考证白居易《琵琶行》诗中的那个妓女有多少岁，在长安属第几流妓女，甚至考证出白居易那天晚上到底上没上她的船云云。《陈寅恪的最后二十年》一书的作者认定这完全是莫须有的杜撰，他找到一份当年的课堂笔记残页，证明陈寅恪在讲授《琵琶行》时，是从政治关系和经济关系两个方面来论述此诗所反映的唐代社会的。然而我倒以为，那张大字报里的故事不像是编排出来的，因为在陈寅恪以诗证史的史学名著《元白诗笺证稿》中，就有过类似的考证。问题是由洪迈《容斋随笔》的一条文字引起的。洪迈对白居易半夜三更不避嫌忌地登上那个妇人的船感到诧异，——这是宋人的道学心肠，本不值得与他理论，不料陈寅恪竟认真计较起这事来。他认为洪迈对诗的理解有问题，所谓"移船相近邀相见"的"船"，乃是"主人下马客在船"之"船"，而非"去来江口守空船"之"船"，也就是说，是白居易邀请那妇人上了他送客的船，而不是白登上那位妇人的船。史家解诗，在研究文学的人看来，一定会觉得很可笑。人们常说，陈寅恪以诗证史，为历史研究另辟一蹊径，作为一种创意来说，固然值得肯定，但我总觉得，陈寅恪说诗，心眼未免太实在了一些。好比文人一说"风和日丽"，气象学家就非要寻根究底问清楚究竟气温几度，风力几级。这种路子并不值得提倡。

如果有谁想要认真见识一下陈寅恪的考证烦琐到什么程度，那他真应该去读读《柳如是别传》才是。这部耗费作者十几年心血的八十余万字的巨著，是他晚年聊以自娱的创作。坦率地说，直到今天，我仍不明白这部书究竟有多么高的学术价值。对于陈寅恪这样一位史学大师来说，把偌大的精力消磨在这部书上，实在是太不值当。这让我们想起为了一桩《水经注》的笔墨官司而耗去十几年学术生命的胡适，不禁令人叹惋不已。在陈寅恪的所有著作中，《柳如是别传》恐怕是问题最多的一种，其中包括一些史实错误。这一方面与作者对明清之际的历史不十分熟悉有关，但更重要的，我们不能忘了，他是一位双目失明的老人。说到这部书的冗长烦琐，主要是失之散漫，许多考证都游离于主题之外，让人不得要领。作者自己也感觉到了这方面的问题，他在书中不止一次自称其考证"支蔓""烦琐"。读《柳如是别传》，就像是听一位上了年岁的老人絮絮叨叨地扯家常，写到开心处，还不时来上一句"呵呵"，——看得出来，确实是信笔所之。要想读完这部书，可是需要足够的耐心。

陈寅恪的文章有独特的风格，他总是习惯于先引上若干条史料，然后再加上一段按语的做法。给人的感觉，他的文章更像是没有经过加工的读书札记。胡适在日记里曾经这样评价说："寅恪治史学，当然是今日最渊博、最有识见、最能用材料的人。但他的文章实在写的不高明。"这不只是胡适一个人的印象，很多人大概都有同感。陈寅恪写文章惯用文言，不过他的文言实在让人不敢恭维，据说钱锺书先生也说过陈寅恪文章不甚高明之类的话，主要就是着眼于文言的标准。这是那一代知识分子一种共同的尴尬，白话对他们来说还不习惯，文言又写得不够典雅。当然，表达只是一种形式，但形式的完美与否绝不是枝末小节。

评骘陈寅恪，不能不涉及他的为人。大师有两种，一种是学问和人格都可以为人模范的；另一种呢，作为学者是巨人，作为人是侏儒。陈寅恪属于前一类。尽管他的思想不免保守，观念不免陈腐，然而他的人格却近乎完美。人们最看重的，当然首先是他特立独行的精神。陈寅恪在《王观堂先生纪念碑铭》中这样推许王国维："来世不可知者也，先生之著述，或有时而不章；先生之学说，或有时而可商。惟此独立之精神，自由之思想，历千万祀，与天壤而同久，共三光而永光。"这段话也可以用来表彰陈寅恪。陈寅恪一生以"贬斥势利，尊崇气节"相标榜，经历了百年来的世事纷扰，这种操守显得格外难能可贵。对于今天的中国知识界来说，陈寅恪的人格魅力显然更甚于知识魅力，这也可以部分解释陈寅恪迷信产生的社会背景。不能排除这种可能性：人们对陈寅恪的尽力揄扬，实际上包含着对某些学者的谴责意味，在大陆学界更是如此。

陈寅恪一生始终不接受马克思主义，这是众所周知的事实。1953年，当郭沫若请他出任科学院历史二所所长时，他甚至公然提出历史二所不学马列，并要求毛公或刘公给一亲笔批示。由于这种原因，对陈寅恪的评价自然就比较棘手了。在1988年举行的纪念陈寅恪教授国际学术讨论会上，许多学者都表达了一个类似的意思，说陈寅恪虽不承认自己是马克思主义者，但他的治学之道具有朴素的唯物主义和朴素的辩证法，因此"与马克思主义有相通之处"。这种评价充满了学者的睿智，不过它反映的完全是一种政治思维定式，就像把知识分子算作工人阶级的一部分，就似乎是替读书人正了名分一样。陈寅恪地下有知，一定会觉得啼笑皆非。拿政治眼光去打量陈寅恪，往往不免于穿凿附会。比如关于他1949年为何不去台湾的问题，大陆方面把它解释为一种爱国举动，台湾方面则说是他思想"左"倾的女儿极力劝阻的结果。依我看，这都是一厢情愿的说法。问题的要害在于，1949年的中国，大概没有几个人会相信丢掉了大陆的蒋介石能够守住一个小小的孤岛，陈寅恪一生不介入政治，如果去了台湾，一旦台湾失守，他不就太尴尬了么？这可能是当时相当一批知识分子的普遍心态。

俗语云"名师出高徒"，此话仔细推敲起来有很多问题。有人把它修正为"严师出高徒，高徒出名师"。这后半句话可以用来解释今日陈寅恪之热闹和王国维之寂寥。作为中国近代史学开创者的王国维，在二十世纪学术史上的分量绝对不在陈寅恪之下，然而今天的实际情形是，陈寅恪的声誉远在王国维之上。看看《中国大百科全书·中国历史卷》的词条长度就一目了然了，在所有历史学家中，"陈寅恪"一条是最长的，而"王国维"一条的字数竟不到前者的四分之一。这种偏向颇耐人寻味。王国维之所以受到如此冷落，一个重要的原因就是没有弟子为他捧场，他一生中只是在清华国学研究院执掌过两年教鞭而已，而陈寅恪自归国后就一直没有离开过大学讲席，前后几达半个世纪，今天中国史学界的耆宿硕儒，大都与他有某种渊源关系。当然，王国维名声的不振，与他过早弃世也不无关系，毕竟他只活了五十岁。

对上面那句俗谚，我也有一个修订版，叫作"大师门下必有高徒，高徒未必皆出大师，大师无师"。前两句不必解释。大师无师，不是说没有师承，无师自通，而是说不囿于家法，没有一定不变的路数，亦即博采众家之所长，能得前贤之真谛，而不只是仿佛其形式。比如说陈寅恪文章写得不高明，是一个不争的事实，如果非要学他那套引史料加按语的做法，甚至连他引用史料时卷页数码必用大写数字的习惯也刻意效仿的话，恐怕就难免效颦之讥了。平常学者，大抵看重门户，甚至每以出自某某名师之门相矜尚，可是你说得上来王国维、陈寅恪出自哪家师门吗？大师与俗儒的区别就在这里。

说到超越陈寅恪的问题，虽然我不认为没有这种可能性，但是直到今天为止，可能毕竟还没有变成现实。为什么二十世纪上半叶产生了那么多的大师，而近五十年来的和平环境反倒很难造就出新的学术巨人？这是一个值得深思的问题。不少人指出，1927年至1937年是二十世纪学术史上的十年黄金时期，这十年间所产生的文化巨人，我们可以毫不费力地数出一大堆来：鲁迅、胡适、陈寅恪、熊十力、冯友兰、赵元任、陈垣、顾颉刚、郭沫若……只是对于这一学术文化高峰形成的原因，人们的意见尚有分歧。汤一介先生认为根本的原因在于学者们能够在比较自由的环境下从事学术研究，而反对者则说"当时写下《黑暗中国的文艺界的现状》的鲁迅先生可能有不同的看法"。不过反过来想想，既然当时的社会允许鲁迅发表这样的文章，怕是多少也能说明点问题吧？不要忘了，就连中国第一代马克思主义史学家郭沫若、吕振羽、侯外庐等人也是那个学术环境造就出来的。

有人说，知识分子有三个境界，一是学识，二是见识，三是胆识。照我的理解，学识并不难办，只要方向一定，只要充分投入，再不乏聪明，就足够了。不过要是只有学识，哪怕学识再多，终究只是个书呆子。要想有见识，就需要有一个比较自由的社会环境和比较宽容的学术氛围，当整个历史学界都在围绕"五朵金花"做文章的时候，怎么能指望有见识？最难得的是胆识。在严酷的政治环境和令人窒息的学术空气中仍能保持自由的思想和独立的人格，这就叫胆识。对于大多数学者来说，这个标准显然太高了，你不能要求每个人都成为陈寅恪或顾准。

陈寅恪给了我们一个重要启示，那就是学术必须疏离政治。二十世纪的中国史学与政治有着太多的牵连瓜葛，一个典型的例子是，从四十年代的翦伯赞、吴晗到七十年代的罗思鼎、梁效，影射史学的传统源远流长。史学一旦沦为政治的附庸，就无异于宣告它的灭亡。我一向不赞成史学为什么什么服务、与什么什么相结合的口号，"服务史学""应用史学"必然沦为庸俗史学。要想造就出超越陈寅恪的史学大师，必须呼唤独立的历史学家。历史学家怎样才能具有自己独立的学术品格？我的宣言是：不盲从于政治，不盲从于时代，不盲从于权威，不盲从于习惯。这就要求社会给我们提供一个相对自由和宽容的环境，允许不同史学流派和异端思想的存在。近二十年来的史学繁荣，正是建立在历史观念多元化的基础之上的。

如今的史学，景气倒是景气了，可是却再难见到陈寅恪般气象恢弘的大师。问题的症结还在于，今天的学术太功利了。政府功利，每做一项研究，他先问你能派什么用场，看看每年的国家社科基金指南吧，哪一项不是为现实服务的？学者也功利，而今学者治学，为的是学位，为的是职称，为的是项目经费，何曾为过学术？等到拿到博士学位，当上教授、博导、院士，人生的追求就到了尽头。陈寅恪们似乎不是这么个活法。他游学欧美十余年，上过那么多名牌大学，居然没有拿一个博士学位，这在今天的人们看来，简直是匪夷所思。而对他这样一个既无博士头衔，当时又没有什么著述的白丁，清华国学研究院竟然肯发给他一纸导师聘书，又是一桩叫人纳闷儿的怪事。是的，时代不同了，学术功利化的时代可以陶冶出一大批兢兢业业的专家学者，但终难铸就器宇磅礴的鸿儒。

陈寅恪的幸运，正是我们的不幸。

1997年3月27日于京西大有庄

（原载2004年第2期《读书》）

辑三

古今中西

传统、时间性与未来

甘　阳

　　传统问题实际上是文化讨论中的核心问题所在。百年来的中西古今文化之争，其理论上的争论焦点，差不多都落在这个问题上。八十年代重开文化大讨论，事实上也已经逐渐把这个问题推到了前台。从目前看来，国内外的许多论者似乎都持有一种相当普遍的所谓"反'反传统'"的态度或倾向。这种倾向认为，近代以来，尤其是五四一代的知识分子，由于把"现代化"与"西化"不恰当地等同了起来，以一种全盘否定的"反传统"态度来对待中国文化，因此在客观上"切断"了中华民族的"文化传统"，造成了所谓的文化传统的"断裂带"。既然中国文化的"传统"已经出现了"断裂"，那么今日的任务自然是去弥补这种断裂，以"接上"中国文化的"传统"。当然，这种态度是可以理解的。尤其是文学中的寻根意识，自有作家们的一番辛酸苦辣在内，其原因的复杂与今后实际走向的必然多重分化，实非一时所能说得清楚。从七十年代末的"伤痕文学"如此快地走到今日这种"文化文学"（我们姑且这么称之），在中国当代文学史甚至中国当代文化史上如何评说，恐怕目前也还为时过早。我们这里想要说明的只是，在对"五四"进行再认识之时，必须对"传统"问题本身也进行一番再认识，八十年代的文化讨论，应该首先在理论上或方法论上对"传统"本身做出新的理解和认识，换句话说，当我们大谈"文化传统的断裂"时，当我们千方百计地企图"补接"文化传统时，不妨首先从理论上讨论一下这样一个基本问题：

究竟什么叫"传统"？究竟怎样才是或才能继承"传统"？

为了讨论的方便，我们在这里引入"时间性"（Zeitlichkeit/Temporality）这个概念，其特点是带有过去、现在、未来这三个时间维度。我们现在可以问，从时间性上讲，所谓的"传统"究竟落在哪一个时间维度上？

以往的通常看法实际上多半是把"传统"与"过去"等同了起来。尤其是那些特别强调传统的重要性的论者，他们所说的"传统"无非就是"过去"或说过去的东西。把"传统"看成是"过去"的观念，实质上隐含着一个通常不易觉察的假定，亦即把"传统"或"文化传统"当成了一种"已经定型的东西"，当成了一种绝对的、固定化了的东西。也就是说，凡是"过去"没有的东西就不属于"传统"，"传统"成了像天上的月亮那样的万世不变的自然物体，而我们与传统的关系也就成了一种与固定不变的东西之间的关系，借用西人马丁·布伯（Martin Buber）的话说，就是一种"我与它"的关系，其特点是，不管我如何思考、如何行动，传统总是保持着它的自身同一性而始终不变："它，总是它、它！"（参见马丁·布伯：《我与你》，爱丁堡1937年英译本）

这种把"传统"等同于"过去"，就必然会以牺牲"现在"为代价，因为这种传统观点是以"过去已经存在"的东西（尤其是所谓文化的价值核心、文化的心理结构等等）为尺度来衡量现在的文化是不是标准地道的中国文化"传统"，从而也就把现在纳入于过去的范畴，拉进了过去的框架。而现在既然已经下水，则未来自然也就不能不跟着入笼，由此，现在也好，未来也罢，统统都被装进了过去这宝瓶之中，统统只不过是那同一个恒定不变而又能循环往复的"过去"。诚然，许多人倒也都好谈"未来"，例如，"未来世界必定是中国文化的复兴""百千年后中国文化将会如何如何"之类，这种说法看上去似乎十分高瞻远瞩，能不拘泥于只从"现在"出发的功利实用考虑，而能从"未来"这深远的前景出发来筹划中国文化，实际上，这完全是一种"幻象"，因为这种种说法恰恰正是在从"过去"看"未来"，而不是从"未来"看"过去"，其根本原因就在于，他们所说的这个"未来"、所说的这个"百千年后"，实际上仍然只不过是那个"过去"，再过一万年，也永远还是那个"过去"！所谓的"未来"早就已经被根据"过去"的标准量体裁衣、切削成型，它与"过去"了无区别，只不过是"过去"的翻版而已。

以上种种，我们称之为"过去式的思维方式"或"过去式的生活态度"，其根本特点就是严重地缺乏现实感，缺乏自我意识。这种"过去式的思维方式"或"过去式的生活态度"大概与我们历来的时间观有关，我们将之称为"过去型的时间观"，亦即人们总是习惯于把"过去"这一维当作"时间性"和"历史性"的根基、本质、核心，因此一谈到"传统""文化"这些在时间中和历史中存在的东西，首先就十分自然地到"过去"中寻找，尽管"过去"实际上早已过去了，但人们总力图在"现在"中把这个"过去"挖掘出来，复制成型，并把这个"过去"再投影到"未来"上，因此，继承传统成了复制过去，光大传统也无非加大投影。久而久之，也就必然形成了一种以过去为中轴的内循环圈，现在和未来都被划地为牢绕着过去做向心运动，在过去这巨大的向心引力下，现在和未来的任何一点新的可能性均被吞噬、碾碎、消化、瓦解，"现在"与"未来"实际上根本就已不复存在，因为它们全都被"过去化"了。这种循环我们可称之为"过去式封闭型内向循环""过去型时间观""过去式思维方式"或"过去式生活方式"。海外许多学者近年来常常爱用"忧患意识"这个概念，意思是说，儒家文化的起源在很大程度上是与对"郁郁乎文哉"的周代文化竟会衰败没落感到无比"忧患"有关，因此，"忧患意识"——担心过去的文化不复再传——也就构成了历来儒家文化的一个重要特点。这个说法我们非常赞成，因为所谓的"忧患意识"恰也就是我们所说的"过去式"思维观和生活观。不过海外许多学者似乎对这种"忧患意识"评价很高，并且也像古人那样非常"忧患"中国在现代化之后，中国文化还能否成其为中国文化。我们却恰恰相反，不但没有这种"忧患意识"，也不大理解这种"忧患意识"，因为在我们的心目中，中国的过去要是没有这种杞人忧天式的"忧患意识"，那么我们现在大概也不必为现代化而"忧患"了。

与上述这种传统观完全相反，我们认为，"传统"是流动于过去、现在、未来这整个时间性中的一种"过程"，而不是在过去就已经凝结成型的一种"实体"，因此，传统的真正落脚点恰是在"未来"而不是在"过去"，这就是说，传统乃是"尚未被规定的东西"，它永远处在制作之中，创造之中，永远向"未来"敞开着无穷的可能性或说"可能世界"。正因为如此，"传统"绝不可能只等于"过去已经存在的东西"，恰恰相反，传统首先就意味着"未来可能出现的东西"——未来的人、未来的事、未来的思想、未来的精神，未来的心理、未来的意识、未来的文化、未来的一切。因此，"继承发扬"传统就绝不仅仅只是复制"过去已经存在的东西"，而恰恰是要发前人所未发，想前人所未想，创造出"过去从未存在过的东西"，从我们今日来说，就是要创造出过去的中国人不曾有过的新的现代的"民族文化心理结构"。而所谓"批判的继承"，也就并不只是在"过去已经存在"的东西中挑挑拣拣，而是要对它们的整体进行根本的改造，彻底的重建。

根据我们的传统观，传统既然是"尚未被规定的东西"，传统既然是永远在制作之中，创造之中，那么我们每一代人自己"现在"的存在就都不是一种可有可无的偶然存在，不是"过去已经存在的东西"之自然延续，不是仅仅作为"过去"的文化心理结构之载体、导体才有资格被"传统"所接纳，而是对"传统"具有着一种"过去"所承担不了的必然的使命。这使命就是：创造出"过去"所没有的东西，使"传统"带着我们的贡献，按照我们所规定的新的维度走向"未来"，用当代解释学（Hermeneutics）大师伽达默尔（H-G.Gadamer）的话来说就是："传统并不只是我们继承得来的一宗现成之物，而是我们自己把它生产出来的，因为我们理解着传统的进展并且参与在传统的进展之中，从而也就靠我们自己进一步地规定了传统。"（伽达默尔：《真理与方法》，纽约1975年英文版第261页）换言之，传统、文化、历史都不是什么超乎我们之外或之上的"非时间的"自然持存之物，而是与我们每一代人在每一特定时间中的所作所为内在相联的，并且就是由我们每一代人在每一具体时间内对它们的理解、改造、创造所构成的，用当代解释学的术语来说，它们都是"有效应的历史"，也就是说，每一代人都对传统、文化、历史起着特定的作用，产生着特定的结果、效果、效应，从而在这一特定历史时间中有效地影响着、制约着、改变着传统、文化、历史。所谓的"传统""文化"等等，就是这样在每一代人所创造的新的结果、效果的影响下而不断地改变着、发展着，因此"不能得出这样的结论：文化传统应当被绝对化和固定化"（伽达默尔：《哲学解释学》，加利福尼亚大学出版社1976年版第30页）。

我们前面说，"传统"的真正落脚点是在"未来"这一维，也就是要强调"传统"具有着无限广阔的可能性与多样性，而不能被拘囿于一种僵死固定的"模式"或"结构"之中。确切地说，我们所理解的"传统"，就是在"过去"与"现在"的不断遭遇、相撞、冲突、融合（新的同化旧的）之中所发生出来的种种"可能性"或说"可能世界"，而这些"可能性"也就是我们所理解的"未来"。在我们看来，唯有这种既立足于当下此刻同时又敞开着无限可能性的运动过程才是"真的"未来。与此同时，"真的""现在"之本质就在于：它能使过去服从自己，又使自己服从"未来"，亦即不断把"现在"变成"过去"，以新的"现在"与旧的"现在"相对立、相抗争，从而使"过去"和"现在"都不断地走向"未来"，不断地敞开、扩大可能性的国度。而所谓的"传统"正就是这样一种"过去与现在不断交融会合的过程"（同上第258页），亦即不断走向未来的过程。正因为这样，所谓的"过去"也就能够成为一种"真的"过去了：过去在这里已经不再是一种僵死固定的现成之物，而是成了不可穷尽的可能性之巨大源泉，这才是"真的过去"之本质所在，这也就是我们的"过去"与前一种传统观的"过去"之根本区别所在。

由此也就可以看到，我们强调传统的真正落脚点是在"未来"这一维，恰恰不是要扔掉"过去"，相反，倒不如说正是要强调必须一次又一次地返回到"过去"之中，亦即不断地开发、开采"过去"这巨大的可能性源泉。"过去"的本质正寓于"未来"之中，正存在于"过去不曾存在的东西"之中，而不像通常所以为的那样是存在于"过去已经存在的东西"之中。如果用一个简单的公式来表述，我们不妨说，真正的过去大于"过去已经存在的东西"，而等于"过去已经存在的东西"加"过去不曾存在的东西"之总和。同样地，真正的现在大于"现在已经存在的东西"，而等于"现在已经存在的东西"加"现在不曾存在的东西"之总和。换句话说，真的过去、真的现在，与真的未来实是同一不二的东西，它们都具有一种"超出自身"的性质，都具有一种"向着可能性去存在"的动态结构——正是在"可能世界"这伟大的国度中，过去、现在、未来的时间界限被完全打破了，它们不再各自固着于自己所处的地平线上，而是彼此交融、你我不分，形成为时间性之"地平线的交融会合"，亦即构成了一个巨大的共同的时间性地平线。在这种"时间性地平线"上，时间的自然次序似乎被颠倒了：在自然秩序中，时间总是呈现为"历时性"结构，亦即总是从过去流向现在流向未来；然而在我们所说的"时间性地平线"上，时间却呈现为"共时性"或说"同时性"的结构，亦即过去、现在、未来都"同时化"在未来这一维中，我们把时间的这样一种"同时化"结构称之为时间的真正"时间化"，亦即所有的时间瞬点都被"未来化"了，因而也就可以说时间似乎是从未来走向现在走向过去的。我们把这种时间观称之为"未来型时间观"，亦即把"未来"这一维作为"时间性"和"历史性"的根基、本质、核心，总是从"未来"这一维来理解"现在"与"过去"。因此，对于"传统""文化"这些在时间与历史中存在的东西，我们总是把它们看成为首先存在于"未来"之中的永远有待完成的无穷大有机整体或有机系统。在这种有机整体中，"过去已经存在的东西"只不过是其中的一个部分或一个要素而已。显而易见，这种"过去已经存在的东西"不但不能规定整个系统亦即整个"传统"或"文化"的意义，不能规定"现在"与"未来"出现的其他部分或要素的意义，而且甚至都不能决定它自身的意义，因为它的意义只能由它在整个系统中的地位所决定，只能由它与其他部分其他要素的关系所决定。

如果把"文化""传统"看成有机整体或有机系统，今日许多论者津津乐道的所谓"还孔子的本来面貌""还儒学的本来面貌"，在作者看来也就只是毫无意义的语词。因为孔子也好，儒学也好，都没有什么自身不变的"本来面貌"，它们的面目都是在历史与时间中不断地塑造着又不断地改变着的，每一代人都必然地要按照自己的要求来重新塑造、修正、改变孔子与儒学的面貌：汉代有董仲舒的孔子，宋明有朱熹的孔子，晚清有康有为的孔子，五四一代有鲁迅、胡适的孔子，今日又有李泽厚的孔子……，因此，真正的问题就根本不在于孔儒的"本来面貌"是什么，而是在于，孔儒之学在二十世纪的中国究竟还能起什么作用？更确切地说就是，孔儒之学能够成为中国现代文化系统的主干和核心吗？今日中国文化还能沿着"儒道互补"的路数走下去吗？二十世纪以后中国文化的"传统"还能以儒家文化为象征和代表吗？

我们的回答是断然否定的。在我们看来，如果还是那样的话，那就只能表明中国文化的系统仍然是"过去已经存在的"那个系统，因为它缺少足以标志其"现代"特征的新的要素来作为它的核心和主干。毫无疑问，儒道文化在今日以及今后都仍将作为中国文化的组成部分并起着作用，但是问题在于，在今日以及今后，它们在中国文化系统中的意义或地位当与"过去"截然不同。中国文化的"传统"在今后将远远大于儒、道、释的总和，而有其更为广阔的天地和更为宏伟的气象，所以即使在"现代化以后"或"后工业社会"的中国文化，也不会是什么"儒家文化的复兴"（这种说法在我们看来未免太小家子气）。这里有必要强调的是，我们与国内外许多论者的主要分歧，根本不在于是抛弃还是保存，否定还是肯定儒家文化，也不在于是肯定得多与否定得多，注意积极的多与注意消极的多之间的区别，而是在于"如何保存"这个问题上。在我们看来，必须把儒道文化都带入一个新的更大的文化系统中，而不能仍然把儒道文化本身就看成是中国文化的整体系统，然后试图以此为本位来吸取、同化新的文化因素（例如许多人今日幻想的再来一次当年儒学同化佛学的"壮举"）。也就是说，我们不能再把儒家文化继续当成"中国文化的基本精神"，而必须重新塑造中国文化新的"基本精神"，全力创建中国文化的"现代"系统，并使儒家文化下降为仅仅只是这个系统中的一个次要的、从属的成分。在我们看来，唯有这样才能真正克服儒家文化曾经起过的消极的甚至反动的作用，唯有这样才是真正光大中国文化的"传统"。然而在许多论者那里却恰恰相反，在他们看来，似乎唯有使"中国文化的基本精神"始终维持儒家文化的基本精神，才称得上是继承发扬了中国文化的"传统"，否则便是"切断""割断"了中国文化的"传统"——时下对"五四"的种种流行评论正都由这种"传统观"而来。从这样一种传统观出发，论者们自然也就十分合乎逻辑地试图仍然以儒家文化（或儒道并举）作为中国现代文化系统的基础和核心，从而他们的工作重点自然也就十分合乎逻辑地放在力图分清儒家文化中好的、积极的方面与不好的、消极的方面上（其基本套路说到底无非是力图把"内圣之学"与"外王之道"区别开），这种企图的用意不可谓不好，然而在我们看来却未免太天真了一些，其结果也可能是徒劳的，因为文化是一个有机联系的整体系统，一个脱离这整体系统的孤立因素，谈不上什么绝对的好与不好、积极与消极，一切都以它在系统中的地位和作用为转移。在我们看来，只要中国文化的整体系统没有发生根本的变化，只要儒家文化仍然是中国文化系统的主体和基础，那么儒家文化在历史上曾经起过的那些消极反动作用就不可避免地仍然会起作用。

我们正处于中国历史上翻天覆地的时代，在这种巨大的历史转折年代，继承发扬"传统"的最强劲手段恰恰就是"反传统"！因为要建立"现代"新文化系统的第一步必然是全力动摇、震荡、瓦解、消除旧的"系统"，舍此别无他路可走。"五四"这一代人正是担当起了这一伟大的历史使命。在我们看来，"五四"不但没有"切断""割断"中国文化的"传统"，恰恰相反，正是他们极大地弘扬、光大了中国文化的"传统"！因为"五四"这一代知识分子不但"消解"了"过去"的中国文化系统，而且正是他们开辟、创造了整整一代辉煌灿烂的中国新文化！"五四"的文化正就是我们所说的中国"现代"文化形态的雏形！"五四"这一代中国知识分子，正是中国文化在现代将有一伟大腾飞的第一代"历史见证者"！真正的问题根本不在于"五四"这一代人"否定得多、肯定得少"，"隔断了民族文化传统"，而是在于，"五四"知识分子只是为中国新文化砌下了第一块基石，还来不及也不可能彻底完成建设中国"现代"文化系统的任务，这个使命历史地落在了八十年代中国知识分子的肩上。因为中国的现代化今日已经真正迈开了它的步伐，有幸生活于这样一个能够亲手参与创建中国现代文化系统的历史年代，难道我们还要倒退回去乞灵于"五四"以前的儒家文化吗？！

天不负我辈，我辈安负天？！

（原载1986年第2期《读书》）

文化传统与文化意识

高尔泰

　　当前，我们从美术界和文学界听到两种不同的呼声。一个要彻底抛弃传统，一个要"寻根"。美术界的新生力量向文学界的新生力量提出了批评。去年第7期《美术思潮》上有一篇文章，题为《中国画存在的前提》，认为"无论是最近在文学上兴起的所谓'寻根'的热潮，还是在绘画上高喊发扬民族传统，将中国画推向新高潮的口号，或是在哲学上转向孔孟、老庄那里寻找救世良方的苦衷，都是我们时代怀旧病者虚拟的幻想"。前此，该文作者李小山在《江苏画刊》上发表的另一篇文章《当代中国画之我见》中，提出了一个"中国画已经到了山穷水尽的地步"的观点，并对现代和当代许多著名的老画家和中年画家做了彻底否定的评价。这个惊世骇俗的意见，实际上集中表现了所谓"第四代"画家的绘画观念，在全国美术界引起了普遍的反响。

与之相反，许多青年作家则强调"文学之根应深植于民族文化的土壤"。他们主张"跨越文化的断裂地带"，"开凿自己脚下的'文化岩层'"。这个"岩层"，按照他们的意见，或者是"民族文化"，或者是"东方文化"，或者是"地区性独特文化"，总之是古老的、甚至是被遗忘了的传统文化。他们通过朝这个方向努力，写出了一大批第一流的，在我看来是属于达到建国以来最高水平的作品之列的作品。

我要郑重指出，在美术界和文学界之间，以及在美术界和文学界内部都同样尖锐地存在的这两种意见，表面上看起来针锋相对，本质上并不互相矛盾。美术界的开拓者和文学界的开拓者实际上是一条心。他们都力求突破某种封闭的、单一性的束缚，而力求进入广阔，进入深邃，进入丰富。为了达到这个目的，前者着眼于传统文化意识，要求与之决裂；后者着眼于传统文化，要求重新加以发掘和认识。着眼于传统文化意识，前者觉得传统太顽固了，是沉重的历史包袱；着眼于传统文化，后者觉得传统已经断裂，已经被连根拔起。两种意见都对，都有充分根据，即使同一个人，即使在同一篇文章中，也可能有时这样说，有时那样说。那也行。只是为了避免混乱和含糊，有必要澄清这两个概念的含义。

"文化"，同"文明"一样，是作为历史的世界的标志。它是与"野蛮"（作为自然的世界）相对立，以"野蛮"为参考系获得意义与形式的。所以广义地说，"文化"这一概念泛指人类的一切人的存在方式。由于人类往往并不直接意识到自己的存在，他们在使用中常常把"文化"概念局限于自己的知识水平及其标志。所以狭义地说，"文化"概念，又仅仅只是泛指人类的精神产品及其总和。

"文化"而加上"传统"二字，是专指过去的文化而言。任何一种文化在当时并不是传统，只有过去的文化对于现在，或现在的文化对于将来而言才成其为传统。对于我们来说，过去的文化传统只是一个个既成的历史事实，一个我们必须加以正确对待的客体。世界可以被改造，新的历史可以与过去的完全不同，构成事实的事件进程可以停止或转向，但既成的历史事实是不会发生变化的。任何既成的事实都是不变的，它可以被遗忘，被忽略，被重视，被称赞，被责难或者被歪曲利用，同一历史事实可以对于不同的历史时代具有不同的意义和价值，但它本身绝不会随着发生变化。那些毁于风沙兵燹的典章文物早已被人们遗忘了，它们曾经有过的存在却作为永恒的过去而存在着。

"文化"而加上"意识"二字，是专指现在的文化而言。过去的遗迹并不是意识，过去的意识如果不经由过去的实践变成已经死去的简册文物，那它就早已消失了。所以所谓"文化意识"也就是我们当代的现实意识。当代的现实意识是各式各样的。有创新意识，有复古意识，有面向未来或固守过去的意识，也有积极进取或玩世不恭的意识……不论是什么意识，都是当代的文化意识。当民族智慧升华为理想主义，当民族情感升华为英雄主义，当民族道德升华为人道主义的时候，它就不再是传统的，而是活生生的和现实的——当代的了。当代的东西也可植根于过去，但那仍然是为了当代。这里的所谓"过去"，不过是另一种当代而已。就像一株树，它的根往下（过去）扎得愈深，它的枝干向上（未来）长得愈高。如果反过来，要"重建传统文化"，无异于把根当作枝干加以颠倒，那树也就活不成了。

"文化意识"而又加上"传统"二字，并不说明这个文化意识就是过去的。它只能是指今天的这样一种文化意识：它把根须当作枝叶，力图用过去的某种文化现象作为模式，来规范现代文化和现代意识，并预定它在将来的发展路线。它是把将来和过去联结起来的一条单线。作为一种企图、一种幻想，它是属于"现在"的，是根据当前的实用主义的需要而把现在和将来都纳入过去以防止社会的发展。在古代中国这一生态环境内兴亡交错的各种文化现象，都无不经由封建意识这种大一统而被综合为一个源远流长的单一传统。我们常说封建文化是我国传统文化的主流，就是指它的这种大一统的单一性和封闭性。在其中人的无限丰富的创造力都被这种单一性和封闭性框死了，所以它就不再能推动历史前进。所以社会的发展就停滞。至于这种单一性和封闭性的借以表现出来的形式是什么，是"三纲五常"还是"斗私批修"，并不重要。重要的是它们对于中国的历史发展所起的作用。这个作用是相同的。正是在这个作用和起作用的机制上，表现出极"左"路线与封建主义、极"左"思潮与封建意识的同一。

所以我们"反传统"，实际上就是要反封建、反"左"，而不是对"传统文化"采取虚无主义的态度。我们认为，古代中国哲学和中国艺术丰富的精神价值不仅是我们祖国的光荣，也是我们祖国生命力的表现。封建主义和极"左"路线用它僵死的单一性压制了这种生命力。这种压制同时也就是对我们自己生命力的压制。因为我们的生命力同祖国的生命力是同一的。在这个意义上，如果说要发扬传统的话，那么其第一步，就是要反传统。

我们对于古老文化的热爱同我们的反传统思想并不矛盾。澄清了上述许多概念的含义之后，要说明这一点就不困难了。一种文化（一个画派、一种艺术、一种思潮或一种风俗习惯）是人的一种存在方式，也同人一样，各各都有其生、老、病、死的过程，也有与这个过程相始终的独特的观念、情欲与追求。它像一个有生命的实体，是多种因素、多种机遇互相配合的产物，在特定的生态环境中和特定的历史时期内存在和起作用。它既不是唯一的，也不是最优的。作为历史上曾经有过的文化现象，作为历史事实，作为历史事件的结果，它是单一的、凝固的、不变的。但是作为一个对以后历史事件起作用的许多因素中的一个因素，它又不仅是结果而是原因，不仅存在于过去而且可以存在于现在或将来。这个道理，今年《读书》第2期上甘阳的文章说得很清楚。这种能动性只是一种潜在的可能性。它向现实的推移取决于许多机遇，其中不可缺少的决定性环节还是人的意识和人的实践。人的实践使可能性变成现实性，使已经完成的变成即将开始的。如果没有了人，没有了此时此地活着的、作为主体的人，这一切丰富的可能性都将复归于虚无。

不变的事实没有不变的价值。博物馆里那些彩陶和青铜器，作为古文化的遗迹也许有永恒的价值，但那是对于今天的历史价值和艺术价值，而不是当初作为用具和祭器的什么什么价值。况且它的艺术价值也不是原来的，那上面有世纪的遗痕和现代人的心理感受。那绿锈斑驳、古气盎然的钟鼎并不是当年闪光锃亮、俗不可耐的祭器。而作为祭器的礼仪文化，则不仅是衰老了，而且是死亡了。假如我们欣赏它的一个遗迹——铜鼎，那并不是因为它是礼仪的象征。换言之，我们仍然是用我们今天的现代文化意识，来观照那些远古的文物。

如果我们欣赏舞台上杨贵妃或武松的醉态，并不是就要变成酒徒。如果我们喜爱小孩子的幼稚和天真，并不是要在复杂矛盾的现实生活中像小孩那样行事。如果我们感到《归去来兮辞》很美，并不是就不知道现时代已不再有那样一种自给自足的世外桃源可以隐居。"折戟沉沙铁未销，自将磨洗认前朝"，这也不是说诗人就是对战争感到兴趣。与之相同，韩少功写白痴和钟阿城写傻子也不意味着他们提倡什么非理性主义。"寻根"文学对于野山荒村愚昧落后的风俗习惯的兴趣，仍然来自一种我们能触摸得到的现代意识。就像梅里美对于那些遥远荒岛上异国情调的描写，仍然表现出他对于当时法国贵族社会的批判态度。在这个意义上，"寻根"文学与"第四代"绘画尽管在理论上表现出相反的态势，在实践上却又完全一致——它们都力求突破单一与封闭而追求变化、差异和多样性，并且为了这个目的，不择手段，表现出同一种现代人的文化意识。他们没有必要互相指斥，也没有必要统一口径，各人用各人自己的声音歌唱，这本身就是一种艺术的觉醒。

当一种文化衰老的时候，人类并不衰老。我们又在创造着新的文化，从而我们自己也在创造过程中更新。这是人类的自我创造。文学艺术是人类自我创造的一种形式。当然这种创造，不是凭空创造。也许有时候，我们不得不在过去文化的废墟上进行创造——那并不是重建。也许有时候，我们不得不在外来文化的启发下进行创造——那并不是移植。我们反对重建传统文化，但不拒绝从传统吸取营养。我们反对移植外来文化，也不拒绝从外来文化吸取营养。

现在有人提倡"重建传统文化"，这个口号我不赞成。因为它实际上是要用传统来压制现代，用"一"来规范"多"，以不变应万变。这不但对文学艺术的发展不利，而且对改革和四化不利，对振兴中华不利，所以我对此持反对态度。但我要强调说明，这并不意味着我同意对前人的文学艺术成就彻底否定。

文艺要求创造和革新，并不意味着一定要否定前人的成就，即使那成就对于我们的创造和革新没有启发意义。苏轼、辛稼轩并不超越、否定李白、杜甫，李白、杜甫也不超越《古诗十九首》或者《诗经》。你不能说你已经熟读了屈原、陶潜，李、杜、苏、辛，就可以在他们共同的基础上提高一步，超过他们。这不可能。在艺术的领域（还有在哲学的领域），不仅要超过全体古人不可能，即使只是要超越一个人，例如李白，也不可能。许多古代的洞窟壁画，雕刻和陶器，某些敦煌遗迹或张旭、颜真卿、石涛、八大山人等人的作品，都是如此，都是不可超越的。

　　但是，不可超越的东西，并不就是典范。如果李白写一本《诗学》，以他自己的诗为样板，规定许多条条框框，要大家照着做，否则就不承认你的作品是诗，甚至宣称不如此就是离经叛道，那我们就要反对他了。但我们反对他，是反对照他的图式做，是反对单一性、封闭性和僵死性。并不等于就是说他的诗不好。那时（李白写出《诗学》来的那时）我们将一面反对李白，一面仍将认为他的诗是好的。首先就好在他的独一无二，不因袭古人。

　　根据同样的理由，我不同意李小山对一大批老画家所持的否定态度，更不同意他对一批卓有成就的中年画家所持的否定态度。我并不是不同意他们的基本观点。他们的基本观点，我是同意的。反笔墨、反传统是中国绘画观念革新的必由之路。

我认为，鉴于中国绘画面临的困境，我们有必要重新评价徐悲鸿美术教育路线的作用。因为它把一整套单一的理论、技法直至具体的作画步骤规定得很死，而排斥一切其他的理论、技法与作画步骤，形成了一个封闭的、单一的、僵死的绘画观念，束缚了学生的创造力和表现力，阻碍了美术的发展。但这不等于说，我认为徐悲鸿的画就很差劲。我反对徐悲鸿并不是因为他的画怎么样，而是因为他的美术教育路线，只承认有一种画法、一种基本功，而认为其他的都不行。这就是说，它企图把它的单一，发展为一个漫长的线性延续系列，而排斥任何其他的途径与可能性。

然而这样的延续并不是进展。恰恰相反，这种同音反复只能是一个画种死亡的证明。如果说这样的美术教育路线可以作为一个例证的话，那么也有许多这样的文化意识，它们把从自己的单一推导出来的各种原理、原则，普遍应用到无限丰富的大千世界，而把世界设想成这一单一的扩展和延长。在这个意义上，"一粒微尘见大千"这个谚语可以做另一种否定的解释，它是这种单线文化观的最好的象征。徐悲鸿美术教育路线，以及以现在作为大学文科教材的《文学概论》为代表的文学教育路线，都无不是这种文化意识的产物。不论它们之间有多少重大的差别（当然差别是重大的），它们都把自己的单一当作放之四海而皆准，俟诸百世而不惑的绝对。

但是我们反对这个单一和这个绝对，不是为了用另一个单一和另一个绝对去代替它。相反，我们愿意它们的单一，以及其他什么什么的单一，都各各作为一个特殊而存在。在特殊与特殊互相辉映中呈现出艺术与文学的丰富多彩，呈现出文化与生活的丰富多彩。否则，我们就变成用封建专制主义来反对封建专制主义，用传统文化意识来反对传统文化意识了。"同姓为婚，其种不蕃"，这样的结果，只能是我们自己的式微。

我很喜欢祖国古代文化，是真心喜欢。但是我又强烈地反对传统的束缚，是真心反对，这两个真心，平时倒互不干扰。但写起文章来，就会发生冲突。既然喜欢，为什么要反对？既然反对，为什么要喜欢？这样，感到写文章很困难。为什么困难？是情感与理智的矛盾吗？还是逻辑思维的混乱？我想来想去，觉得都不是。我感到困难，是因为自己用以考虑问题的概念工具不明确。"意识"（也是文化）、"文化""传统""文化传统""文化意识""传统文化意识"等这些概念，常常不加区别、互相通用。所以总觉得，即使心里很明白的意思，写出来都不那么明白了。再看一遍，就感到含糊矛盾，不彻底，不清晰。我想这个问题，可能不是我一个人的问题，可能带有一定的普遍性。现在文学界、美术界，不是有许多互相不理解吗？所以想写点文章，澄清一下。如果澄而不清，也可与大家一同思考。

我想还可以进一步提出问题：祖国、民族等这些与文化概念不可分割的概念，应当如何界定？民族情感与民族意识、土地情感与土地意识等等之间的细微差别，应当如何划分？我们今天讨论文化问题，这些似乎都不能不弄清楚。

总之，讨论传统文化问题，也是为了解决今天的实际问题。过去了的，应当让它过去。未来，要争取比现在更好。要防止被过去束缚了自己。"金堂玉室余汉士，桃花流水失秦人。"而我们，要走自己的路。

（原载1986年第6期《读书》）

能否跳出"过去的掌心"

高瑞泉

　　若干年前"文化热"时，林毓生的《中国意识的危机》曾经给读书界吹进了一股清凉之风。这部论辩技巧相当精致的著作，借陈独秀、胡适和鲁迅的思想个案解析，意在证明下述论点：激烈的反传统主义者并未如他们声言的那样，做到和传统彻底决裂。好像孙悟空一个筋斗十万八千里，终究翻不出如来佛的掌心。在中国某些文化倾向中所体现的某些传统（如"借思想文化以解决问题"）已牢固地形成了反传统主义者的观点。林著的英文原版本在美国印行不久，美国著名社会学家 E. 希尔斯（Edward Shils）出版了他的精意之作《论传统》。与《中国意识的危机》专注于研究中国近现代思想史不同，《论传统》系统地探讨了传统一般及与传统相关的众多理论问题。作为一个极端文化保守主义者，希尔斯的结论也比林毓生更普泛，他不但要证明"我们需要传统"，而且断言一切人都不可能须臾离开传统而生活，所以我们根本就毋庸妄想跳出"过去的掌心"。

像现今许多社会学家一样，希尔斯认为将"现代"与"传统"完全对立起来是错误的，由于传统的几乎无所不在的持续性，再"现代"的人也难以逃脱"过去的掌心"。这不仅仅因为新事物总是或多或少地吸收了存在于它们之前的某些东西，它们的形式与实质，都在一定程度上取决于以往一度存在的事物，总要以这些事物为出发点和方向（这令人想起柏格森的那个像滚雪球似的"绝对绵延"概念：历史的每一瞬间都包含了无穷的过去，又预示着无限的未来）。而且希尔斯赞成这样的观点：一代人使用的东西、持有的信仰和惯例的大部分，都不是这一代人所首创。更明确些说："没有哪一代人创造出他们自己的信仰、机构、行为范型和各种制度，即使生活在现今这个传统空前地分崩离析的时代里的人也不例外。这一论点适用于现在活着的几代人和整个当代西方社会。无论一代人多么有才干，多么富于想象力和创造力，无论他们在相当大的规模上表现得多么轻率冒进和反社会道德，他们也只是创造了他们所使用和构成这一代的很小一部分东西。"（《论传统》第50页）

由于历史有超个体的决定性因素，这些历史因素表现在现存的器物、建筑之中，表现在知识的获得与沿习过程，表现在社会总有跨时间的同一性——希尔斯所谓"在世的几代人和已死去的几代人之间的共同意识"；每一个体的知识背景都是先其经验而存在的，因此他的某种特定心理倾向，总是只能被划定在"漫长的时间内许多连续不断的传递、继承和再传递所形成的沉淀或混合物"的院墙内散步。换言之，不管现代哲学如何张扬主体性原则，不管浪漫主义如何兴高采烈地谈论人的解放或自由选择，个人自主总是极为有限的，他依然是生物学上的类和社会世系的某一部，因而总是受到自然与社会的制约。个人的性格、信仰和能力，总是遗传因素与传统沉淀而致的社会环境交互作用的结果，因此，无论如何，"稳定而全面的个性决不是他们自己创造的结果"（《论传统》第64页）。更何况人类几乎天生有一种寻根意识，会不懈地寻求建立他们出生以前的历史。

总而言之，一切人都可以说是"生活在过去"，"即使那些宣称要与自己社会的过去做彻底决裂的革命者，也难逃过去的掌心"。（《论传统》第60页）与希尔斯这种相当普泛的理论概括相比，林毓生描绘的中国反传统主义者的心路历程，宛如一组历史性的注释。

然而，在给了读者一种传统是坚韧的、无处不在的印象之后，希尔斯又承认，传统同时也是脆弱的、易变迁的甚至是会死亡的。传统的载体是人，从根本上说，"如果传统给继承它的人带来了明显的和普遍的不幸后果，那么它就不能长久地维持下去了；一个传统要延续下去的话，就必须'发挥作用'。一个传统反复带来灾难，或反复被证明明显不灵，那就行将灭亡了"。（《论传统》第272页）而传统的变迁，几乎是随时都会发生的。作为一个严肃的学者，希尔斯相当仔细地探讨了传统变迁的内部因素与外部条件。传统变迁的内部原因包括社会理性化的过程，原传统接受者兴趣中心的转移，权威人物（牧师、政治家、家长、教师）的行为持续地与他们所宣扬的传统脱节，人类巨大的想象力（特别是最富于想象力的"克里斯玛"人格的巨大革命性），以及积极反传统主义的崇尚原创性、科学主义和进步主义的传统。传统变迁的外部原因则主要是外来传统的压力、不同传统的传播与融合，以及传统所属的环境变革。尽管他所说的影响传统的"环境"概念之界说相当含混，但在解释某些外来传统之所以被人们接受时，希尔斯主要诉诸功用上的优越性。外来传统与本土传统的"统觉模块"差异越大，它们相遇冲撞、融合以后，本土传统的变化也就越大。

希尔斯在研究传统变迁的内外根源时，是以他对西方文化的经验观察为依据的。所以他主要讨论了西方文化传统，自启蒙运动以来经历的一连串变迁的原因。作者并不讳言他所说的传统是传统意义上的传统，是他所偏爱的所谓"实质性传统"。而"实质性传统的核心是家庭和宗教的权威，以及对乡土和其他原始事物的眷恋"（《论传统》第428页）。这种传统不只是往旧事物的简单延传、解释与再生，而是一种示范者或监护人，即提供了人们行为和信仰的规范模式。它作为一种惯性力量，曾经使社会长期保持着特定形态。晚近三百年来，随着现代化的进程，西方世界传统的信仰解体了，传统的行为规范失效了，这意味着西方社会也发生了传统的断裂。这一点也许能让正为传统断裂而苦恼的中国学人感到些许同病相怜式的安慰。因为早就有人批评中国的现代化之所以屡受挫折，是由于传统断裂，现代化必需的精神资源匮乏，不像西方社会传统始终绵绵不绝。然而，如今的西方，似乎也有人在为传统断裂而烦恼！

其实，早在本世纪初，韦伯就对现代社会的信仰状况有一段预言式的描画："我们的时代，是一个理性化、理智化，总之是'世界祛除巫魅'的时代；这个时代的命运，是一切终极而最崇高的价值从公众生活中隐退——或者遁入神秘生活的超越领域，或者流于直接人际关系的博爱。"如果说是韦伯画定了现代社会学理论的范式之圆，那么希尔斯辈则曾经竭力将韦伯之圆画得更圆些。但是创始者与后继者并不永远一致。一般说，韦伯把传统的断裂视为自然的社会进程，是现代化或理性化的客观结果，而且，按照他的社会行动类型的理论，传统行为和理性行为是对立的，传统行为更多的是一种反射式习惯行为。这一点招致了希尔斯的不满与批评。他认为传统体现了价值合理性，而韦伯的观点导致了时间向度的取消。希尔斯在解释西方传统变迁史时，尽管也像韦伯那样持多元论的历史观，但是他的文化保守主义的情感磁场太强，使他很难跳出唯智论的窠臼。自新教改革以来，随着资本主义的扩张与发展，工业、科技、都市文明已经根本改变了社会的经济结构和人类的生存环境。希尔斯虽未明确否定这些物质要素——李普曼称之为"现代性的酸"——对他钟爱的实质性传统的致命腐蚀，但他却相当轻松地评论说，"坚硬的生活事实"并不比信仰具有更大的强制力，就此即轻轻放过。他狠狠抓住的是启蒙运动以来的理性精神、进步主义、崇尚原创性、科学主义以及追求人的解放等等观念形态的东西，以及它们对宗教、家庭等前近代西方传统的摧破。前述那些已经成为现代人类共同意识的东西，在希尔斯看来都是反传统的产物。而反传统已经成为传统，启蒙运动以来工业化社会已经形成了与昔日传统对立的近代传统。

希尔斯在这里犯了双重的错误：他一方面将以宗教为核心的西方文化的实质性传统之崩溃，理解为只是十八世纪以来反传统主义思想批判的结果，逸出了他在讨论一般传统变迁的内外因素时所持的多元论立场；另一方面，又将近代传统确立的原因简单归结为精神运动自身。总之，他在讨论人类精神取向时，基本上没有超出精神活动的界域，没有做起码的社会史还原，没有去探究隐藏在精神喧哗背后的社会结构变动与生活方式革新。或者说，眼看着自己珍视的传统在无可挽回地衰落，而自己憎恶的传统已顽强崛起，作者不愿也不能深究此中的历史根据，而只把它归咎为纯粹的人类心智的误导。

从根本上说，希尔斯的唯智论与他对时代的判据有关。文化保守主义者最不愿承认的是，近代社会本质上处于革命的时代。不幸的是，大部分人很难像他那样拒绝这个历史事实。我这里所说的"革命"，主要的不是指我们已经稔熟的一个阶级推翻另一个阶级暴力斗争的"革命"，而是一个意义要宽泛得多的概念。如果以一种价值中立的方式来表述，它指短时间内实现的飞跃或突变。因此，我们大致可以同意《理想的冲突》的作者宾克莱的论断："我们的时代确实是一个革命的时代——政治革命、种族革命、意识形态的革命和道德的革命。各种年龄的人们日益对我们文化中传统的中产阶级的价值观念——成功、声望、合乎传统、地位——提出疑问。"从本世纪初开始，人们还目睹了以爱因斯坦为伟大代表的范围广泛的自然科学革命。更往前追溯，十八世纪以来以工业革命为物质标志的现代化运动已经改变了所有适宜人类居住的诸大洲的面貌，根本重塑了大部分地球人口的生活方式，而最发达的欧美，已经进入了所谓"后工业社会"。诸多民族文化传统的并存与交汇，是这种一体化过程的自然结果。这导致了单一信仰不再被认为是至尊无上和不容怀疑的。现代化迫使人们不断追求进步和发展，奥林匹克运动的口号"更高、更快、更强"早已超出体育的界域，折射出现代社会的普遍意向——以有限的投入去追求更大的效益，相信这个世界会趋向于更为完善的状况。所有这些都销蚀与冲击着希尔斯所钟情的传统的行为与信仰规范。

当希尔斯以一个冷静的社会学家说话时，他虽略带伤感却仍相当客观地承认，人们对传统的态度，与其说取决于情感之好恶，毋宁说更多地取决于该传统应付现实的有效程度。为了论证人们难逃"过去的掌心"，他可以采取决定论的公式，指出生活环境先于个人经验而存在。但是，他的文化保守主义与唯智论立场决定他不可能将这一观点贯彻到底。事实上，与信仰规范一起先于个人经验而存在的，还有物质生活环境，而且后者比前者更根本、更有力量。晚近三百年来，正是物质生活环境的革命使得西方传统的信仰与规范在应付现实危急事务中的可依赖性大大降低，闲置既久渐而被人淡忘。在谈论"今日"必定从"昨天"而来，所以现实中必定有过去之因素时，希尔斯显得很雄辩。不过，希尔斯忘记了历史并不是如此平均分割的无数"刹那"之连缀，而可以按照文明程度划分出轮廓清晰的诸多阶段的演变过程。如果隔一个较长的时段来看待某个社会，譬如将今日法国与路易十五看到的法国相比，则不啻为天壤之别。像一切在时间之流中的事物一样，特定的文明类型都不可能是永恒的，都会在某个时刻敲响它的最后一声晚钟。当然，现在西方工业文明仍如日中天，侈谈其没落恐怕为时过早。比较中庸的说法还是霭理斯的观点（周作人引）："我们是永远在于过渡时代。在无论何时，现在只是一个交点，为过去与未来相遇之处，我们对于二者都不能有什么争向。不能有世界而无传统，亦不能有生命而无活动。"人类生活就是在传统的支撑下又不断走出传统的过程。某一种较定型的信仰与行为规范，总只有一定的适用界域与时效，一旦社会物质生活条件完成了结构性变革，譬如从小农经济走向了发达的工业社会，那么，小农经济下的信仰与规范从总体上来说一定无法再有效地存在下去。尽管原先的传统不会消灭殆尽，毫无孑遗，但少量留存的因子和占统治地位的传统毕竟不可同日而语，此时再笼统地说人们依然留在"过去的掌心"之中，多少有点诡辩之嫌了。

希尔斯抨击现代进步主义、理性主义等反传统主义，讽刺他们"反传统成为传统"其后果之一就是形成一系列近代传统，如进步主义传统、科学知识传统、崇尚创造性的传统以及追求个人解放的传统，希尔斯不喜欢这些传统，但他承认它们，而且认为它们与他所钟爱的实质性传统是完全对立的，那么，他就实际上承认了，站在近现代传统中的人们，已经跳出了"过去"——实质性传统——的硕大手掌。

因此，现代人身上当然烙有人类始祖的遗传因子，有古老的集体无意识，有中古文化的传统影响，但是，作为现代人，他的意识层面、知识结构和精神理想，都是近现代传统所提供的。换言之，近现代传统代替中古传统成为社会大部分人的信仰和行为规范，成为人们的共同意识。希尔斯看到了这一点："现代社会，尤其是西方现代社会，之所以一直在破坏实质性传统，其中的原因之一是，它们已经以多种形式培育成了某些或明或暗，或直接或间接有害于实质性传统的理想，而这些理想已经反过来成了传统。人们一直用这些理想来督促统治者和公共舆论。"（《论传统》第384页）这是确定的事实。从中我们可以看到，希氏所谓"反传统成为传统"乃是指两个不同的传统，正确地说，是反古代传统的（近代）传统。这种客观的态度令人敬佩。希尔斯不喜欢近代传统，但并不因此抹杀近代传统，不像汉学界的某些学者，因为憎恶以"五四"为代表的近代传统，便一味指责"五四"造成了传统断裂，拒绝承认中国近代一个多世纪以来也已经形成了某些近代传统。它虽然可能不如西方近代传统那么条贯有序，那么成熟，甚至还没有从现实冲突中挣扎脱身，但它已经构成了当代中国人的共同意识和习焉不察的共同心理。

希尔斯的理性判断与价值取向，使人想到乐观主义者与悲观主义者的区别：面对装有半瓶酒的瓶子，乐观主义者说还有半瓶酒呢；悲观主义者说已经喝掉半瓶了。他们的判断都是真的，但价值取向不同。乐观主义者意在继续干杯，悲观主义者却要就此封瓶。对现代文化这个"半瓶酒"，希尔斯可以说是一个悲观主义者，他的判断可以是真的，但他要竭力维持乃至复兴启蒙运动以前的"实质性传统"的主张，恐怕很难为大多数现代人所接纳。他对近代传统的缺陷，确有所见，但据此便预言近代传统将让位于中古的"实质性传统"，其有效性如何，只能留待历史去证实了。

（原载1993年第10期《读书》）

生活在后传统之中

郭于华

　　一向以探讨现代性及现代社会变迁著称的社会思想家、新任英国伦敦政治经济学院院长的安东尼·吉登斯把当今西方人生存于其中的社会表述为"后传统"社会（post-traditional society），这听上去似乎有些奇怪。正如吉登斯自己指出的："现代性，总是被定义为站在传统的对立面；现代社会不一直就是'后传统'的吗？"

　　在"后××"层出不穷的当今，吉登斯将"后"与"传统"相连用以解释现代性，似乎既要告诉人们一种社会形态的终结，又想昭示出它与前置社会结构的某种关联，而此种关联常常是被忽视的。

　　传统作为现代性的参照或背景，经常被不假思索地用于各个学科领域，它似乎已成为不证自明甚至不必言说的。而吉登斯则明言，要理解生活在一个后传统秩序中意味着什么，我们必须考虑两个问题：传统实际上是什么？一个传统社会的一般特征是什么？这两方面见解大多作为未经检验的概念而被使用：在社会学中，这种状况源于传统是最初思考现代性问题的底色；在人类学中，则是由于对传统的功能主义理解，即传统始终是将前现代社会秩序整合在一起的胶合剂。（然而我们一旦摒弃了功能主义的观点，这胶合剂是由什么做成的就不得而知了。）

通常人们习惯于把传统与古老的事物等同起来，即将传统作为一个过去的时间概念来理解。事实上，如果传统仅仅是历史上形成的或曾有过的事物，处心积虑地研究传统就没有必要。传统是一个开放的动态系统，它是在时空中延续和变异的，它存活于现在，连接着过去，同时也包蕴着未来。因此我们才有可能在现实中（和为现实乃至为未来）研究传统。

传统是与记忆（尤其是"集体记忆"）紧密相联的，它将过去组织到与现在的关联中。值得注意的是，过去并不只是作为无意识心理状态的结果而被保存的，相反，它是以现在为基础被不断地重构的。记忆是一种能动的社会过程，并非仅仅是将以前登录到大脑中的印痕召唤到当前意识中。事实上我们不断再生产着对过去发生事件或状态的记忆，而这些重复使经历具有了连续性。因而我们可以说，传统是一种组织化的集体记忆的媒介。传统的"整合"不是来自久远的存在这一简单的事实，而是源于不断的阐释，正是这种阐释将现在与过去连接起来。

传统也通常与仪式相关联。仪式对于传统就是必要的组成部分，它是一种保证传统延续性的行为方式。社会记忆是与社会实践相配合的，而仪式将对过去的不断重构与现实的实践牢固地连接在一起，也就是将今天活动的头绪与昨日的或去年的活动连接起来。就此而言，仪式是以实践方式与传统交织在一起的。

如同传统的其他方面一样，仪式也是需要给予阐释的，而阐释权通常并不掌握在凡夫俗子的手中。此处吉登斯强调传统的守护者和这类传统所包含或揭示的真理之间的必然联系。传统关系到"形式真理"，而只有特定的人才能完全接近这样的真理。仪式语言是表演性的，时常会包含说者或听者几乎无法理解的语词或行为。仪式惯用语正是由于其形式化性质而成为一种真理机制，仪式性的演说包含着一种强有力的减少异议的方式，这对于它的强迫性质无疑是很重要的。

与此相关，传统也有其"守护者"。一些前现代文明中的巫医、巫师、宗教专职人员或老人们，对于传统有重要作用，他们被信奉为具有因果性力量的代表。他们是神秘事物的执掌者，但他们的神秘技艺更多地来自他们与传统的因果力量的联系，而不仅是他们对任何秘密物体或神秘知识的占有。传统的守护者似乎类同于现代社会中的专家，然而二者的区别却是泾渭分明的。守护者不是专家，他们所能接近的神秘性质绝大部分是不与外人交流的，而且，构成守护者首要特性的是在传统秩序中的地位而非"能力"。现代社会中专家所掌握的知识和技艺对普通人而言可能是神秘的，但是任何人只要想学原则上都能够掌握那些知识和技艺。

所有的传统都有规范的或道德的内容，这使它们具有了约束性。传统的道德性质与阐释过程紧密相连，通过这一过程过去和现在连为一体。传统所表现的不仅是一个社会中"正在"如此做的，而且是"应该"如此做的。当然，传统的规范部分未必总能被明确地表述，它们大多是在其守护者的行动中或示意下得以被阐释的。

探讨现代社会和现代性离不开对传统的思考。这不仅因为我们需在与传统的对比中认识现代性，而且因为二者确实存在着内在的关联，正如天玄地黄、阴阳两道相辅相依的关系一样。吉登斯指出，现代性在消解传统的同时又重建了传统。在西方社会中，坚守传统和再造传统是权力合法性的中心内容，也是国家把自己强加给相对被动的"臣民"所不可缺少的。现代性摧毁了传统，然而现代性与传统的合作对于现代社会发展的早期阶段又是至关重要的。吉登斯将现代社会的早期发展称为早期现代性，也就是贝克（U. Beck）所说的"简单现代化"阶段，这个时期现代性与传统实际上处在一种共生状态，它们之间是紧密相连的。

传统，无论旧的还是新的，在现代性的初期发展中始终占据着中心位置。现代社会的"约束模式"是有其局限性的，至少在现代性早期是这样，那时，监督机制的效能主要是依靠情感控制的内化或道德良心，是与强迫性和羞耻焦虑联系在一起的，而这一过程正是由传统来完成的。

这就是说，至少在早期现代性阶段，传统仍在发生作用：传统并没有消失，作为过去与现在的媒介，它在现代社会的建构中也被不断地建构和重新建构着。

除了只有在与传统的比较中才能认识现代性，以及传统与现代性存在内在上述关联这两方面原因外，所谓后现代的到来与传统社会转向现代社会的过程也具有某种同构的特性，这也是必须关注传统的缘由。

自从启蒙时代以来，科学理性，如同前现代社会中的传统智慧，在现代人的行为过程中被奉为圭臬。甚至连科学本身自从启蒙时期以来也变成了一种传统。对于启蒙主义思想家及其众多追随者来说，对社会和自然不断增加的认识和信息将导致对它们更有力的控制。对许多人而言，这种控制是人类幸福的关键所在，似乎我们越是处在一个能动地创造历史的位置，我们就越能引导历史走向我们的理想。即使最为悲观的观察者也将知识与控制联系起来。而在当今，即被吉登斯称为高度现代性的时代，作为现代性的核心要素和工具——科学及其权威的光环正在面临着与传统同样的命运。科学按照其自身的前提，能够而且必须被看作是或然性的。"没有什么是神圣的"这一原则是自明的普遍性原则，就此而言，科学权威也不例外。

根据一般实证的理解，科学的合法角色使真理概念成为不朽，"科学与宗教"之争掩盖了公众对公认的"权威"的渴求，而许多专家实际上成为某种传统的守护者，并且引发出适当的服从形式。现代性的强迫性来自于它最初产生时的性别区分。韦伯在其《新教伦理与资本主义精神》中证明的强迫性是源于一个男性的公共领域。在那些制度性语境中，资本主义精神占支配地位，妇女实际上被迫承担由"强烈的工具主义"所产生的情感负担。而与此同时，传统的性别差异模式和性别支配却因较新传统的发展而被有效地加强了。传统的被召唤，尤其是为了实现个体和群体认同的生产或再生产。认同的维系由于现代制度的成熟而成为一个根本的问题，而这一问题因求助于传统的权威而得以"解决"，尽管有时候是以张力和矛盾的方式解决的。例如，工人阶级的"共同体感"就部分地采取了传统重构的形式，国家层面上的民族主义也是如此。

此外，全球化给人们带来的是越来越多的不确定性，尤其是所谓"被制造出来的不确定性"。吉登斯指出，这个高度现代性的世界比任何比喻所能说明的都更加开放和更具偶然性——而这正是我们所积累的关于我们自身和物质环境的知识所致。这是一个机遇与风险均等的世界。启蒙主义所信奉的知识带来的确定性和控制已成为一种神话：我们越是试图开拓未来，未来似乎就越是让我们吃惊。因而，吉登斯把现代性喻为在全球范围内的一个巨大的实验，但它不是在实验室中进行的，因为我们无法以固定变量控制其结果，而且无法估计它在多大程度上会超出我们的控制。但是，不论我们是否喜欢，我们却都被卷了进去。当前人们对科学发出的疑问正类似于现代化过程中对传统的质疑。

吉登斯在阐述何为传统时提出了几对互为比较的概念。一是传统与自然。传统与自然之间有着直接的相似或互补的关系。通常所谓"自然的"就是存在于人类干涉范围之外的。而传统，一经被建构起来，特别是经过其守护者的筛选之后，则具有了保守的本质，准确地说它使许多事情处于人类活动的"操纵之外"。然而伟大文明的历史进程，正是人类活动不断地且加速度地侵入自然的过程，即自然逐渐解构的过程。事实上，正是当自然已经逐渐消解的时候，当我们面对着"自然之终结"的时候，我们才开始谈论"环境"问题。今天，在各种各样的终结中，我们可以非常真实地感觉到自然的终结。与这一自然逐渐解构的过程相伴的正是传统的消解。

二是守护者与专家的概念，以及相关联的传统智慧与专家知识的概念。守护者与专家都是社会中具有权威的人物，是在某些时刻被人们求助的对象。所不同的是，传统的守护者以一种更完整的方式依赖于象征，传统的神秘性质并非某种可以由守护者传递给其他人的东西，而是他们接近形式真理，从而使之与其他俗众区隔的特权。他们从不会成为"凡人"，他们所拥有的智慧给予他们在社区中独特的和普遍的地位。而一个现代社会中的专家，可以是任何一个具有普通人所没有的特殊技能或知识类型的个体，在专家和普通人相互面对的任何特定的行动场域中，他们的技能或信息是不均等的，这使一个人相对于其他人而言成为权威。当我们把传统智慧与专家知识做比较时，会发现其主要区别一如守护者与专家的区别。专家知识是开放的，相对于传统而言，它在基本意义上是非地方性和非中心性的。专门知识不与形式真理相联系，而是与对知识的可改变性的信念有关，这种信念是建立在方法论的怀疑论基础之上的。

现代性未能完全摆脱传统，或者说传统在早期现代性阶段依然延续着并按其原有逻辑生长着。而现代性发展的后果，即进入所谓高度现代性以来，社会才以前所未有的方式呈现出断裂的特性，从而使我们中的大多数人，都面临着大量我们不能完全理解更无从控制的现象和过程，同时也使我们的行为陷入无常规可循的境地。这种情形或许是吉登斯将现代社会称为"后传统"社会的主要原因。

吉登斯对传统的解读，在我们今日所面临的世纪之交和社会转型中是深具启迪意义的。我们民族一百多年来浸透血泪的现代化进程，使我们对传统怀有极其复杂的心理感受，可谓爱恨交织，哀怒有加。而这类感受不乏传统的情感化甚至情绪化因素，缺少的却是理性的分析与思考。中国社会的发展，应该说还处在早期现代性阶段，传统的东西与现代性共存共生，而长久以来乃至当下不绝于耳的对于传统的态度大致有下列几种：一是激进地反传统，表现为全盘西化的主张或颠倒乾坤创造新世界的冲动。毋庸赘言，这就如同鲁迅先生所喻拔着自己的头发想要离开地球一般。实际上，最革命、最激进地铲除传统的运动往往采用最为传统的形式，"史无前例"的"文革"中那些近乎咒语、巫术和神灵崇拜一类传统的甚至是原始的行为，我们今日仍记忆犹新。另一类是为了某种功利目的而鼓吹弘扬传统，这多半是为挽救世道世风，而求助于某种所谓传统美德的权宜之计。此外，更有视传统为亘古长存的不变法宝的人们，翘首企盼着中国文明君临天下的世纪到来。凡此种种，不如静下心来，借鉴有关传统与现代性研究的理论，在我们的生活世界中细致地探究传统是什么和它如何变化。

根据吉登斯的研究，传统具有一种有机特征：它们发展并成熟，或者衰微和"死亡"。因此，在确定它为传统时，一个传统的整体实在性，比它持续了多长时间更为重要。就此意义而言，传统是有上下文的，是在一定语境中存在的。它与集体记忆、与仪式、与形式真理和守护者的紧密联系形成一个文化的结构整体。这意味着，不能实用主义地从中抽取某些"精华"的片断而摒弃自认为是"糟粕"的东西，这种"取"和"弃"不仅对设定的功利目的徒劳无功，而且可能导致整个文化大厦的倾覆。

传统的另一重要特征是它的动态性，它是在社会实践中不断地被建构和重新建构的，因而并不存在一种经世不变的固化

240

的传统。传统如果失去了这种动态性质，就沦落为遗迹或遗物，需要加以"精心保护"。由此我们不难想到，把儒家思想或者再加上儒道互补视作中国传统文化的恒定内核，并憧憬着它的第 × 期复兴，也是对传统把握的偏失。

传统作为权力合法化的核心，常会与体制、与统治权威发生密切联系。"权力的文化网络"（杜赞奇语）、"政治与象征"（艾布纳·科恩语），都是对传统的这一特性的表述。充分意识到这一点，是理解传统与现代性之联系的关键所在。此处不由想到我们在实际研究工作中经常发生的困惑，即究竟是我们改造了传统，还是传统消融了我们？是外部力量和强力意识形态摧毁了传统，还是传统同化了那些力量？作为文化结构的传统与行动者的社会实践又是如何互动的？……如果我们能够像吉登斯那样深入地解读我们自己的传统，我们或许会更加接近对这些疑问的领悟。

（原载1997年第6期《读书》）

既"杂"且"多"的传统

葛兆光

  读陈冠中讨论"杂种文化"的文章,他说,被称为"杂种"的"多文化主义"加上"世界主义"的普世价值,是现代大城市应有的文化品格。这让我想起日本加藤周一的"日本杂种文化论",记得十几年前,在东京神田神保町的旧书店里买到他一册《杂种文化》,就相当惊讶,加藤对日本自身文化的深刻反省和锐利解析,远比那些固执于"万世一系"的日本文化原教旨论者让人敬佩。

  看别人也会想自己,坦率地说,也让我联想到近来的"国学热"。有时候,原本是一"国"之"学",当它被窄化为一"家"之学的时候,就有点儿异样。如今,内有儒学院,外有孔子学院,还有到处开花的"国学经典"或"传统智慧"讲习班,加上每年一度的"祭孔大典",使得儒家或"五经""四书"之学,不仅成为汉文化"脊梁",甚至放大成了整个中国的"肉身"。有人说要恢复"中华传统"就是要"回到孔子",我曾看到一个穿了据说是"汉服"、留了山羊须的汉子,手持折扇坐在官帽椅上,向大众反复申说,国之兴必有学,而"五经"之学,是为"国学"。他忘记了"国学"本是清朝将崩时才造出来的新名词,就像忘记了他坐的椅子来源于胡床一样。也有人说捍卫"中国传统"就得要"记得祖先",我也曾看到,某省祭祀了黄帝,某省便祭祀炎帝,女娲、蚩尤、大禹纷纷上了祭台,传说的先人分身不开,被各处撕掳得仿佛"五马分尸",到处接受叩拜和飨宴。有一天,电话突然来自某地,说要祭祀"葛天氏"了,让我这个有幸也姓了葛的人"有钱出钱,有力出力",偏偏忘记了这些走红的祖先,大都是后人为重建民族国家认同,对传说记载的重新诠释和夸张阐扬。

其实,文化常常就像一条河,上游涓涓汇入百川,不免也携带泥沙,到得下游,才宏大恣肆,滋养整个流域,甚或冲积成洲,扩大了疆土。前段时间应一家杂志的邀请,写文章讨论佛教新知识与道教旧资源在中古时期对儒家知识世界的冲击和补充,我就引了中古一些言论证明,就算孔子韦编三绝、学富五车,可单靠儒家还是支撑不起中国这片天。像南朝人宗炳就说周公、孔子两位老人家没出过国,所以没有见过独目三首、马闲狗蹄、穿胸旁口的人,没有见过不灰之木、不热之火、火浣之布、切玉之刀,没有见过西羌、鲜卑、林邑、庸蜀的异俗,"周孔所述,盖于蛮触之域",怎么可以说,儒家已经穷尽了知

243

识世界，后人只需要吃"现成饭"呢？

文化如此，民族亦如此。现在的人对汉、唐有无限自豪，不过，汉唐之间恰恰是民族混融而成就的时代。"三十六国九十九姓"随着北魏南迁便成了"河南之民"，随北周到关中便成了"京兆人"，那时的首都人好多就是"胡种"。说来也无奈，古代经典里面虽然一再说，"中国戎夷，五方之民，皆有其性也，不可推移"，老祖宗们原本觉得，中国和"夷、蛮、戎、狄"，最好井水不犯河水。可是，事实上"中国"仍是"杂种"天下。以唐代为例，不要说李白"生于西域"，就连刘禹锡也是匈奴裔，元稹是鲜卑后裔，更不要说当皇上的李家了，身世本来混沌，就算他们"仅就其男系论，固一纯粹之汉人也"，但经过通婚，血缘已经杂糅胡汉，所以陈寅恪说他们是"取塞外野蛮精悍之血，注入中原文化颓废之躯，旧染既除，新机重启，扩大恢张，遂能别创空前之世局"。

就是一直害怕以夷变夏，担心"被发左衽"的孔子，在元朝和清朝也曾经被塑成"薙发左衽"的蛮夷模样，看到这一现象的朝鲜人大惊，说这是"斯文之厄会"。可是事情好像没有那么严重，一直到现在，孔子还是华衮峨冠，照样坐在大成殿里享受祭拜。

我曾经写过一篇《复数的中国文化传统》，说我们得认清文化传统既杂且多。经历了几千年的文化变迁和族群融合，中国绝不是"滥觞初起"时的"杯盏之水"，而是"浩浩汤汤，横无际涯"的大江大河。其实，就连居于海中的日本，大潮来后，也都一面和服、鸟居、撒西米、神道婚礼加佛教葬俗；一面西服，比西服还西服，拿了西洋词就上片假名。当然，他们也许在祖先时代就把中国的律令制国家、汉字、佛教和儒家学说统统学了个十成十，所以"杂"并没有什么心理障碍，信誓旦旦地要"用一亿日元保卫日本贞操"的那种焦虑，现在已经成为笑谈。加藤周一《杂种文化》一书，副标题是"对日本文化小小的希望"，他不忌讳出身"杂"，反而寄希望于以"杂"取胜。

那么中国呢？有人说，现在是崛起的时代了，大国崛起就要有"国学"，可一国之学怎么就只剩下了孔子之学？还有人叮嘱，素质教育就要鼓励熟读经典，但"经典"难道只剩下了儒家"五经""四书"么？回看几千年的中国文化史，如果它被窄化为孔子和儒经一脉单传，你不觉得咱们的传统有点儿形单影只么？写到这里，抬头看窗外，一片云遮雾罩，据气象台说，明天上海又有一场雪，这个时候追忆历史，不知怎地，也像窗外风景一样，有一种穿不透的迷茫感觉。

（原载2011年2月18日《光明日报》）

传统文化的"传"与"承"

葛剑雄

· 什么是传统文化

探讨传统文化的传承问题，首先要弄清楚什么是传统文化。我们现在往往把过去存在过的文化都称为传统文化。其实不然。两千多年前，司马迁在《史记》里曾引用过一句谚语，"百里不同风，千里不同俗"。"百里不同风"是说，两地相距一百里，"风"就会不同，而相距一千里，"俗"也会发生变化。可见"风"和"俗"是不同的两个概念。

在我看来，"风"就是风尚、时尚，传播虽快，但存在的时间比较短，范围也比较小，所以影响有限。比如，今年流行这款衣服，明年又流行那一款，后年又不知流行什么，这就是"风"。"俗"是一种习惯、一种生活方式。"俗"比较稳定，存在的时间比较长，范围比较大，影响比较持续。这二者的区别在于，前者流行一阵子就过去了，后者却长期存在。当某种"俗"被越来越多的人接受，慢慢就成了一个群体生活方式的一部分。比如，在古代中原地区，人们的服装一旦形成一种基本的形式，就会长时间延续，这就是"俗"。同样形式的服装，有的地方的人喜欢这种颜色，有的地方的人喜欢那种颜色，这就是"风"。

"俗"如果再延续，经过长时间沉淀，就成为一种传统，往往反映在观念、制度、理论甚至信仰上。传统需要比较长的时间才能形成，并且在一定的时间和空间范围内，居于主要地位，是主流。所以，不是所有过去存在的文化都可以称为"传统文化"，我们今天讲的"传统文化"，应该是过去的主流文化，它长期存在，得到大多数人认同，并且发挥主要作用。

· 危机源自失去存在的基础

今天，从中央到地方，都空前重视传统文化，采取了一系列传承发展传统文化的措施。之所以如此，是因为传统文化在今天遇到了传承的危机。如果传统文化没有遇到挑战，本身发展得很好，就用不着专门花这么大气力来传承了。

为什么传统文化会在当代遇到传承危机？因为它已经失去或者正在失去存在的基础。任何一种文化都有它存在的基础，中国以前是农业社会，经济是小农经济，与之相对应的文化便是农业文化。今天的中国已经进入工业社会甚至信息社会，以前的农业文化失去了存在的物质基础、社会基础，所以今天还要守着过去的农业文化就很困难。

举个例子，以前孔子教育年轻人，"父母在，不远游"。它的意思是，父母如果还没有去世，作为子女，你无论求学还是工作都不能离家太远。这个话在古代是很对的。因为以前交通不方便，信件传递困难，如果子女离家太远，万一父母病了或者快去世了，便无法及时赶回来。还有，以前没有社会保障制度，父母主要靠儿子供养侍奉，如果儿子不在身边，谁侍奉他们呢？此外，在农业社会，可以就地生产、生活，不需要跑到很远的地方去找工作。所以，"父母在，不远游"这个教导在当时完全正确，人们当然应该遵守。

那么，今天我们进入了工业社会、信息社会，你还能够遵守"父母在，不远游"的教导吗？首先，没有必要。现代社会通信方式十分便捷，随时随地可以互相联系。很多人在家里装了摄像头，拿起手机就可以看到父母家里的情况。如果父母有什么疾病，子女坐上飞机、高铁、汽车，可以很快赶到父母身边侍奉。其次，在今天这个社会，如果不离开父母，很多工作没法做。比如，我是大学老师，得在大学教书，如果不离开父母，总不能把大学搬到我家附近吧？我们国家各行各业的工作都需要有人去做，那些工作有几个是在父母身边的？如果要求子女都守在父母身边，很多工作也就没人做了。因此，当我们进入工业社会、信息社会，很多像"父母在，不远游"之类的传统文化观念，是没有办法遵守的。

随着社会基础的变化，过去正确的文化观念，到了今天可能并不正确或者只是部分正确。全世界都碰到这个问题，不仅是中国。所有国家的传统文化都在发生变化，只是变化的速度有快有慢。当代中国这四十年，发生了过去三千年从未有过的巨变，传统文化所依托的社会基础大多已经改变，有的甚至已经消失，所以处在激荡社会变革中的中国传统文化，正面临空前严峻的传承危机。

· 当务之急是先留存下来

因为面临危机，所以需要传承。今天，我们如何传承传统文化？我认为，"传承"分为"传"和"承"两个部分。"传"就是记录、保存、延续。对于传统文化，"传"就是将其尽可能地原样保存下去。"传"的实质，就是尽可能使它延长，尽可能使它符合原来的内容。"传"是无条件的，不需要进行选择，也不需要考虑它有用没用，尽最大可能先保存下来再说。

如果对传统文化的"传"是无条件的，那有人会问，落后的、保守的甚至是反动的传统文化，该不该保护？也要保护。举一个很极端的例子，希特勒当年屠杀犹太人的集中营，现在就被列为了世界文化遗产。那么一个罪恶的地方，为什么还要把它作为文化遗产加以保护留存呢？因为它是人类历史的一部分。如果这个集中营不保存下来，后人便不能够通过它真切地感受那段历史，了解人性还能恶到那种程度。

因此，我们要尽最大可能把传统文化保存下来，这与被保存的文化是积极的还是消极的，是正确的还是错误的，是好的还是坏的，没有关系。总之，先把它保存下来，而且要把保存传统文化由不自觉变成自觉，由无意识变成有意识。比如，我国一些农村可能还保留着一些古建筑。那里的人比较穷，建不起新房子，只能住在那些古建筑中，古建筑因而得以保存下来，这种保存就是无意识的。可农民富裕起来后，就会拆旧房，建新房，那种对古建筑无意识的保存也就越来越不可能。所以，我们要有意识地、自觉地、主动地去保存传统文化。

目前，我们对传统文化的保存，仍然具有很强的选择性、功利性。以"非遗"为例，可以作为旅游资源开发的，可以拿到市场上换钱的，我们对它就比较热心，反之则比较冷漠。这样一来，有现实利用价值的"非遗"可能会得到较好的保护，而暂时没啥实际用处的"非遗"便会无人问津。另外，一些"非遗"传承人，为了在市场上赚钱养活自己，往往会随意改变"非遗"的内容和形式，以满足当代人的需要，这种保存也是不周全的。在传统文化的保存上，我们可以向一些国家学习。比如日本，某项传统文化项目一旦被列为保护对象，其传承人就会像"国宝"一样，完全由政府供养，不需要他（她）想办法养活自己，他（她）的任务就是"传"——带徒弟，把掌握的东西教给徒弟，教会了，任务就完成了。在我看来，传统文化的"传"，就应该这样。

此外，我们知道，后人的智慧并不一定比前人强，比如金字塔的产生、玛雅文明的兴衰，今天我们仍无法用科学进行解释。传统文化中包含了大量古人的智慧，这些智慧我们今天可能还无法理解，甚至以为是迷信，但并不代表我们永远无法理解。如果让传统文化匆匆消亡而不加保存，那我们就永远失去了理解古人智慧的机会。这也是我们建议把传统文化先尽量保存下来的重要原因。总而言之，传统文化是人类记忆和人类历史的一部分，同时可能蕴含着今人还无从知晓的智慧，再加上由于失去了存在的物质基础而正面临消亡的危机，所以我们应该无条件地、尽最大可能地把传统文化先保存下来，这就是传统文化传承中的"传"。

· 传承切忌形式化

传统文化传承中的"承"又是什么意思？我认为"承"就是继承、发扬，这跟只保存不同，而是要把它发扬光大。当然，"承"不是简单地传承发扬，而是要做到适应今天和未来的需要，也就是在原来的基础上进行创新，这才叫"承"。仍然以古建筑为例，"传"的话，就是不破坏它，不让它倒，让它存在的时间越长越好。而把古建筑上合理有用的部分用到新建筑上，这就是"承"了。正因为如此，"承"的时候，要有所选择，要选择其中精华的、正确的、有用的部分进行发扬光大，糟粕部分自然是要扬弃的。

中华传统文化是动态的，不是静态的。几千年来，它一直在吸收外来、兼收并蓄中不断发展着。比如，南北朝时期，中原地区的文化就得到了发展扩大，很多少数民族的文化被吸收进来。语言方面，南方的方言保留了华夏本音，而北方的方言大量吸收了外来民族语言。音乐、舞蹈方面，中原地区更是大量吸收外来少数民族的文化，这些后来都成了中华传统文化的重要组成部分。正是通过不断吸收借鉴外来优秀文化，中华传统文化才历久弥新、经久不衰，形成了海纳百川、整合发展的优势。今天，在继承发扬中华传统文化的时候，我们更要兼收并蓄，积极吸收其他外来文化的优点。

需要指出的是，人类有很多优秀的传统文化，如果两种以上传统文化同时存在，在继承发扬的时候一般的原则是本土优先，因为本地的传统文化最适合本土。比如，江西、河南都有值得继承的传统文化，那么江西人当然应该优先继承发扬江西的传统文化。同样的道理，中国、外国都有值得继承的传统文化，那么中国人当然应该优先继承发扬中国的传统文化。继承发扬传统文化，还应分轻重缓急，区别不同对象，在运用的时候要注意效果。比如，近些年有人提出要恢复汉服，确实也有人在工作生活中穿起了汉服，还成了"网红"。汉服自然是中华传统文化的一部分，那我们今天是不是真有必要恢复汉服呢？在我看来，这不是一件十分急切的事情，即使恢复汉服，也不是说每天都要穿汉服。现在流行的"汉服"其实是当时的礼服，即便是在汉朝，人们也不是什么场合都穿。史书上记载，汉朝文学家司马相如和卓文君私奔后，穿的就是窄衣短裤，而不是宽袍大袖的礼服，因为他们要干活，而穿上宽袍大袖的礼服干活就不方便了。今天如果恢复汉服，也应该将其作为礼服，可以在礼仪场合穿一穿，或者可以将博士服、硕士服设计成汉服。总之，不能一年四季、不分场合都穿。试想一下，在炎热的夏季，还穿着宽袖大袍的汉服挤地铁或下地干活，那身上还不得捂出痱子？因此，传承传统文化，不是空洞地背一背传统经典或模仿一些传统的穿戴，那种传承其实是形式主义，并没有领略到传统文化的本质。

· 关键是进行创新性转化

关于传统文化的"承"，还需要强调一点，对于传统不能照搬照抄，而要进行创新转化。这可谓是传统文化传承的一大难点，也是最为关键的一点。拿中国传统文化的重要组成部分"孝道"来说，如果我们只是把孝道理解为长幼有序、尊老爱幼、家庭和睦，其实是不够的。全世界哪个民族不尊老爱幼？这是人类普遍的美德。如果只是让青少年穿上汉服，天天向父母行叩头跪拜之礼，那根本不是继承孝道的正确方式。实际上，孝道的本质在于维系家族的精神支柱，保证家族和社会的繁衍，正如孟子所讲，"不孝有三，无后为大"。在中国古代社会，人的生命短暂，增加人口是很难的。所以，人口的多少，从小处讲关系到家族的繁衍，从大处讲关系到国家的强盛，因为那个时候真的是"人多力量大"。而今天，即使子女不要孩子，父母也不会怪他们不孝顺。

今天的年轻人不生孩子，虽然父母不会怪罪，但长此以往，必然会产生种种社会问题，让国家和民族失去"未来"。所以，在当代社会，生育孩子可以说是公民为社会和国家应尽的责任。这样一来，传统孝道也就转化成了现代的价值观念，即保证家庭和社会的繁衍是每一个人应尽的义务，更是年轻人不可推卸的责任。同时，在当代社会传承孝道，要摒弃将"后"限制为男性的陈腐观念，那样可以保障男女平等。如果我们的后代从小就将孝道融入自己的人生观、价值观，以后就会将家庭和睦、生儿育女、尊老爱幼看作人生不可或缺的内容和应尽的职责，那样他们对待生儿育女的问题，就不会仅仅从个人的幸福考虑。传承践行这样的"孝道"，就能有效解决日益严重的老龄化问题。这就是用创新的方式传承传统文化观念。

要强调的是，传承传统文化，切忌混淆"精华"与"糟粕"。有些人只看到传统文化中存在的糟粕和它对社会的消极影响，所以对传统文化完全采取排斥的态度，这种观点无疑是不正确的。一种文化能够长期存在，必然有它的合理性。对于合理的部分，我们自然要传承弘扬。否则，抛弃传统文化中的优秀成分不用，而完全把目光投向外国文化，那是舍近求远。有些人则走向了另一个极端，把一些浅显的学问，甚至一些糟粕的东西，都贴上"国学"的标签，视之为"精华"。比如说《三字经》《弟子规》，这些不过是古时的扫盲课本，虽然人们在解读时可以"丰富"其中的很多道理，但这并不能说明它们有多么适合今天的少年儿童。中国的传统文化以儒家文化为主导，而儒家文化的很多内容又只停留在概念上。同时由于中国古代普通老百姓大都是不识字的，所以儒家文化主要存在于精英群体中。今天传承传统文化，一方面要充分认识、理解它的意义，另一方面还应该和历史学家、社会学家的研究结合起来，看看如何将其转化成社会实践。可以说，传统文化只有融入社会实践，才能获得长久的生命力。

（原载2018年2月10日《光明日报》）

二十一世纪：东方文化的时代

季羡林

人类创造的文明或文化从世界范围来说可分为东方文化和西方文化两大体系。每一个文明或文化都有一个诞生、成长、发展、衰落、消逝的过程，不可能是一成不变的。从人类的全部历史来看，我认为，东方文化和西方文化的关系是：三十年河东，三十年河西。目前流行全世界的西方文化并非历来如此，也绝不可能永远如此。到了二十一世纪，"三十年河西"的西方文化将逐步让位于"三十年河东"的东方文化。人类文化的发展将进入一个新时期。

为什么我认为到了二十一世纪西方文化将让位于东方文化呢？我是从"东西方文化基础的、最根本的差别在于思维方式不同"这一点来考虑的。东方的思维方式、东方文化的特点是综合，西方的思维方式、西方文化的特点是分析。举个最简单的例子：从我们坐的凳子来说，看看太和殿皇帝的宝座，四方光板，左不能靠，右不能靠，后也不能靠，坐久了会很不舒服。再看看西方人坐的凳子，中间一道略为隆起，两边稍凹，这样坐着会很舒服，但要换个姿势就会硌得难受。而我们太和殿的宝座，光板一块，虽然坐久了不舒服，但是用什么姿势坐都可以。从这件小事，可说明东方人的思维和西方人不一样。在西方，从伽利略以来的四百年中，西方自然科学走的是一条分析的道路，越分越细，现在已经分到层子（夸克）。而且有人认为分析还没有到底，还能往下分。东方人则是综合的思维方式。用哲学家的语言说即是：西方是一分为二，东方是合二为一。

在这方面，自然科学界和哲学界是有争论的。物质是无限可分的吗？有不少人相信庄子的话："一尺之棰，日取其半，万世不竭。"果真如此，则西方的分析方法、西方的思维方式、西方的文化就能永远存在下去，越分越琐细以至无穷，西方文化的光芒也就越辉煌。"三十年河东，三十年河西"这一条人类历史发展的规律就要被扬弃。但是庄子所说的是一个数学概念，我所说的分析是物理概念，二者不可混同。

国际上对物质是否无限可分也有两派之争。反对物质无限性观点的代表、大科学家海森堡（Heisenberg）认为物质不是永远可分的，最后有个界限。这个界限是夸克，被称为夸克封闭。其理由是夸克虽能被电子对撞机击碎，但击碎后仍是夸克，并未产生出新的物质。国内金吾伦同志著有《物质可分性新论》，也主张夸克封闭。我是同意这种看法的，因为物质永远可分的这个观点现在无法证实。我认为夸克现在不能封闭，但将来总有一天要封闭的。我们的一切文明、一切文化现象甚至科技不同于西方。即使是数学，看起来应该是东西方没有差别，一加三等于四，而且还有公式，但是前两年我在《自然辩证法通讯》中看到，中科院数学所吴文俊教授为《九章》一书所写的序言里讲到东方和西方解决数学问题的方法不一样。对数学这个自然科学的基础尚且不一样，何况其他科学？

多年前，我就讲过二十一世纪是东方的世纪。西方在资本主义发展到帝国主义阶段后，自认为是天之骄子。第一次世界大战从1914年打到1918年，基本上是欧洲人打欧洲人。战后二十年代初期，欧洲思想界出现了反思的热潮。他们思考的是为何自认为文化至高无上的欧洲都要自相残杀？看来西方不行了，要看东方。有本风行一时的书叫《欧洲的沦亡》，说欧洲要垮台，要灭亡，要仰望东方。当时中国的《老子》《庄子》非常流行，《老子》德文译本有五六十种。有一位我认识的牙医，既非汉学家，又非文学家，却凭着一本字典、一股傻劲硬是把《老子》翻译了一遍。这说明当时不论是否搞哲学都向东方看齐。第二次世界大战打了六年，死的人比一战还要多。战后，欧洲再次出现一股眼望东方的反思热潮。当时除《老子》《庄子》外，又增加了禅宗、中医、《易经》，还有印度大乘佛教。英国的史学家汤因比在他所著的《历史研究》中，把各国民族的历史做了个总结，他认为人类共同创造了二十三个或二十六个文明，每个文明或文化都有其诞生、生长、繁荣、衰微、消逝的过程，没有任何一种文明或文化可以贯穿千秋。从他的哲学基础出发得出的结论是西方文化将来要灭亡。至今欧美思想界仍感觉他的反思比较深沉。

我们还可以从二十世纪后半期西方兴起的几种新的科学模糊学、混沌学中进一步地说明。模糊学是从模糊数学开始的，以后又有模糊逻辑、模糊语言……就说模糊语言，我们天天开口讲话，从未怀疑过自己的语言是模糊的，但是说天气好，怎么叫好？天气暖，怎么叫暖？长得高，怎么叫高？这件事情好，怎么叫好？都是模糊的。我们可以对这些问题仔细分析，追根到底，但是要讲清楚却很难。混沌学被誉为继爱因斯坦的相对论和普朗克的量子力学之后二十世纪科学的第三个伟大的发现。关于混沌学，美国学者格雷克写过一本书《混沌：开创新科学》，此书有汉译本，我国周文斌先生在1990年11月8日《光明日报》写有书评，文中有一段话说："混沌学是关于系统的整体性质的科学，它扭转科学中简化论的倾向，即只从系统的组成零件夸克、染色体或神经元来作分析的倾向，而努力寻求整体，寻求复杂系统的普遍行为。它把相距甚远的方面的科学家带到了一起，使以往的那种分工过细的研究方法发生了戏剧性的倒转，亦使整个数理科学开始改变自己的航向。它揭示了有序与无序的统一，确定性与随机性的统一，是过程的科学而不是状态的科学，是演化的科学而不是存在的科学。它覆盖面之广，几乎涉及自然科学与社会科学的各个领域。"为什么在二十世纪后半期，西方有识之士开创了与西方文化整个背道而驰的模糊学、混沌学呢？这说明他们已经痛感西方分析的思维方式不行了。世上万事万物没有绝对的、百分之百的正确，金无足赤、人无完人，绝对的好、绝对的美是不存在的，一切都是相对的。分析的方法有限度，要把一切都弄得清清楚楚是办不到的。必须改弦更张，另求出路，这样人类文化才能继续向前发展。

我说三十年河东，三十年河西，许多事情就是这样。从整个世纪来看中国文化在世界上占主导地位，这是东方，三十年河东。到明朝末年，西方文化自天主教传入起，至今几百年了，西方资本主义的物质文明给人类带来很大的福利，但另一方面也带来灾难，癌症、艾滋病、淡水资源短缺、环境污染、生态平衡的破坏等等。这些灾难中任何一个解决不了，人类就难以继续生存。怎么办？人类到了今天，三十年河西要过，我们就像接力赛一样，在西方文化的基础上，接过这一棒，用东方文化的综合思维方式解决这些问题，去除掉这些弊端。所谓综合，就是整体观念、普遍联系这八个字。西方的哲学思维是只见树木不见森林，只从个别细节上穷极分析，而对这些细节之间的联系则缺乏宏观的概括，认为一切事物都是一清如水，而实际情况并非如此。我认为中国的东方的思维方式从整体着眼，从事物之间的联系着眼，更合乎辩证法的精神。就像中医治病是全面考虑，多方照顾，一服中药，药分君臣，症治关键，医头痛从脚上下手，较西医的头痛治头、脚痛治脚更合乎辩证法。

总之，我认为西方形而上学的分析已快走到尽头，而东方的寻求整体的综合必将取而代之。以分析为基础的西方文化也将随之衰微，代之而起的必然是以综合为基础的东方文化。"取代"不是"消灭"，而是在过去几百年来西方文化所达到的水平的基础上，用东方的整体着眼和普遍联系的综合思维方式，以东方文化为主导，吸收西方文化中的精华，把人类文化的发展推向一个更高的阶段。这种取代，在二十一世纪中就可见分晓。二十一世纪，东方文化的时代，这是不以人们的主观愿望为转移的客观规律。

（原载1992年3月10日《文汇报》）

东西方文化之我见

李慎之

葛剑雄先生《我看东西方文化》一文中详细说明了东方和西方的概念，对于澄清目前文化讨论中的概念极有贡献。现在提出几点意见，以为补充，并与葛先生商榷。

· 到底什么是西方，什么是东方？

我历来反对随意使用东方文化这个名词，西方文化因为有一个希腊–罗马、犹太教–基督教的传统，还不妨囫囵谈论。东方文化则至少有东亚文化（姑且以中国的儒教文化为代表）、南亚文化（姑且以印度的印度教文化为代表）、西亚–中亚–北非文化（姑且以阿拉伯的伊斯兰文化为代表）。三者大不相同，其差别实不亚于中国与西方的差别。自古以来中国与三者的接触也远不如十九世纪以来与西方的交流。在今天的中国，博通这三种文化的人，即使不能说没有，也是少之又少。因此我认为无法把三种文化捆在一起当作东方文化来谈。近年来，季羡林先生以梵文专家的身份一再合三为一，把东方文化作为一个整体，而且以为东方文化优于西方文化，进而按照据说"三十年河东，三十年河西"的"规律"断定：既然最近几个世纪是西方文化主导世界，那么下个世纪必然是东方文化主导世界，而且即使东西方文化汇合为一种世界文化，也一定是东方文化在其中起主要作用。我对此论不敢苟同。三年前曾撰《辨同异合东西》一文，就是为说明我的这个观点。虽然如此，东西文化之说仍然日见流行。

抛开文化不说，当代所应用的东西方概念事实上是冷战引起的。五十年代初，著名的苏联作家爱伦堡就曾在《真理报》上尖锐地讽刺西方的政治家与政论家出于意识形态的偏见，不顾地理常识而把苏联和中欧国家妄称为东方，又把日本妄称为西方。我还亲自听到过他到中国访问时发表过这番宏论。所以，葛先生对近五十年来东西方概念的划分完全正确。当然，近年的形势大有变化。今年的新闻是俄罗斯已参加"西方"七国集团，使之成为八国集团，捷、波、匈已参加北大西洋公约。东方与西方的概念看来又要变动了。

另外一种把世界笼统分为东西方的人应当说是西方的帝国主义分子。在他们心目中，西方就是先进的文明国家的总称，东方就是落后的野蛮国家的总称。鼎鼎大名的吉卜林（Rudyard

Kipling）就如此把世界两分而说过："East is East. West is West. Nowhere the twain shall meet." 欧洲人把东方分为近东、中东、远东，我怀疑是以伦敦为中心命名的，很值得考一考。不过，以早于英国称霸世界的葡萄牙、西班牙和荷兰为坐标，近东、中东、远东的概念还是一样，中国目前还颇有人牢守这样的东方观，同时又努力高举爱国主义的大旗，未免有些顾此失彼了。

· 文化是可以变化与移动的

虽然比起意识形态来，文化的稳定性要大得多，但是却同样不是不能变更的。南北美洲本来是印第安人的文化，即所谓阿兹特克文化、印加文化和玛雅文化。但是五百年前西方人入侵以后，其主体已成了基督教文化。今天的中亚（包括中国的新疆在内）本来是"西天佛国"，但是现在已统统成了伊斯兰世界，那里的居民甚至不愿承认自己的祖先曾是虔诚的佛教徒。"远东"的印尼也是一样。这两年世界上最大的战争即波黑战争中的所谓穆、塞两族，其实其人种、语言、历史都相同，是土耳其五百年的统治使双方的宗教发生了差别的结果，更不用提印巴分治了。我们历来总是说以力服人的结果，只能是压而不服，而历史上却又有大量的反证，到底为什么？伊斯兰教的吸引力为什么这样大？军事、政治对文化有多大影响？人们研究得很少，所知并不多，看来还值得深究。

有一个自古以来就有的现象，但是只有到近代以来才大大加速，而在冷战结束以后，才不但更加加速而且已开始引起一部分人的惊恐，这就是由于移民而引起的文化移动。历史上有过许多因族群移动而融合的现象，但今天的移动来得太快，简直不容有融合的时间。比如上面谈到的东西方文化的分野，本来都是历史经过千百年的时间所形成的。到二十世纪上半叶应该说还算稳定，但是从下半叶开始，法国增加了许多阿尔及利亚人（且不说还有别的非洲人），英国增加了许多巴基斯坦人（且不说印度人和西印度人），德国增加了许多土耳其人（且不说南斯拉夫人和其他外国人）。在这些本来只有基督教一统天下的国家，现在都出现了许多清真寺，成为一种新景观。在所谓民族大熔炉的美国，原先以奴隶身份带着锁链到新大陆来的黑人本来无所谓文化传统，因此几乎全都随着自己的奴隶主信奉基督教，而且连姓名都是由奴隶主给的，因此美国虽然历来有种族问题却并没有文化问题。可是战后五十年来，越来越多的黑人改宗伊斯兰教，自己给自己起了阿拉伯式的名字，前几年到过中国的拳王穆罕默德·阿里就是比较有名的一个。现在黑人穆斯林的领袖法拉罕公开宣布成立伊斯兰国，一开起会来据说有百万之众，而且势力还在扩张。多元文化已成为所谓现代社会的常规。这种文化随种族而渗透的现象在发达世界的西欧北美特别显著，因为按照"人往高处走"的定理，生活水平低的地方的人总是要往生活水平高的地方移民。正是这种趋势，今天已成为"全球化"过程的一个内容，使亨廷顿这样的人不但忧心忡忡而且恐惧已极。他提出文明冲突论，为西方敲起警钟，而且提出，西方只有加强北大西洋公约组织的团结才能自保。其实敏感如亨廷顿之流，不可能不预见到随着世界人口增长与移动的大趋势，用不了一二百年，世界文化就会出现百衲衣式的情况，你中有我，我中有你，根本不是可以靠北大西洋公约组织这样的民族国家的组合可以画地为牢以自保的。只是有碍于所谓政治正确性——"PC"（Polical Correctness）而不敢说出来罢了。这样的前景可能导致人类历来视之为理想的文化融合，也可能导致许多人已经预言的文明冲突的悲剧。历史是无法预言的，今天谁都不知道答案是什么。

· 东西之分果然只是古今之异吗？

葛先生提出东方文化（我想葛先生这里的东方文化指的是一切落后于时代的文化的总称，与地域无关）与西方文化的差异主要是时代差异而不是本质差异。这倒不是新论点。至少就中国来说，自本世纪初有文化讨论以来就有了。冯友兰先生很早就提出的"东西之分即时代之异"之说，可能是最著名的一家。他甚至比喻西方人为城里人，东方人为乡下人，说中国人要求现代化实际上就是力求从乡下人变为城里人^①。此话不但正好符合马克思、恩格斯在《共产党宣言》中说资产阶级"使东方从属于西方","正像它使农村从属于城市一样",而且大旨也符合相信并且主张全人类都要进步到共产主义的马克思主义。不过,文化问题讨论了几十年,讨论来,讨论去,人们也发现各种族、各民族之间确有若干根深蒂固、难于融合统一的东西在,也确有不能以社会发展阶段解释的差异在。葛先生以父母莫不爱其子女,子女莫不爱其父母,来说明文化的普遍性,这当然是事实,然而一旦制度化为一种文化,如中国的儒教与西方的基督教,其差别就不能算小了。耶稣确实讲过"我来,是叫人与父亲生疏,女儿与母亲生疏,媳妇与婆婆生疏。人的仇敌,就是自己家里的人。爱父母过于爱我的,不配作我的门徒;爱儿女过于爱我的,不配作我的门徒"^②。这与儒教教义完全对立。利玛窦在中国本来想蒙混过关,容忍中国人既拜天主,又拜君父,以利传教,但是被人打了小报告,罗马教皇因此明令不能妥协,使其在中国传教的事业归于失败。西方从"在上帝面前人人平等"出发而养成了所谓个人主义,其好处是独立自强,其末流是利己主义。中国从"君父至上"出发,养成了所谓集体主义,其好处是可以为公利而牺牲自己,其末流是奴

---

① 见冯友兰《新事论》。

② 《马太福音》10：35—37。

隶主义。两者的不同与冲突都是十分明显的。亨廷顿说：在可见的将来，世界上还不会出现一种统一的文化。迄今未见有人提出异议。所谓可见的将来大概一二百年也不算长。虽然人人都认为世界历史的运动速度越来越快，但是再快也不像能使一二百亿的黑种人、黄种人、白种人（五十年内就能达到此数）在一二百年内来一个"混一车书"。正因为如此，亨廷顿说西方文化是"独一无二的"。这话并不像中国有些论者斥责他的那样是什么"西方中心主义"，他实际上已完全不相信，西方文化有"化"掉人数越来越多的非西方民族的能力了。

· **文化果然没有优劣之分吗？**

我在这里要向葛先生提出异议的是，他提出的文化并无优劣之分。应该说，这个观点是全世界共产主义者到自由主义者的统一观点。我在五十年代曾参加过一些外交文书的起草工作，就常常写到"国家民族无分大小，对人类文化宝库各有贡献，一律平等"这样的话。最初是当作一种高尚的思想学来的，后来就深信不疑。但是久而久之，见识渐广，到现在已很怀疑这个论断了。十多年前，我在埃及开罗参观他们的国家博物馆，刚好有几个台湾人同我一起参观，他们大概觉察到我是从中国大陆去的，于是就来问我："咱们中国古代的东西要比这高明得多了罢？"老实说，我在中国虽然算不得一个好古敏求的学者，自问也见过一些世面，然而面对着埃及五千年（这可是不折不扣的五千年，不是我们那种含糊笼统的五千年）至六千年前的文物，我实在想不起当时的中国有什么可以相比的东西。然而这正是葛先生说的，中埃处于同一社会发展阶段——农耕社会或奴隶社会的时候。二十多年前，西安发现了秦俑，现在已成了中国人的"骄傲"，许多人竟不惜拾西洋人的牙慧称之为世界"第八奇迹"（他们不知道"第八奇迹"是可以任人排队的，比如吴哥就早被人称为"第八奇迹"了），但是，秦俑除了数量多而外，质量能与希腊、罗马的雕像相比吗？再看清末民初的中国人初游西欧的，几乎无不对其艺术惊叹。文化（culture），就其最窄的定义来讲，本来就是指艺术，我们不妨从石器时代西班牙和法国山洞里的岩画起，比较各地各时代各民族的绘画、雕刻、陶器、音乐、舞蹈、建筑，可以说优劣是确实存在的。至于在器物以上之各个层次如制度，如哲学，也不是不可比较，例如博学多识的陈寅恪先生就曾说过中国哲学美术"远逊泰西"的话。当然优劣的标准比较难于确定，但是如邓小平同志提出的"三个有利于"就是一种很重要的标准，当然决不是全部标准。情况确是比较复杂，极可能优劣互见，或优中有劣，或劣中有优，或优而可以变劣，或劣而可以变优，或优于此而劣于彼，或劣于此而优于彼，但是总而言之，是有优有劣的，否则各文明即无学习之可言，亦无交流之必要。至于为什么有优劣，有人以为人类各族群自有自己的语言起，即走上了开创各自不同文化的道路，再难一致。有人则因此而有所谓文化基因论，正如各民族的体质基因，尽管是大同，仍不无小异。哲学家托马斯·库恩则认为各民族文化从起源时起，即有"不可共量性"。我则以为孟夫子所说"物之不齐，物之情也"一句话也就可以说明白了，事物的本性本来就如此。如果要说民族文化基因有什么差别，那么最好（优）的基因就是最善于向人学习的基因，最坏（劣）的基因就是故步自封、不肯见贤思齐的基因。

我自知这个思想如果在今天的"西方文明世界"发表，是违反所谓PC的，是冒天下之大不韪的。两年以前，我介绍过新加坡资政李光耀与美国《外交》季刊扎卡里亚谈亚洲价值的谈话。他说："All men are created equal. No. They are not." 我并不同意他的许多观点，但是很佩服他的勇气。他当时的话特指几万年前由亚洲跨过白令海峡到美洲去的印第安人。他的意思是说印第安人本来也是同我们一样的亚洲人，但是在美洲的环境中生活了几万年以后变懒了，不那么优秀了。李光耀说这话的时候虽然自我嘲讽了一下，认为自己政治上不正确，可是实际上是十分自鸣得意的。奇妙的是我们今天有不少留洋学生却与他们的先辈不大一样，看不到人家的优点，而经常有一种我称之为"虚骄之气"的情绪。这也许正反映了中国的进步，然而却缺少了孙中山、康有为、王国维、陈寅恪、胡适那一辈人"知耻近乎勇"的态度。这是我心所谓危，深为忧惧的。

这是我要向葛先生提出商榷的最重要的一个问题。我很知道这是一些犯禁的话。然而，骨鲠在喉，不吐不快，还是要说出来向葛先生请教。我发现葛先生在文章中常有"优秀的"这样的说法。这样，按逻辑推理，似乎即不能没有"低劣的"以为反衬。所以我假设葛先生实际上也是承认文化有优劣的，不知是否唐突。不过我也赞成葛先生说的各民族文化没有"本质上"的差别。"本质上"这个词太小了。人既然在生物学上属于一个种（specie），就不应该有"本质上"的差别，但是，在文化的各个方面、各个阶段不能没有"质"的差别，则是经验事实可以证明的。

· 中国落后于西方多少年？

葛先生在文章中屡次谈到中国落后于西方"二三百年"。不知是否是葛先生的一个定论。近十几年来，随着中国民族主义的上升，关于中国落后于西方的年代不断在缩短，这大概是葛先生也注意到了的。我看到的最新的说法是，1840年中国败于英国不得不被迫割让香港，但是仅仅二十年前（即1820年），中国还是世界第一。我起初甚为不解，后来一打听，才知道指的是中国的 GNP 数世界第一。当时中国是世界第一大国（不仅指人口而言，俄国与美国的疆域当时也还并未伸足），人口占世界四分之一，GNP 占世界第一确实不应该有问题，就像中国粮食产量一直是世界第一一样。但是当时世界有无各国的 GNP

统计，我不甚了了。总之是听到以后不觉哑然失笑，觉得后来的康有为、梁启超、孙中山、鲁迅、胡适、陈独秀、李大钊要是都能这样认识问题，大可不必奔走呼号白忙乎了。当代中国人之虚骄之气一至于此，可发浩叹。

　　然而，我心里真正赞成的是葛先生的老师谭其骧先生说的一句话，"中国落后于西方至少五百年"。我还记得这是他死前不久在一个什么会议上力排众议，拍案而起，慨乎言之的。我的理解与他一样。五百年前，正是哥伦布发现新大陆之时（1492年），亦即西方文明席卷（说裹挟或侵略亦无不可）世界的起点。中国文化从此有了一个大参考系，无论是凭目测，凭研究，说"至少"从那时开始落后，应当不会有问题。季龙先生学贯中西，他立说必有根据，不像我只是大而化之远远一望。他是中国历史地理学的权威，他的这一个论断，我特别希望葛先生作为他传衣弟子，能够表而出之，光大其说，一杀今日学界少年浮薄之气，反于求真崇实之正，功莫大焉。

辑四　对话『五四』

论传统与反传统

——从海外学者对"五四"的评论说起

王元化

　　海外学者对"五四"的研究不乏真知灼见，有些否定"五四"的偏激态度不能苟同——以对儒家的态度来界定开明改革派，是对国内情况的隔膜——毛泽东并不否定孔子。

　　长期以来，海外对"五四"的研究始终没有中断，其中不乏真知灼见，使人读后深受启发。不过，我对于有些海外学者否定"五四"的偏激态度是不能苟同的。例如，有人把五四运动跟义和团运动相提并论，说成是偏颇的两极（杜维明）。还有人进一步说，"五四"是"文化大革命"的先河（宫崎市定）。另一位美国华裔学者也说五四时代的知识分子，甚至包括最温和的胡适在内都是"感情用事"的（唐德刚）。流风所披，这些年来，随着新儒学和儒学第三次复兴的传播，国内也出现了和海外某些学者评价"五四"类似的论点。我觉得这是由"五四"

的反儒精神所激起的，从新儒学和儒学第三次复兴的崇儒立场出发，自然会引申出"五四"是全盘否定传统文化和主张全盘西化的论断。

从表面看，"五四"打倒孔家店，"文革"批孔，两者似乎一脉相通。我最近读到海外学者的一篇文章，以对儒家的态度来衡量国内学者，认为在今天谁推崇儒家或至少对于儒家的尊重多于批评，谁就是纠正"文革"批孔的错误，谁就是开明改革派。这种看法大概是由于对国内情况有些隔膜，所以做了这样的判断。他们不理解在过去一系列的政治运动中，思想批判只是达到政治目的的实用手段，只要略微了解诸如海瑞、《水浒》等等这些历史人物和历史故事在剧烈政治斗争中的浮沉荣辱就可以明白了。"文革"前，海瑞是号召作家去写的清官楷模，但由于政治需要一下子就成了为"文革"序幕祭旗的牺牲品了。《评新编历史剧〈海瑞罢官〉》是真的批海瑞这个历史人物吗？不是。《水浒》这部小说曾被宣布包含了不少辩证法，新编京剧《三打祝家庄》也一再受到热烈的奖励，但是在"文革"中一下子变成了宣扬投降主义的反动著作。当时是真的批宋江吗？不是。它们都作为影射的符号，所谓项庄舞剑意在沛公。这些选来祭旗的历史人物和历史故事，只是为了达到某种政治目的的替罪羊。批孔也是一样，就在当时恐怕连不大识字的人也都明白批大儒、批魁儒究竟批的是谁。这也就是当时除了御用写作班子的少数笔杆子外，理论工作者（哪怕是一贯对儒家采取批判态度的人）都对这场闹剧采取了坚决抵制态度的缘故。如果不懂历次政治运动总要通过文艺批判来揭开序幕，如果不懂自有文字狱以来就已存在的所谓"影射"这两个字的妙用，那么只能说还不大了解国情。须知，"文革"期间，固然是把封资修一股脑儿作为批判的对象，可是，经历这场浩劫的过来人都可一眼看穿它的皮里阳秋。尽管表面声言封资修是一票货色，而实际上今天谁都知道"文革"是封建主义复辟。试问：当时被尊崇并凌驾在马克思主义之上的法家不是封建主义是什么？作为封建主义思想支柱的三纲五常，对儒法二家来说是相通的，甚至是互补的。倘使知道"文革"期间连意大利电影导演安东尼奥尼都当作外国的孔夫子去批，难道还能认真地——或者直白地说，迂腐地去把这场批判当作是真在反儒吗？

一位海外学者在文章中说，毛泽东继承了"五四"的彻底反传统主义（林毓生）。关于毛泽东的文化思想，现在已开始了较为实事求是的研究，使许多问题都逐渐明朗起来。分析他在文化上的一些观点，是项复杂的工作。如果仅仅根据他说的一些话，从表面上去判断，就难以弄清真相。他是政治领袖，在政治策略上具有丰富斗争经验。早在四十年代，毛泽东就以"形式主义"的说法指出"五四"评价问题全好全坏方式的片面性。这恰恰与上面那位海外学者说的把传统文化当作统一整体加以全盘否定的五四人物的思想模式是大相径庭的。虽然毛泽东对于传统也说过一些片面、过激的话，但是对他多做一些了解，就可以看出他并不否定孔子。他称他为孔夫子。从他赞美鲁迅为新中国的"圣人"这一称号，似乎也透露一些消息。一再被人援引的经典性的说法，所谓"从孔夫子到孙中山都要总结"，这是他的名言。从他的思想，从他文章中的征引，可以看出他和包括孔学在内的旧学的渊源关系。据传他晚年读的是大量线装书。其实更早时候，四十年代初，他在那篇作为历次思想改造运动的纲领性文件《改造我们的学习》一文中，就表示了对于传统文化的重视。他批评当时学者"言必称希腊，对于自己的祖宗，则对不住，忘记了"。但事实上，就是在近五十年后的今天，我们这里究竟有多少人懂得希腊呢？这种激愤同样表示对于传统文化的一种偏爱。我认为说他继承了"五四"彻底反传统和全盘西化的思想才发动了"文化大革命"，这恐怕是太不了解他了。

"取其精华，去其糟粕"的滥用，已变成一种机械理论——就思想体系来说，后一代对前一代的关系是一种否定关系——对旧传统不能突破就不能诞生新文化。

"五四"究竟是不是全盘否定传统与主张全盘西化？这不是三言两语可说尽的，回答这个问题涉及怎样理解批判继承传统的问题。长期以来，批判继承的最简练的说法就是取其精华，去其糟粕。这个说法经过不断简化和滥用，已变成一种机械理论。照这种理论看来，知识结构只是各种不同成分的混合与拼凑，而不是有着内在联系的整体，各部分之间没有相互渗透和相互作用，没有完整的系统或体系，因而可以进行任意分割和任意取舍。但是，就知识结构的整体、系统或思想体系来说，却不容这样割裂。正是由于上述机械观点长期成为批判继承文化传统的准则，于是对古代某一思想家进行评价时，往往出现了不同观点的评论者从中各取所需，做片面的摘引，以证己说。这种摘句法可以导致截然不同的结论和截然不同的评价，形成此亦一是非彼亦一是非的奇异混淆。我们很少去把握古代思想家的思想体系，从各部分到整体，再从整体到各部分，进行见树又见林与见林又见树的科学剖析。

就思想体系来说，我认为后一代对前一代的关系是一种否定的关系。但否定就是扬弃，而并不意味着后一代将前一代的思想成果彻底消灭，从而把全部思想史作为一系列错误的陈列所。前一代思想体系中积极的合理因素，被消融在后一代思想体系中，成为新的质料生成在后一代思想体系中。这是辩证法的常识，也是思想史的事实。但是，要真正吸取传统文化中的积极的合理因素，要真正把它们消融成为新体系中的质料，就得经过否定。正如淘金，就像刘禹锡诗中说的："千淘万漉虽辛苦，吹尽狂沙始到金。"批判得愈深，才愈能区别精华与糟粕，才愈能使传统中的合理的积极的因素获得新的生命。我以为对于"五四"的反传统精神也应从这种角度去理解。一听到否定传统文化就马上紧张起来，以为又在闹义和团，或重演红卫兵故伎。这种紧张实际上是基于一种保守的心态。

须知，对旧传统不能突破就不能诞生新文化。每一种新文化的诞生，都是对旧文化的否定。至今我仍觉得恩格斯的下面一段话是对的：每一个新的前进步骤，都必然是加于某一种神圣事物的凌辱，都是对于一种陈旧衰颓但为习惯所崇奉的秩序举行的反叛。"五四"所面临的是在思想领域占统治地位达数千年之久的封建主义。它并没有陈旧衰颓，相反，倒是盘根错节，豺踞鸮视，始终顽强地挺立着。因此，"五四"对它的反叛就得使出加倍的力气，而不像西方启蒙运动那样，是在对付一个远比长期盘踞的超稳定性力量要脆弱得多的封建主义。责备"五四"反传统用力过猛的人，不加区别地以彼例此，对两者绳之一律，恰恰忽视了这一事实。遗憾的是他们反倒往往指责"五四"硬套西方而不顾及本身的特定情况。这真是忘了自己眼中的梁木而去嘲笑别人眼中所不存在的刺。

传统像习惯势力一样甚至更加顽强——构成文化传统的应该是比哲学思想具有更大的稳定性、连续性、持久性的东西——但也不能把文化传统看作是命定无法摆脱和突破的。

最近我读到一位得到海外文化学者赏识的青年朋友写的文章。她认为文化传统（即儒家思想）积淀在我们思想深处，是难以摆脱的。为了证明这没有什么不好，她举出甚至海外唐人街所存在的那些陈规陋俗也一直在起着文化上的认同作用，形成了民族的凝聚力，使中国人虽身居异邦而历久不被同化。这种议论令我惊讶。为了这种狭隘的民族意识竟乞灵于陈规陋俗，岂不过于贬损这个民族？中华民族的凝聚力不能依靠落后意识而应当是进步的，和人类意识一致而不是背道而驰的，不是排斥其他民族而是虚心学习他们的长处。依靠陈规陋俗来维持民族的凝聚力，这将是怎样一种民族意识？五四时期，鲁迅直斥那些为封建主义撑腰的国粹派歌颂旧习惯旧制度并不是什么爱国，而只是"兽爱"。这话虽然激愤，却是真理。

我不能同意认为积淀在思想深处的文化传统是无法突破的这种悲观论点。自然，传统是像习惯势力一样甚或更加顽强，没有人否认这一点。但它毕竟不是永恒不变的、绝对的。现在很盛行一种理论，例如，在为海外学者著作写的一篇序言中曾有这样的说法："任何人都是处于他长期生活的传统中，因而他反传统实际上也不可离开自己的传统。"这说法似乎有些离奇，但却流行于某些海外学者中。比如林毓生的《中国意识的危机》断言："五四"的全盘性的反传统主义本身就是根源于中国的传统思想模式（或称为分析范畴），换言之，也就是由一元论或唯智论所构成的有机整体观借思想文化为解决问题的途径。如果用简明的表述，这就是说"五四"的全盘性反传统主义是被更深层的传统意识所支配所渗透的。我觉得这里所说的前提是有待论证的。过去，我们把"阶级"当作涵盖一切，代替一切，超批判超逻辑的主体，认为它无处不在，每个人从生到死都无法逃脱它打下的烙印。现在，我觉得一些文章谈到"传统"时似乎也有这种趋向。我不赞成超批判超逻辑的"阶级论"，也不能赞成超批判超逻辑的"传统论"。为什么中国的思想模式是文化的整体观——形成"借思想文化为解决问题的途径"——从而造成了"五四"的"全盘反传统主义"？这需要论证和证据。

不过，我认为用思想模式去探讨文化传统，本身不能说是错误的。据我有限的见闻，我知道海外学者本杰明·史华兹和卡尔·菲烈德等都提出了思想模式问题。过去，汤因比曾以哲学思想来确定文化传统，把人类文化传统划分为二十一种类型。近来国内外学者谈中国文化传统也多取这种方式，如谈中国文化传统是以儒家思想为中心或儒道互补，甚至有人还援引三教同源的理论，等等。构成文化传统的要素需具有稳定性、持久性、连续性，在较长的历史时期内，不能随着时代的进展与社会的变迁而消亡。哲学是思想的思想，在文化传统中起着相当大的作用。但我认为构成文化传统的应该是比哲学思想具有更大的稳定性、连续性、持久性的东西。依我看这就是：这一民族在创造力上所显示出的特点，共同的心理素质、思维方式、抒情方式和行为方式，以及最根本的价值观念。据此，我的初步看法是中国文化传统具有这样几个特点：靠意会而不借助言传的体知的思维方式，强调同一性忽视特殊性的尚同思想，以道德为本位的价值观念。以上这些特点较之儒家或儒道互补或三教同源等等哲学思想具有更大的稳定性、连续性、持久性。这方面，我曾在别的文章中做过一些论述。这些问题都值得进一步加以探讨。这里我只是想说明我并非没有认识到文化传统的顽强性。文化传统如果按照我们主观愿望一下子就可以摆脱或突破，那也不成其为文化传统了。我只是反对把文化传统看作是命定无法摆脱或突破的这种消极观点。"三年无改于父之道，可谓孝矣"，走祖先的路，这本身就是儒家的保守观点。我认为在一定情况下，如果不能突破传统的某些规范，就不可能有发展和进步。人类最初倘使不突破类人猿用四肢行走的传统，而变为用两脚行走，就不能完成从猿到人的具有决定意义的历史性转变（类似的意思鲁迅在五四时期早就说过了）。

"五四"对传统的批判基本方面是对的——五四精神不是可以用全盘性反传统和全盘西化来说明的——"五四"反对具有强烈封建主义色彩的纲常伦理与吃人礼教，是它的光辉所在，然而其病亦是。

我认为"五四"对传统的批判基本方面是对的。至于当时提出的某些个别观点，自然也有这样或那样的偏差或错误。譬如，关于废除汉字论之类。我们应该就这一思潮的基本方向和基本精神做出公允的评价。为什么我们对那些新生的力量就那样痛心疾首，而对于那些陈腐的力量就那样委曲求全？我觉得有些新儒学和儒学第三次复兴的学者在对"五四"和儒学的评价上就多多少少有这种畸轻畸重的偏向。

我认为首先要解决五四精神是不是可以用全盘性反传统和全盘西化来说明。这种观点先出自海外，后传入国内，似乎已定谳不容置疑了。但是就我所看到的论著来说，全都是宏观性的概述，几乎很少有具体的剖析和科学的论证。有的论者纵使援引一些原著文字以证己说，但又往往陷入摘句法，也有削足适履地用夹叙（事实）夹议（理论）方式写成的专著，如上面提到的林毓生教授的论文。但我感到是先立一框架，然后再去填补材料，多少带有先验模式论倾向。以上论者在对五四启蒙运动进行批判的时候，由于缺乏对照比勘，放弃了对于论战对方的考察，以致陷入片面。三十年代鲁迅编集时把论战对手的文章附于集内，这不仅是为了维护理论的公正，也是为了使读者从历史背景上做出全面的判断。就以责备五四启蒙者"感情用事"来说，如果把论战双方对照起来就可以做出比较符合实际的论断。就我读到的资料来说，我认为五四启蒙者虽然也用了一些激烈语言，如"选学妖孽，桐城谬种"等，但比林纾斥反旧伦常为"人头畜鸣"之类，以至比起孟子拒杨墨，斥为无父无君是禽兽的话来，要温良恭俭让得多了。

自然，更重要的问题还是在所谓全盘反传统和全盘西化的问题上。"五四"反传统精神是用不着讨论的，但问题在于传统的内涵是什么以及从什么角度反传统？我的意见和林毓生的不同。我认为"五四"没有全盘性的反传统问题，而主要的是反儒家的"吃人礼教"。我不否认儒学在传统文化中的重要地位，但是我不同意文化传统只能定儒家为一尊。据我理解，五四精神在反儒家问题上是要求出现诸子争鸣的学术自由空气。如果不把儒家以外的诸子以及我国的古代神话、小说、民间故事、歌谣等等都摈斥于文化传统之外，那么就断断不能把五四精神说成是全盘的反传统主义。即令对儒学，五四启蒙者也并没有采取全盘否定的态度。这里我想引用一些为上述论者不去涉及或深究的证据。例如，陈独秀曾这样说："孔教为吾国历史上有力之学说，为吾人精神上无形统一人心之具，鄙人皆绝对承认之，而不怀丝毫疑义。盖秦火以还，百家学绝，汉武独尊儒家，厥后支配中国人心而统一之者，惟孔子而已。以此原因，二千年来迄于今日，政治上，社会上，学术思想上，遂造成如斯之果。"（1917年《新青年》第3卷第1号）"记者之非孔，非谓其温良恭俭让信义廉耻诸德及忠恕之道不足取，不过谓此等道德名词，乃世界普通实践道德，不认为孔教自矜独有者耳。"（1917年《新青年》第3卷第5号）"中国学术，隆于晚周，差比欧罗巴古之希腊。"（1918年《新青年》第4卷第4号）"我中国除儒家之君道臣节名教纲常以外，是否绝无他种文明？除强以儒教统一外，吾国固有之文明是否免于混乱矛盾？以希望思想界统一故，独尊儒学而黜百学，是否发挥固有文明之道？"（1918年《新青年》第5卷第3号）"窃以无论何种学派，均不能定为一尊，以阻碍思想文化之自由发展。况儒术孔道，非无优点，而缺点则正多。尤与近世文明社会绝不相容者，其一贯伦理政治之纲常阶级说也。此不攻破，吾国之政治、法律、社会道德，俱无由出黑暗而入光明。"（1917年《新青年》第2卷第5号）

五四启蒙者对儒家以外的诸子如墨子、老庄、商鞅以至魏晋时代人物和后来的李贽等都采取了肯定的态度。当林纾斥责北京大学覆孔孟、铲伦常是"谣诼纷集"声名狼藉的时候，蔡元培即举胡适《中国哲学史大纲》作为反证。这本书于1919年出版，用新观点和新方法对先秦诸子学说做了持平的论述，确实足以驳倒"五四"全盘反传统之说。由胡适发端而鲁迅集大成的对中国小说史的研究，应该说是五四时代研究传统文化的一个贡献。鲁迅于五四时期写的第一篇历史小说《不周山》对于女娲的赞美，我认为甚至比今天被许多人所歌颂的龙文化更有意义。他的另一篇历史小说，称颂大禹的《理水》，虽然写于"五四"之后，但可说是五四时期的思想延续。当时在传统文化领域内成为显学的墨学（尤其是《墨经》）和佛学，都曾经是鲁迅钻研的学问。至今他的遗文尚存1917年所写的《〈墨经正文〉重阅后记》，其中透露了他对墨学的重视。陈独秀反对定儒家于一尊，要求重现晚周诸子争鸣、学术自由，可以说是当时所有主要人物的共同主张。鲁迅肯定墨学，重视庄学，并承章太炎破千余年来偏见的《五朝学》余绪，对魏晋六朝学做了重新估价。当时他所校勘的玄学家《嵇康集》就是明证。他捐资重行刊印佛家《百喻经》，说明他认为从中可吸取某些文学因素以丰富新文化。吴虞这位在当时被称为"只手打孔家店的老英雄"，照理说应是一位全盘反传统的闯将，但是读了他的《文录》，我感到他虽然接受了一些西方文化思潮，但他的反孔非儒并没有多少新思想，其格局甚至不脱我国早期思想史上的传统与反传统与魏晋以来的儒道之争，以及宋明以来的天理人欲之争。他在行文中也确实屡屡援引老庄、列子、墨子、文子、商鞅、王充、阮籍、嵇康、孔融、李贽等人的话，作为抨击儒家纲常名教的武器，其中尤以庄子的《盗跖》《天运》《胠箧》《让王》诸篇每被征引。吴虞尽管曾留日习政法，但他书中很少涉及西学。他曾提到孟德斯鸠，并征引过他的话，但仅仅一笔带过，其他如卢梭、伏尔泰、约翰·穆勒诸人只是提到名字而已。吴虞长期被人当作"极端派"，这其实是误解，他的理论较之前人和较之对手要温和得多。他曾引陶潜诗"但恨多谬误，君当恕醉人"以自喻。在《非孝》这篇文章中，我觉得吴虞比"非汤武而薄孔周"的魏晋时代人要温和得多了。孔融说："父之于子，当有何亲？论其本意，实为情欲发耳。子之于母，亦复奚为？譬如寄物瓶中，出则离矣。"吴虞在《说孝》中却说，他"不敢像孔融"说这样的话，但他也不承认儒家所主张的种种孝道，因为他"以为父子母子不必有尊卑的观念，却当有互相扶助的责任。同为人类，同做人事，没有什么恩，也没有什么德。要承认子女自有人格，大家都向'人'的路上走"。吴虞这方面论调，往往被掩盖，很少被人援引。我们了解了五四启蒙者被忽视的这一面，经过了与魏晋时代反儒思想的比较，就不得不对林毓生的论点感到怀疑。根据林教授的论证，"五四"的全盘性反传统主义是源于作为王权的"奇里斯玛"（charisma）崩溃的后果。事实上，就以非孝来说，在王权并未崩溃的魏晋时代，孔融远比吴虞更为激烈。我觉得，在治学上无论是我们喜欢搬弄僵化的教条，或是过去德国思想家喜欢构造强制性的大体系，或是现在某些学者喜欢用材料去填补既成的理论图式，都是不足取的。把五四精神说成是全盘性反传统，我觉得就是后一种倾向所构造的不符事实的论断。造成这种牵强附会的原因，我以为是出于过于尊崇儒家，以儒家作为传统思想的唯一代表，而将诸子百家一概摈斥在外。较之这种偏向，我认为也许用语不十分恰当的余英时的意见是较为可取的。余教授认为传统中包括了非正统和反传统的思潮在内（见《五四运动与中国传统》）。如果我的理解不错，这里虽把儒家作为正统，但也把非正统或反儒的诸子百家包括在传统的范围内。

　　五四精神自然体现在反传统上。它反对具有强烈封建主义色彩的纲常伦理与吃人礼教，这是它的光辉所在，然而其病亦是。五四启蒙者对于传统文化缺乏全面的再认识再估价，经过批判使应该保存下来的保存下来，吸收融化在新的思想体系中。五四启蒙者对于儒家以外的诸子百家殊少批判，就是对儒家本身也未进行更全面的批判。比如孔子学说中的仁和礼的关系以及像陈独秀所肯定的忠恕之道以及温良恭俭让信义廉耻诸德，都未经过考察，予以正确的评价，以致直到今天反而为责难者留下口实。至于五四启蒙者所肯定的老庄墨子等等就更少经过批判，做出再认识和再估价了。以鲁迅对文化传统和社会心理的深刻洞察，尚且没有在当时甚至后来对墨子学说所反映的小生产的狭隘性及某种专制倾向与尚同思想做出应有的批判。凡此种种，都不能不说是五四启蒙者的缺陷。

笔者在本文中涉及几位海外学者，其中有些还是笔者的朋友，为了追求真理，"我喜攻人短，君当宥狂直"。我在本文开头就说过，海外学者也有不少论著给我以很大启发。比如周策纵的《五四运动史》，我认为至今仍是一部佳作。1979年五四运动六十周年时，他为汪荣祖所编《五四研究论文集》写过《五四书怀》，其中有云"德赛今犹待后生"。这句话说得很好，可以代表不少人的心声。

（原载1988年11月28日《人民日报》）

以五四精神继承五四精神

庞　朴

　　什么是五四精神？我认为，五四精神就是批判精神。因为就在五四运动当时，胡适、陈独秀这两位运动的领导人就回答过什么是五四精神。胡适说，重新估定一切价值，就是这次运动的精神。当然，在这里他借用了尼采的一句话。陈独秀说，"五四"实际上宣传了两个东西，一是"德先生"，一是"赛先生"，即民主和科学。从这两位五四运动的领导人对五四新文化运动所做的规定中，我们可以看出什么是五四精神。在此，我将它归结为"批判精神"。为什么呢？按胡适的所谓重新估定一切价值，这实际上就是对过去进行一个总批判，用批判的眼光来看待过去。按陈独秀的说法，是宣传科学和民主。这是从正面来说的。如果说胡适是从"破"的方面来说，那么陈独秀则是从"立"的方面来说。陈独秀所要宣传的科学和民主，实际上就是用科学主义作为自己认识论的核心，用民主主义作为他们价值论的核心，以此来代替过去认识论的教条主义和价值论的封建主义。这实际上就是一种批判，就是对过去的彻底否定。所以，我认为五四精神就是一种批判精神。我的题目取名为《以五四精神继承五四精神》，意思就是要用批判的精神来继承批判的精神。

批判有两种，或者说批判有两个方面，一是批判别人，一是批判自己。一般地说，批判别人是比较容易的，而批判自己或批判自己所属的学派、自己所进行的运动，即进行自我批判，这是比较困难的。正如马克思所说，当一个新兴的阶级出现在历史上的时候，为了证明自己存在的必要性、正义性，它总是要把过去说得一无是处，特别是要把跟它直接斗争的阶级说得一无是处。马克思还说，只有到了一定的时候，到了这个阶级能够进行自我批判的时候，它才能比较正确地、全面地对待过去，而这个机会是非常难得的，因为它总是容易将异己分子、异己派别当作一个敌人，用宗教裁判所的办法去对待敌对的力量。但是它可以自我批判，当历史出现一个时机而它又抓住了这个时机的话，它就可以很好地自我批判。一旦它能很好地进行自我批判，那它对过去的看法就可能比较客观、全面。总之，自我批判很难，而历史上出现这样的机会很少。

现在，来谈谈用批判的精神来继承批判的精神。这里，我想着重谈谈用自我批判的精神来看待"五四"，即对"五四"进行反思。作为一个社会，能有这样一个反思的机会是不容易的。

这种反省的机会在"五四"以后实际上出现过若干次，但我们过去几乎都放过去了。最近几年出现了全民性的各种各样的反思，我觉得这是一个很好的机会，这可使大家能对过去的许多事情进行比较冷静的思考，对过去特别是对自己所属的这个派别、思潮有一个比较全面的看法，从而对过去的整个历史有一个比较全面的看法。在此我想用自我批判的精神来谈谈五四精神的不足，主要谈两个问题，一是"五四"如何对待西化，一是"五四"如何对待传统。

重新估价"五四"对待西化、对待传统，这正体现了"五四"本身的精神。"五四"是反传统的，但我们不能将"五四"重新变成一个传统；"五四"是主张打倒偶像的，我们不能又重新把"五四"树立成一个偶像。五四人当时曾主张"全盘西化"或"充分西化"。他们为什么会提出"全盘西化"的口号呢？这和当时世界范围里的文化理论有关。从达尔文以来，特别是随着资本主义在全世界的推行，文化一元进化及稍后的文化一元三分进化（进化序列为：1.宗教时代；2.玄学时代；3.实证时代）观念深入人心，促使五四人认为现代化就是西化。五四人所接受的文化进化理论现在看来明显地是不科学的，因为它只用了文化的时代性这一个标准，即以时间上的先后来衡量文化的进步与否。其实，时代性可以作为评价文化的一个标准，但不是唯一的标准。随着理论的发展，尤其是进入二十世纪以后，文化的评价还应有一个标准，即民族性的标准，因为文化是一个特定的人群在一个特定的时间里所形成的，它既有时间上的先后差别，也有空间上不同地域的差别，这纵横统一的坐标才构成了评价文化的参照系。二十世纪初，或者说五四时期，西方已经出现了文化多元论，但这个理论当时并没有为五四人很好地理解和接受。当时，五四人比较容易接受的是文化一元论，因为他们的目标是反对封建的中国文化传统，他们认为，科学的时代或西方的模式要比中国中世纪的模式进步一个时代：一个是古代，一个是现代，因此，他们只是用一个时间的坐标去衡量文化。其实，还应有一个空间的坐标，即各个民族所创造的文化有其各自的理由或根据，因而有在各个民族、各个地区存在的道理。这一点，是五四人所没有也不可能看到的，所以他们必然是简单地把现代化等同于西化。

和一元进化相联系，当时整个人类关于历史发展的认识实际上是一个线性进化的观念，稍后，黑格尔才提出螺旋式的进化观，它伴随着马克思主义在中国的传播而为中国人所认识，但五四人没有遇上这个机会。其实，从现代系统论的观点来看，人类进化既非线性，亦非螺旋式，而是一种网络式的、系统的、自我调节、自我更新、自我超越的过程。这个问题在五四时代当然是很难看清的。我们现在面临一个难题：怎样看待发展？如果将发展简单地归结为生产力的进步，甚至等而下之归结为挣多少钱，那么整个社会就乱了，乱了之后还不知从何下手去治理。在此我想提请大家重新思考五四时期关于西化或现代化的观念以及它所涉及的文化一元模式和历史发展的线性模式。

此外，我们还应思考一下如何对待传统这个问题。假如我们以一种自我批判的精神去看待"五四"的话，那么，该如何看待传统呢？五四人是彻底反传统的，这在当时有一个非常现实的需要，即在当时传统的确和复辟有联系，袁世凯的确曾利用传统进行复辟，因而当时的彻底反传统不是偶然的。但是，七十年后的今天，我们经过冷静的思考之后不得不指出，当时现实斗争的需要遮住了五四人的视线，使他们在对待传统这个问题上提出了一些不合理、不科学的思想、口号、主张，尤其是他们将传统与现代绝对地对立起来。这是五四人的普遍观念，陈独秀在《敬告青年》一文中明确表示，"吾宁忍过去国粹之消亡，而不忍现在及将来之民族不适世界之生存而归削灭也"。这是他们当时的战斗口号。在他们的观念中，传统与现在及未来都是对立的，要传统，就没有现在及未来；要现在和未来，就必须完全抛弃传统。这种简单的两极思维方式现在越来越证明不是一个最科学的思维方式。在传统与现代是否对立的问题上，李大钊态度较缓和，他主张调和，认为传统与现代犹如车之两轮，但他的前提是，传统与现代是两个独立自在的东西，这仍是简单的两极思维方式。

其实，传统与现代是一种转换的关系。西方在进行现代化时，就没有传统和现代对立的问题。因为在西方，尤其是在英国，其现代化就是从它的传统中长出来的。在近代中国，由于传统是自有的，现代化是舶来的，所以人们很容易将传统和现代化看成是两个对立的东西。我认为，所谓现代化应是传统本身一种转化的结果，或者说，传统本身应该、也可能、也需要转到现代化来，而现代化也绝不是凭空的、白手起家的。所以，传统与现代化的关系，既不是完全对立，也不是两者调和，而是一种转换。当然，具体怎样转换，则有待进一步探讨。

在传统问题上，五四人还有一个问题没有想得很周到，即对传统应区分为两个部分：一为传统文化，一为文化传统。这是两个不同的概念。所谓传统文化是外在于人心的一些客观的东西，如某些器物、典章、制度，这些是主体以外的东西，是作为一种客体跟人相对应。所谓文化传统与之正相反，是一种内在于人心的东西，如人们的精神、心态，用五四人的话来说，就是国民性。一个民族的思维方式（知）、抒情方式（情）、行为方式（意），以及作为整体的价值取向，这些是内在于或者说积淀于民族心理当中的。如果我们承认这两种传统有区别的话，那么对待这两种传统的方法、态度，乃至政策，都应该有区别。如果不注意这些区别，势必带来行为、政策上的混乱和错误。五四人当时没有也不可能做出这么细致的区分，因而他们所提出的口号是不科学、不可行的。

今天，我们仍然存在如何解决传统与现代化这个理论问题。我想，我们应该以一种批判的精神来看待五四运动所开创的道路，只有在这样的精神指引下，我们才能很好地、科学地继承"五四"，超越"五四"。

（原载1989年第3期《文史哲》）

"五四"一疑

金克木

　　据说"五四"欢迎的两位外宾是"德先生"和"赛先生"，即民主与科学。回想当年，除陈独秀在《新青年》上这样说过以外，提倡白话文的，火烧赵家楼的，似乎并没有向这两位正式发出请帖。这两位先生在清末即已进来，至少有张之洞和孙中山分别邀请。这两位先生成为"五四"旗手乃是后来的总结。当时的一副对子是两个刊物的名字：《新潮》和《国故》。不过没有多久，两个刊物都停了。

　　《新青年》《新潮》和《少年中国》等刊物的撰稿人以及政治运动的活跃人物，很少是自然科学家（当时尚无社会科学之名）。学医学的鲁迅和郭沫若都改行从事文学。可见他们当时认为医治人的精神比医治人的身体更为重要。有些自然科学家，例如胡先骕，连白话文都反对。至于"德先生"，早在孙中山建立同盟会时就正式提出"建立民国"，而且皇帝也在"五四"

以前下台了。所以有人以为"五四"的"新"在于引进了社会主义。可是清末已经从法国、日本迎来了社会主义，深化还在"五四"以后。

总结"五四"为"德""赛"两先生大概为的是革新而不是怀古。为什么这两位"姗姗来迟"，或则是来了而未登上应有的宝座，徒有其名？为什么不能燃起燎原之火？何以见效如此之慢？

有人以为是因为反对势力太大。可是最大的势力难道不是皇帝，不是封建王朝？为什么一推就倒，再也爬不起来？最大的势力难道不是几千年通行的文言文，几乎所有的古书都用的是文言？为什么也一扫而去，以致几十年后很少人能读懂文言古书，古文成语也常常误用，其中奥妙何在？是不是因为新生的原来是旧有的（造反，白话）？

是不是因势利导，不难"瓜熟蒂落"；药不对症，不免"缘木求鱼"呢？"德先生"是不是长袍马褂？"赛先生"是不是峨冠博带？再仔细察看，是不是两位先生都有"双包案"？

科学这味药，在清末不过是声、光、化、电，引进来为的是要造火车、轮船、洋枪、大炮。要医治的是贫弱。要求得的是富强。五四时期，科学的意义是实证，是已知的科学定律。要医治的是迷信，或说愚昧。要求得的是文明。终于"科学"几乎成为"正确"的代号。意义扩大，虽非万能，也不是迷信，却已到了一声"科学"无人敢说"不"字的地步。然而，这位"赛先生"真有这么大的法力吗？一边做科学实验，又一边拜神像的学校、机关，世界上多的是，不止中国有。德国科学发达，不能扼制希特勒以科学杀人。美国等科学发达国家中就不是同样发达迷信？白宫第一夫人不是据说相信占星算命？是算命成为科学，还是科学成为算命？而且，没有科学未必不能以"土"打败"洋"。没有科学也可以卖石油致富。

民主这味药，在清末引进来是治皇帝即专制的。不料皇帝去后，专制未消。从军阀到恶霸，小朝廷仍旧不少。不识字的张宗昌、褚玉璞当民国督军、省长，不识字的民国主人老百姓当然"一体凛遵毋违"。从五四时期起，"民主"这个词的意义越过越分歧。有种种民主，互不相下。"德先生"大演"五花洞"或孙悟空与六耳猕猴。若专制即是专横，那么，民主的美国至今未能消灭三K党，何况其他？这位"德先生"是"化身博士"，并非现代华佗。

总之，"德""赛"若是药，也不能是一味"独参汤"，可以起死回生，当场见效。大家还得学神农和李时珍，尝百草，辨药性，编出《本草》。

历史作为事实过程，是不能改变的，本身无所谓正误，也难说好坏。但对于历史的认识和解释和评论则是可以改变而且经常变化的。都说"德""赛"两位先生是"五四"请来的一对，为的是医治贫弱，对付迷信和专制。这副对子挂上去已经过了七十年。难道两位先生能永远当哼哈二将把门吗？

一句秘诀，一帖验方，未必能"立竿见影"。重要的恐怕还在于查病情，对症下药吧？

（原载1990年第5期《群言》）

走不出的"五四"?

陈平原

你问我为何一直关注和研究"五四",道理很简单,对我来说,这既是专业,也是人生。我1978年春上大学,赶上思想解放运动,那时候,我们模仿五四时代的"新青年",谈启蒙,办杂志,思考中国的命运。后来念研究生,学的是中国现代文学,那就更得跟"五四"对话了。其次,我在北大读博士,毕业后长期在这所大学教书,而对于北大人来说,"五四"是个值得永远追怀的关键时刻。无论学术、思想还是文章趣味,我自觉跟五四新文化血脉相通。第三,这也与我近年关注现代中国大学的命运有关。最近十几年,在文学史、学术史之外,大学史成了我另一个论述的焦点。在我看来,大学不仅仅是生产知识,培养学生,出科研结果,出各种"大师",大学还有一个义不容辞的责任,那就是通过知识和思想的力量,介入到当代中国的社会变革里。在我心目中,这是"好大学"的一个重要标志。五四时期的北大，就是这样的典型——它抓住了从传统中国向现代中国转折这么一个千载难逢的好时机，将其"才华"发挥到淋漓尽致。别看世界上那么多一流大学，真有北大那样的机遇、那样的贡献的，还真不多。在一个关键性的历史时刻，深度介入，有效引领，乃至促成某种社会变革，五四时期的北大，让后人歆羡不已。

我所学的专业，促使我无论如何也绕不过"五四"这个巨大的存在。作为一个北大教授，我当然乐意谈论"光辉的'五四'"；而作为对现代大学充满关怀，对中国大学往哪里走心存疑虑的人文学者，我必须直面五四新文化人的洞见与偏见。在这个意义上，不断跟"五四"对话，那是我的宿命。

1993年，在北大中文系"纪念五四学术研讨会"上，我发表了《走出"五四"》。在当时的我看来，就像所有光辉的历史人物或历史事件一样，"五四"当然也有其局限性。就拿学术研究为例，"五四"所建立起来的那一套学术范式，可简要概括为：西化的思想背景；专才的教育体制；泛政治化的学术追求；以"进化""疑古""平民"为代表的研究思路。这一范式，对二十世纪中国学术、思想、文化建设，发挥了很大作用，但也产生了若干流弊。政治学家讨论激进主义的利弊，历史学家重评儒家文化的功过，文学史家反省平民文学崇拜，所有这些，都是力图在学术层面上"走出'五四'"。

当然，这种提问题的方式，与八九十年代的学术转型，应该说是有关系的。受历史情境制约，有些问题你一时难以公开讨论，无法像鲁迅那样"直面惨淡的人生"。但是，这一学术转折，不完全系于政治环境，也有其内在理路。八十年代流行宏大叙事，有理想，有激情，想象力丰富，但论述上稍嫌空泛。我们满腔热情地做的，就是用西学来剪裁中国文化。那些对于传统中国痛心疾首的批评，有真知，也有偏见。最大的贡献是，我们用浓缩的办法，重新接纳汹涌澎湃的西学大潮。之所以提"走出'五四'"，是想清理自己的思路。八十年代的口号是"拨乱反正"，哪里是"正"，如何返回？一开始想恢复五六十年代的思想文化，后来发现，那是建立在"五四"论述的基础上。于是，我开始清理从"晚清"到"五四"所建立起来的那一套思想及学术范式。

你问我为什么把"晚清"和"五四"捆绑在一起讨论？九十年代以前，学者普遍关注"五四"；九十年代以后，很多人转而关注晚清。这是近二十年中国学术发展的大趋势。我的立场有点特别，谈论"五四"时，格外关注"'五四'中的'晚清'"；反过来，研究"晚清"时，则努力开掘"'晚清'中的'五四'"。因为，在我看来，正是这两代人的合谋与合力，完成了中国文化从古典到现代的转型。这种兼及"五四"与"晚清"的学术思路，使得我必须左右开弓——此前主要为思想史及文学史上的"晚清"争地位；最近十年，随着"晚清"的迅速崛起，学者颇有将"五四"漫画化的，我的工作重点于是转为着力阐述"五四"的精神魅力及其复杂性。

我可能是最早有意识地把"晚清"和"五四"捆绑在一起，加以认真辨析的学人。因为，我始终认为，就年龄而言，"晚清"和"五四"是两代人，但在十九世纪末二十世纪初中国思想学术的转折关头，这两代人面对同样的问题，其知识结构与思想方式大同小异，可以放在一起讨论。这还不算他们之间有很多人是"谊兼师友"。大家不要以为，"五四"的时候，梁启超他们已经退出历史舞台，不再发挥作用了。其实，不是这样的。我和夏晓虹主编的《触摸历史：五四人物与现代中国》，既谈论"为人师表"的蔡元培、陈独秀、李大钊、胡适，也涉及"横空出世"的傅斯年、罗家伦、邓中夏、杨振声，还有就是梁启超、康有为、章太炎、严复等人，同样在五四新文化运动中发挥作用。两代人之间，有区隔，但更有联系。放长视野，这一点看得更清晰。他们的工作目标大体一致，比如思想革命、教育改革、提倡白话文、接纳域外文学等，很多想法是一脉相承的。在这个意义上，他们共同完成了这个社会转型。因此，我更愿意把这两代人放在一起论述——既不独尊"五四"，也不偏爱"晚清"。

当然，每代人都有自己的特点，上一代人和下一代人之间，总是会有缝隙，有矛盾，甚至互相争夺生存空间和历史舞台。问题在于，今天我们所理解的中国思想、学术、文化、文学的转型，是在他们手中完成的。正因此，大家不太谈"晚清"的时候，我会强调"晚清"的意义；大家都来关注"晚清"，我就转而强调"五四"的意义。在我看来，"晚清"与"五四"，本来就是一个不可分割的整体。

对于今天的中国人来说，不但"晚清"，连"五四"也是越来越遥远了。人们对"五四"的真实面貌以及历史场景，知道得越来越少，我们只记得一些抽象的概念，比如民主、科学、自由、平等。正因为越来越符号化了，曾经生机勃勃的"五四"，就变得不怎么可爱了。

在我看来，"五四"复杂得很，不仅仅是革命与复辟、激进与保守、进步与倒退、国故与西学这样的二元对立。若"回到现场"，你会发现，"五四"其实是个"众声喧哗"的时代。只不过经由几十年的阐释，某些场景凸显，某些记忆湮没，今人所知的"五四"，变成某种力量的"一枝独秀"。当年是北大学生、日后成为著名学者的俞平伯，1979年撰写《"五四"六十周年忆往事十章》，其中就有："同学少年多好事，一班刊物竞成三。"意思是说，当年北大国文系同学，分成三拨人，一拨人办提倡新文化的《新潮》，一拨人做提倡传统文化的《国故》，还有一拨人希望介入现实政治，办《国民》杂志。一班同学尚有如此分歧，你能想象五四新文化如铁板一块？那是很不现实的。今日学界之所以对新旧文化内部之"多元并存"缺乏了解与认知，很大程度上源于长期以来的意识形态宣传以及历史学家的误导。

学生抗议运动还在余波荡漾，命名就已经开始了。具体说来，就是1919年5月26日《每周评论》第二十三期上，罗家伦用"毅"的笔名，发表了《五四运动的精神》。也就是说，五四运动这个词，最早是由北大学生领袖罗家伦提出来的。事情还没完全过去，运动中人就已经给自己进行"历史定位"了，而且，这一定位还被后人接纳，这是很罕见的。此后，五四运动的当事人，不断地借周年纪念，追忆、讲述、阐释这一"伟大的爱国运动"。经由一次次的言说，关于"五四"的印象，逐渐被修正、被简化、被凝固起来了。

"五四"之所以能吸引一代代读书人，不断跟它对话，并非"浪得虚名"，主要还是事件本身的质量决定的。必须承认，一代代读者都跟它对话，这会造成一个不断增值的过程。可只有当事件本身具备某种特殊的精神魅力以及无限丰富性时，才可能召唤一代代的读者。当然，会有这么一种情况，事件本身具有巨大的潜能，但因某种限制，缺乏深入的持续不断的对话、质疑与拷问，使得其潜藏的精神力量没有办法释放出来。比如说"文化大革命"，这绝对是个"重大课题"，只是目前我们没有能力直面如此惨淡的人生。"五四"不一样，几乎从一诞生就备受关注，其巨大潜能得到了很好的释放。九十年间，"五四"从未被真正冷落过，更不要说遗忘了。我们不断地赋予它各种意义，那些汗牛充栋的言说，有些是深刻挖掘，有些是老调重弹，也有些是过度阐释。说实话，我担忧的是，过于热闹的

"五四"纪念，诱使不同政治力量都来附庸风雅，导致"五四"形象夸张、扭曲、变形。

回过头来看，二十世纪的中国，就思想文化而言，最值得与其进行持续对话的，还是"五四"。所谓的五四运动，不仅仅是1919年5月4日那一天发生在北京的学生抗议，它起码包括互为关联的三大部分：思想启蒙、文学革命、政治抗议。虽然此后的中国发生了翻天覆地的变化，但那个时候建立起来的思想的、学术的、文学的、政治的立场与方法，至今仍深刻地影响着我们。一代代中国人，从各自的立场出发，不断地与"五四"对话，赋予它各种"时代意义"，邀请其加入当下的社会变革。正是这一次次的对话、碰撞与融合，逐渐形成了今天中国的思想格局。

记得十年前，我曾带着自己的学生，依据档案、日记、报道和回忆录，重构当年北大学生游行的全过程。拿着自己画的游行路线图，从沙滩北大红楼出发，以寻访者的身份，一路上指指点点，寻寻觅觅，顺带讲述各种有趣的故事。到了天安门广场，因正值"两会"期间，警察很紧张，生怕我们图谋不轨。解释了大半天，才放行。不过，催着快走，别停留。穿过东交民巷，转往东单，再折向赵家楼。还敲了门，走进去跟老住户聊天。那次"重走五四路"，北京电视台还派摄影追随，做成了专题片，可惜播出时没录下来。

虽然每年都有纪念，但"五四"离我们还是越来越遥远。希望弘扬五四精神的，以及主张打倒五四传统的，好多都是在空中打架，没有真正落到地面上来。我之所以试图重建历史现场，目的是恢复某种真切、生动、具体的历史感觉，避免因抽象化而失去原本充沛的生命力。历史事件早就远去，但有些东西我们必须记忆。没有大的历史视野，只记得若干琐碎的细节，或者反过来，沉迷在一些宏大叙事中，完全没有生活实感，二者都不理想。我们需要有大视野，同时也需要具体的历史细节。

看待历史事件，每代人都会带上自己的有色眼镜，或者说"前理解"。这是所有历史学家都必须面对的困境与宿命。"一切历史都是当代史"，这名言有其合理性，但沉湎于此，很容易变得自负、专横。历史学家所面对的，只是一堆五彩斑斓的"文明的碎片"。我们凭借专业知识，力图用这些有限的"碎片"来拼接、还原、重构历史，这本来就有很大的危险性。你要是心高气傲，根本不把古人放在眼里，肆意挥洒自己的才情与想象力，不扭曲那才怪呢。我们确实无法完全呈现早就失落的历史场景，但那就应该彻底舍弃吗？作为训练有素的观察者，我们有义务努力穿越各种迷雾，走近／走进那个事件的内核，跟历史对话。某种意义上，我们之"重返现场"，是知其不可而为之——借助这一寻寻觅觅的过程，跟五四新文化人进行直接的心灵对话。这样的"五四"纪念，既五彩缤纷，也充满动感，还跟每个寻觅者的心路历程联系在一起。这样的"五四"，方才"可信"，而且"可爱"。基于这一信念，进入新世纪以后，我改变论述策略，努力"走进五四"。

你问为什么？因为我觉得，"伟大的五四"越来越被悬置，高高地放在神龛上。这样做，效果不好。长期以来，我们确有将"五四"过分神圣化的倾向。现在又反过来了，颇有用轻蔑的语调谈论"五四"的——不就是几千学生上街吗，不就是烧房子打人吗，有什么了不起。再说，动作那么粗鲁，应追究刑事责任才对。面对如此"新解"，真不知道该怎么回答才好。记得鲁迅对国人不了解《儒林外史》的价值，曾发出这样的感叹："伟大也要有人懂。"再伟大的事件、著作、人物，若没有人真正跟它对话，没有让它回到人世间，就无法发挥真正的功力。人类历史上，有很多关键时刻，不管你喜欢不喜欢，你都必须跟它对话。事件已经过去了，但是它会转化成一种思想资料，不断地介入到当下改革中。"五四"就是这样的关键时刻。你可以从各种立场来谈，从各个角度去看，但是你不能漠视它的存在。

为什么需要不断地跟"五四"对话？"五四"对我们来说，既是历史，也是现实；既是学术，也是精神。不管你持什么立场，是保守还是激进，面对着如此巨大的存在，你不能视而不见。其实，所有重大的历史事件，也都是在这种不断的对话中产生意义的。就像法国人不断跟1789年的法国大革命对话，跟1968年的"五月风暴"对话，中国人也需要不断地跟"五四"等"关键时刻"对话。这个过程，可以训练思想，积聚力量，培养历史感，以更加开阔的视野，来面对日益纷纭复杂的世界。

对于政治家来说，纪念"五四"，历来都是把双刃剑。从上世纪三四十年代起，我们不断举行此类活动。不同政治立场的人谈"五四"，都有自己的引申发挥，有时甚至直接转化成政治行动。所有这些真真假假的言说、虚虚实实的纪念，同样值得我们认真辨析。应该认真考量的是，哪些话说对了，哪些路走偏了，哪个地方应该固守传统，什么时候不妨"与时俱进"。北大因五四新文化运动而名扬天下，对此更是不容回避。正因此，今年4月下旬，北大中文系主办题为"'五四'与中国现当代文学"的国际学术研讨会，报名参加的国内外学者有一百多位。平时我们开国际会议，都是三十人左右，那样讨论比较深入。这回破例，开这么大规模的学术会，也是别有幽怀——希望回应学界对于"五四"的各种质疑与批评。

在一个开放的社会，有多种声音是很正常的。第一，容忍并认真倾听别人的批评。第二，有自己的坚持，不因外界压力而改变。所谓"多元"，不是说没有自己的主张——我是百家中的一家，必须把我的立场、观点明确无误地表达出来；不敢说出自己的真实想法，或者不屑于跟别人讨论，都不对。"五四"当然不仅仅属于北大，但北大无疑最为"沾光"。作为长期得益于"五四光环"的北大学者，我们必须认真面对"五四"这个巨大的精神遗产。当它被世人严重误解的时候，你有责任站出来澄清、修正、拓展。当然，这不是什么"坚决捍卫"。要是真的伟大，不必要你来捍卫；如果不伟大，你想捍卫也没用，反而可能帮倒忙。

我们的任务是，让"五四"这一话题浮出水面，引起世人的关注，在这个同样关键的历史时刻，重新审视"五四"。至于怎么关注，从哪个角度进去，得出什么结论，取决于个人的立场、视野、趣味，强求不得。有些东西，在特定时代会被有意无意遮蔽，你的眼光穿不过去。这一代人力所不及、看不清楚的问题，也许下一代人就能看得很清楚。我希望不仅跟五四先贤对话，也跟同时代学者对话，甚至跟我的学生辈对话。以一种开放的心态，来面对如此复杂的政治／思想／文学运动，在不断的对话中，获得前进的方向感和原动力。

每代人都有自己的思想资源。我们这个时代的思想资源，无外乎两大部分：第一，直接从西学引进的，从柏拉图到马克思到尼采到哈贝马斯，等等，等等，这是一个很重要的思想资源。第二，那就是本土的思想学说。对所谓的"中国文化"，必须做一个分析。今天一说"传统"，很容易就从孔夫子说起，甚至还有不少人相信"半部《论语》治天下"。对此，我很不以为然。什么叫"传统"，就是那些直接间接地影响我们的日常生活、思维习惯、表达方式、审美趣味的东西。所谓"传统中国"，就是儒释道，就是从孔夫子到孙中山，而且，这东西辛亥革命后就没了，到此为止。想象"国学"跟"西学"截然对立，主张纯粹的"中国性",我以为都是不可取的。中国文化本来就不纯粹,域外的思想学说,两汉进来,隋唐进来,明清更是进来,早就渗透到我们的血液里。除非你彻底封闭,否则的话,一种文化在发展过程中,不可能保持"纯粹"状态,就像人类的基因不断稀释、变异,那是生存的需要,也是保持新鲜活力的需要。

即使不说这个问题,你也必须理解,晚清以降,我们不断跟西学对话,所创造、所积淀起来的"新传统",同样值得我们关注。我承认,五四新文化人对于传统中国的批判,有些过于偏激,但我们必须理解五四那代人的基本立场,以及为什么采取这样的论述策略。在我看来,以孔夫子为代表的中国文化,是一个伟大的传统;以蔡元培、陈独秀、李大钊、胡适、鲁迅为代表的五四新文化,也是一个伟大的传统。某种意义上,对于后一个传统的接纳、反思、批评、拓展,更是当务之急,因其更为切近我们的日常生活,更有可能影响我们的安身立命。

假如从第一次鸦片战争算起,一百多年来,我们的政治经济文化等,无论主动还是被迫,都在跟西方接触。而从政治家的毛泽东,到文学家的鲁迅,各种各样的人,也都以自己的方式,跟西学对话。如此激烈的思想碰撞,不是说转就转,说停就能停的。可以赞赏,也可以批判,但不能背过身去,假装看不见。在我看来,这一中西文化碰撞的精神遗产,相当庞杂,也极为丰富,值得我们认真清理。我们赖以安身立命的,很可能正是这一块。不能想象,我们整天跟两千五百年前的孔子对话，就能解决当下错综复杂的国内国际问题。我并不要求你认同五四新文化人的立场，但你必须面对他们提出的诸多困境与难题。请记住，过去的一百多年，中国人很长时间里处于相当屈辱的境地。刚过上几天比较舒坦的日子，就跷起二郎腿，嘲笑五四新文化人没有风度，不够从容，过于偏激，我以为是不明智的。不必专治近代史，但直面这一百多年的风云激荡，理解历史的沉重与诡异，可以磨砺自己的思想。切断这段跌宕起伏的历史，动辄从先秦讲起，诗云子曰，然后直接跳到当下的"和谐社会"，这样谈论当代中国问题，其实很苍白。

历史久远，很多粗糙乃至让人恶心的东西，很可能早就被过滤掉了。因此，你所看到的"场景"，很优雅，具有合理性。文学也一样，唐诗历经千年淘洗，就剩这么多，当然每首都精彩，值得今人格外珍惜。而新诗就不一样了，每天都在生产，量那么大，鱼龙混杂是很自然的事。我没说哪位新诗人比李白杜甫更伟大，我只是强调时间对于人物、文章、思想、学说的淘洗作用。"五四"离我们那么近，很多不如意的地方你看得很清楚，包括某些论述的暴力倾向，还有思想的阴暗或偏激等。古典中国的精神遗产，当然值得我们珍惜，但我本人更为迷恋复杂、喧嚣但生气淋漓的五四新文化。

你问我怎么看待这场运动对今天中国的影响，对我们来说，"五四"已经有长期研究的积淀了，不能用三五句话来打发。因为，那样做很暴力，且容易概念化。"五四"本来就是众声喧哗，很难一言以蔽之。茅盾曾经用"尼罗河泛滥"来比喻"五四新文学"，我觉得很有道理。尼罗河泛滥，自然是泥沙俱下，当时很不好看，但给下游送去了广袤的沃土，是日后丰收的根本保证。

如果不涉及具体内容，我想用三个词来描述"五四"的风采。第一是"泥沙俱下"，第二是"众声喧哗"，第三是"生气淋漓"。每一种力量都很活跃，都有生存空间，都得到了很好的展现，这样的机遇，真是千载难逢。谈论"五四"，对我来说，与其说是某种具体的思想学说，还不如说是这种"百家争鸣"的状态让我怦然心动，歆羡不已。经过一系列的对话与竞争，有些东西被淘汰了，有些东西逐渐占据主流地位，成为主导社会前进的力量。承认这一现实，同时理解那个风云变幻的过程，而不要急于撰写"成王败寇"的教科书。

说到底，历史研究有其边界，也有其局限性。我极为心仪"五四"，但从不指望它解决现实问题。关于"五四"的谈论，即便十分精彩，对于今人来说，也只是多了一个参照系，帮助我们理解现代中国的丰富与复杂。如此而已，岂有他哉。不经由一系列错综复杂的思想转化与制度创新，想用纪念/阐述某一历史人物/事件来解决现实中国的诸多困境，那都是异想天开。

2009年3月28日改定于京西圆明园花园

（原载2009年4月15日《中华读书报》）

编辑凡例

一、以忠实于选文原作、整旧如旧为编辑原则，对选文写作时使用的专有名词、外文译名，以及作者写作时的语言和特色予以保留。

二、原文注释如旧，编者所作注释，均以"编者注"标明，以示与原文注释的区别。

三、原文偶有文字错讹脱衍之处，一律按现行出版规范予以改正，不再以其他符号标示。

四、文章中数字、标点符号用法，在不损害原文语义的情况下，做必要的规范。

图书在版编目（CIP）数据

国学浮沉 / 陈平原，袁一丹编. 一长沙：湖南人民出版社，2023.6
ISBN 978-7-5561-3191-4

Ⅰ.①国… Ⅱ.①陈…②袁… Ⅲ.①散文集－中国 Ⅳ.①I26

中国国家版本馆CIP数据核字（2023）第039996号

国学浮沉
GUOXUE FUCHEN

编　　者：陈平原　袁一丹
出版统筹：陈　实
监　　制：傅钦伟
选题策划：北京领读文化
产品经理：领　读–孙华硕
责任编辑：陈　实　刘　婷
责任校对：夏丽芬
装帧设计：广　岛·UNLOOK
　　　　　unlook-guangdao.com

出版发行：湖南人民出版社有限责任公司［http://www.hnppp.com］
地　　址：长沙市营盘东路3号　邮编：410005　电话：0731-82683313

印　　刷：湖南天闻新华印务有限公司
版　　次：2023年6月第1版　　　　　印　　次：2023年6月第1次印刷
开　　本：880 mm × 1230 mm　1/32　印　　张：10.625
字　　数：206千字
书　　号：ISBN 978-7-5561-3191-4
定　　价：54.00元

营销电话：0731-82683348（如发现印装质量问题请与出版社调换）